白毫光

冉正万 著

作家出版社

目　录

第一章　起程 —— 001

第二章　暗流涌动 —— 020

第三章　脱轨 —— 055

第四章　螳螂面具 —— 080

第五章　美好或丑陋 —— 104

第六章　明月未出群山高 —— 119

第七章　天旋地转 —— 140

第八章　怀孕的窗纱 —— 163

目　录

第九章　母亲讲故事 —— 189

第十章　纯生活 —— 213

第十一章　虎爪 —— 228

第十二章　鸟老太 —— 251

第十三章　跌跌撞撞 —— 273

第十四章　离开 —— 295

第十五章　拂晓前的葬礼 —— 303

第
一
章

起
程

　　把母亲的灵牌送回贵州老家，全村
全镇全县只有他们家这么做。从小接受
这种做法的人才觉得有必要。从河北曲
阳县北台乡到贵州龙泉县楚米镇两千来
公里，即使长上翅膀没有十天半月也飞
不到。不过他们没视为畏途，反而有种
出门旅行的跃跃欲试和期待。

　　他们租了一辆考斯特中巴车，拿上
各自行李，天还没亮就出发。母亲的儿
女中，老三当过中学校长，读书最多。
他说，当年，苏轼苏辙父亲去世，兄弟
俩扶柩还乡用了四个月，我们轻松，没
有棺材，还有高速公路，有沿途的城市
和宾馆。他闺女打断他，问他要不要给

手机充电。他没理她，继续说，你们奶奶的老家过去是流放之地，"瘴气昼熏体，菵露夜沾衣"，很多人去了就回不来，和我们的旅行比起来，这些流放的人是那么绝望，我们却充满了期待。到底有多远多偏，两个著名的成语有所指涉，一个是夜郎自大，一个是黔驴技穷。

车上只有两三个人说话，却显得闹哄哄的，没人听他显摆知识。他在失望中忍不住想，如果不是奶奶当年离开那个地方，你们到今天还在那山沟里放牛。立即又责怪自己幼稚，有哗众取宠之嫌。前进两步再后退一步，这是他的性格。为此有人说他城府深，有人说他不够自信。而他自己，常常不知道自己是谁。

车里坐了十五个人，六十四岁的大儿子，六十一岁的大女和她丈夫，五十九岁的二儿子和比他大一岁的媳妇，五十六岁的三儿子和比他小九岁的媳妇。

灵牌是一块宽两寸长一尺一的木牌，因为写上显妣和灵位等字而肃穆神圣。天亮之前，他们将灵牌拿到坟前接灵，告之要将其护送回老家，请逝者安心请逝者保佑。没有请道士，本地没有送灵牌一俗，他们依照逝者生前叮嘱，将灵牌放在石牌前，香纸烛点燃后，将灵牌小心翼翼地捧起来，走到大路上后才把它放进口袋。

那些烧柴火煮饭的地方，去别人家借火时拿一块木片，将火炭放在木片上，边走边吹，到家后引燃枯草或树叶，不一会儿屋顶上就会冒出炊烟。接灵过程颇像借火，仿佛魂灵也是一颗炭火。炭火最多能坚持三五分钟，时间一长要么燃尽要么熄灭。魂灵也应该一样。坟是八个月前埋在那里的，魂灵不可能像火种一样保存在骨灰里面，它要么烟消云散要么游荡在三千大千世界。

按理说送灵牌应该早些，越早越好，由于种种原因拖到今天。即使魂灵不在也必须送，因为这是人之所赋。如若不然，喝酒何必碰杯走路何必说你先请见面何必说你好，各喝各的各吃各的一样能醉一样能饱，我好与不好与你何干。车上还有四十九岁的二女，四十七岁的小儿子和比他小十岁的妻子。老大的儿子和媳妇，老三的女儿，二女的儿子。老四现任妻子的女儿。他是二婚。

凝聚这一家人的不仅仅有灵牌，还有一支两千公里不可熄灭的香。这支香在接灵时点燃，和灵牌一起上车，即将烧完时续上另外一支，不可用别的火，只能用接灵时点燃的火。到达老家祠堂将灵牌供上，插上最后一支香，才算圆满。

这支香的寓意不是几千里，而是几千年，甚至更长，能在一半古典文献里找到。

老大抱灵牌，老二持香，分坐司机身后。其他人过桥过岔路口时呼唤：娘、奶奶，我们送你回老家，跟我们走吧。开了大约两个小时，离开曲阳县城百余公里，喊声越来越小，越来越少。这不能怪他们，高速公路上桥和岔路一闪而过，来不及喊。这么一直喊到贵州，喊到黔北，也有点搞笑。

老二媳妇把一个苹果切成两半放了一块在引擎盖上，叫男人把香插上去，他偏不。多年来，一个说辣椒苦，一个偏说辣椒甜。他不知道，这小小的举动将埋下祸根。另外几个人也叫他插上去，没必要拿在手上。他说怕熄火。他们一齐说你放心吧，我们看着呢。这么多人看着你怕什么。他不看他们，不屑地说，看的人越多越是没人经管，以为我不知道？他从衣兜里取出一个塑料袋，拧成绳状后把左手中指和食指捆起来，把香插在指缝中间，然后得意地眯上眼睛。种了几十年的地，通过直觉获得的知识，可以帮他解决生活中许多小问题，不免粗鲁和偏执，但效果往往出人意料地好。他从没出过远门，从昨天到今天没睡觉，此时又疲倦又睡不着。如果母亲还在，她会告诉他，二，你大可不必这么紧张，我不在那支香里面。

不在坟墓里，不在灵牌上，不在遗像上，也不在这支香里面，你们想她时，她在你们心里，你们不想她时，她任何地方都不在，她已经变成祂。

祂是那个让他们远行的人。仍然用"人"这个字不过是为了说话方便。她还没去世就已经不是她。最后两年患老年痴呆，吃喝拉撒不能自理。魂魄被捆住动弹不得，就像待售的螃蟹。魂魄离开身体后，绳索被剪断，撒开腿想去哪里就去哪里，这种自由和明朗前所未有。魂魄既不会变得更年轻，也不会变老，就像空气中的阳光，没人能让它更干净，也不可能把它变得更脏。现在，祂与之前那个人虽有联系，却又大不相同。如同藏在可燃物里的火性，藏在水里的水性，看不见摸不着，却又真实存在，不可以任何一个名字指认现在的祂，就像不可指认月光里的哀愁。祂的所在既无文字也无声音，虽无喧嚣却不能说这就是寂静，只能勉为其难地将其称之为祂。

老二睡不着是因为从没出过远门，莫名地紧张和兴奋。他把山区想象成案板上的窝窝头，不是山坡就是沟谷，山尖得像倒立的半截胡萝卜。站沟谷里夹脚，只能往山坡上爬，而山坡上一只脚高一只脚低，潜意识里必须抓住某个东西。插香的左手搁在塑胶扶手上，右手紧紧抓住前椅后背上的小拉手，这个小拉手几乎要被他拉断。袘忍不住想要告诉他：二，你的神经绷得太紧了，应该想想过去，想想小时候的事情。你记得吗？小时候和娘一起做梨膏糖，你和大哥推磨，实际上是你大哥一个在推，你牵着他的衣角转圈，转着转着睡着了，手不放，脚也不停像个木偶，这都能睡得着。你知道我们必须做梨膏糖去卖，得靠它养家，你坚决不上床去睡。现在，你怎么就成了一个焦头烂额的小老头了呢？看上去比你大哥还老。那些喝酒的人，把酗酒当成娱乐，你连抽烟喝酒都不会，你娘不准你们抽烟喝酒，发现一次打一次。这两样，你学会一样也好啊，只会一样，就不至于把拉手抓得吱嘎响。或者像你大姐那样，坐好后半闭眼睛，念阿弥陀佛，念着念着就睡着了，醒来后继续念，念着念着再次睡着。你去过寺庙，但你谁也不拜，说它们全是假的，"我要是什么都不做它们都能养活我，我才相信它们是真的"。你血液里没有被驯服的血珠子太多，有一半是你老婆的功劳，另一半是年纪增长累积所致。二，娘好担心你。

梨膏糖他们一直在做，做法已经大不相同，但它仍然叫梨膏糖。灵牌上与其说是她的魂，不如说是梨膏糖的魂。大女做得最好，他们开玩笑说她做得好是因为她边做边念菩萨。确实是玩笑，她做得好是因为她心诚，对每个梨都精挑细选。别人用歪梨孬梨，她用正梨好梨。这次她带了一大箱，送给从没见过面的亲戚。她一上车就开始担心够不够，她不知道到底有多少亲戚。她同时还准备了一沓钱，到时根据人数多少再决定每人发几张。她把手伸进挎包，厚厚一沓，这可是她存了好几年的私房钱。她只让兄弟们知道她准备了梨膏糖，不让他们知道她包里有这么厚一沓钱。如果二妹现在问她，她会如实告诉她。可她没问。

母亲生前一再说，梨膏糖是天下最美妙的东西，既好吃又能治病。她不知道，梨膏糖早已过时，替代品比繁星还多。

把他们放在移动又狭小的空间里，时间又长，仿佛存心让人回味，让人追忆。即便对车窗外的风景感兴趣，最初的全神贯注过去后，思绪也像在旱地上打滚的刺猬，把很多原本不属于自己的东西裹在身上，思路似是开阔，其实被混乱缠缚，剪不断理还乱，目光越来越游离，皮肤越来越干燥。空间的大小和速度的快慢都会影响思绪，心、脑、勇气、计谋和坐在牛车上大不相同。

老大也睡不着，他严肃的表情真是好笑。他在想怎么向他们宣布他的决定。这对他来说，比叫他挑担上三尖梁还难。

他的老伴上个月离开了他。这一个月他悄悄喝醉了两回，并非酒徒，却想用酒来制止满怀烦恼。五十岁后不再抽烟，现在却两天一盒。子女们劝他不要抽，他振振有辞：给你妈办丧事剩的，不是现买的，卖又不能卖，不拿来抽烂掉了不可惜吗？虽然上了年纪，撒起谎来理直气壮。还好这并不可悲，只是有点可笑。酒精不可能凝聚你支离破碎的感觉，也不可能让你更有勇气，反倒是酒醉后觉得万事皆休，劝自己放下一切。

他从小就认识她，年轻时还老受她嘲弄甚至欺负，现在他却很想和她在一起。她曾在街上理发，理得不好，但动作极快，人称快三刀。理发店关门后在医院做过护工，现在一个人住在前街闺女家，闺女在深圳，偶尔回来。快三刀快人快语对人又热情，街上的人都喜欢她。和他那个总是病恹恹的老伴比起来有天壤之别。他被她迷得神魂颠倒，到了怀疑自己年纪的地步。可他不敢立即拥抱这迟来的感觉。老伴才走，马上和她在一起肯定有人说闲话。她笑他，你都六十好几，随时有可能翘脚，你还有多少时间可以等。他说，要是五十八就好了。她笑得直打喷嚏，天啦我的老大哥，你怎么不说只有十八岁更好。他可怜巴巴地说，十八岁时你不是生产队的台柱子嘛，眼里哪有我。她纠正，不是生产队，是公社宣传队。他说，是呀，那时候只要你从我身边跑过去，我就浑身打颤，你和我说第一句话时，我都已经三十二岁了，我记得非常清楚。他终于拿到靠近她的第一张牌，但好牌都在别人手里，所以从没想过轻举妄动。现在不同，这副牌怎么打他说了算。最大的阻挠是他自己，他不好意思和子女们说，当他横下一条心时突然又觉得应该再等等。这就是他的苦恼。快三刀说我无所谓，我早就习惯了一个人过。她男人已经死去十年。她说的是事实，这在他看来不够热情。但他不敢责怪她，因为这一切都是自己的错。

感觉头有点疼，以为是自己胡思乱想所致。其实是头顶上的冷风一直吹着后脑勺，他不知道冷风从何而来，也不知道头疼和冷风有关。他盯着灵牌看了半天，企图勘破命运，看看自己还能活多久。祂像蜜蜂一样用嗡嗡声告诉他：十年后七十四二十年后八十四三十年后九十四，既漫长又短暂。你应该像老二那样戴个帽子。戴个帽子，在快三刀眼里可显得年轻些。

开车的是老四，最小的兄弟。年近五十，仍然改变不了哥哥姐姐们心目中调皮捣蛋为所欲为的记忆，子侄辈觉得他透明、好玩，不像其他长辈那样敷着自以为是的面膜，把自我克制当成最高道德。他曾给一条死狗穿上衣服，用棍子支撑前腿窝，把它立在路上，不小心还以为是谁家孩子，看出来是一条死狗会吓得失魂落魄，无不骂他孽障。有人断定他长大后无恶不作，并且靠无恶不作为生。只有我知道他其实很胆小很无助，从七岁开始，他就常常睡不着，担心母亲在他睡着后死去。有一次他在被窝里哭，母亲发现后问他哪里不舒服，他说他不知道妈妈死后他怎么办。他多次悄悄爬起来，听到母亲的呼吸声后才回到自己床上。他的无助已经逃离了所能理解的边界，在他无法控制的地方泛滥成灾，他的恐惧挑起了他空前的防范意识，给死狗穿上衣服表面上是孽障，其实是对死亡的痛恨。

今天他比车上其他人都高兴，开起车来行云流水，和坐在一号位置上的人说个不停。他们在一起已经三年，却像现在才开始谈恋爱一样充满激情。他平时开车，尤其是开出租车，急行急停，挤得特别厉害，不像在开车，像拳击手出拳。坐后排的人很少有不晕车的。他从没出过事，连剐蹭都很少。他不是故意要让人呕吐，而是潜意识里要人呕吐。只有愤怒的人才会那样开车，但他并不愤怒。平时，坐在沙发上看电视或小憩，有人喊"噌"的一下起来站得笔直，快得让人担心他会因此中风。很多人据此判断他当过兵，他回答说从没想过去当兵。这是为了摆脱紧张的负荷，这负荷来自他对失去母亲的担忧。人到中年，他终于理解了死亡，但并不因此轻松，年幼时对死亡的痛恨如引起后遗症的消炎药，他一生都难以排尽。他好歹总算多少明白了一点：死亡是不可能被驯服的，正因为如此，它才是这世上最公平的主。如果连这点公平都没有，会除了绝望还是绝望。他叫妻子给他点支烟，她不像别的女人那样叫他少抽点，而是问他要不要到服务区去抽。他说不必，他不想耽搁，想早点去母亲老家。

在所有兄弟姐妹中，他最想去母亲的故乡看看。他们想听时，母亲不想讲那个地方。当她想讲那个地方时，他们已不再想听。

最后这二十三年，母亲跟老四住，其中十七年只有他俩。他得知母亲不是本地人时，惊讶得像她不是他亲娘。从这天起，他不让母亲和哥哥姐姐住，他出远门时把她送到大姐家暂住，回来后第一时间把她接走。他们以为这是自尊心在作祟，因为他的社会地位和收入比他们都低。他们之外的人说老四孝心好。没有人知道娘儿俩是为了建造一个两人都认可的故乡。他问她，你老家怎么净是奇奇怪怪。她说，那里的人不这样看。当他向他心爱的人转述时变得更奇怪。有些是母亲讲的，有些她没能讲出来，这留给他想象空间，讲出来几近于瞎编。但母亲又不能说这和她没关系，如果她不讲，他喜欢瞎编也无从着手。他一边开车一边想，如果母亲一直生活在故乡，他会有什么不同。这么想时，仿佛母亲不离那里，他也会是她儿子，而哥哥姐姐们不再和他有任何关系。小时候除了用棍子撑死狗，还在关门维修的北岳庙，站在脚手架上对着天宫图上的龙撒尿，被告发后遭到哥哥姐姐谴责。长大后他和他们之间的关系不冷不热，哥哥姐姐对他不苟言笑的态度和训斥，让他死心塌地地希望摆脱他们对他的关心，和想要给予的好。

白瓷碗

韩先生只要出现在田坝里就能被一眼认出来。他穿了件蓝布长衫，长衫下面仿佛装了两个小轮子，移动速度极慢，只有走的趋势，没有走的动作，移动半天只走出一根晾衣绳那么长。除了长衫和碎步，还有团在他头顶的白光。对这团白光众说不一，有人说那是瞎扯。有人说白光一点也不稀奇，韩先生既然是先生，自然有鬼神呵护。

韩先生说话细声细气，和庄稼汉粗糙的声音比起来，温柔得让人起鸡皮疙瘩。韩先生也种庄稼，但他不是庄稼汉，他是二台子最有名的道士先生，耕地像演戏，请牛原谅他用它的力气，说只要你好好走我决不会打你，不像真正的庄稼汉喜欢骂天骂地，耕牛没领会其意就会挨打受骂。韩先生说，这辈子你打它骂它，下辈子它打你骂你，一报还一报。累得臭烘烘的人觉得这话像猪尿泡打人，阴阳怪气地说，是呀，我要是会吃爹口饭，我也不会把爹和娘挂在牛屁股上。用吃爹口饭讽刺韩先生当道士，意指用嘴巴哄人。楚米人不说张口，说爹口。因为偏远，从他们嘴里蹦出的一些字古书上才有，他们并不认识这些字，也不大相信自己嘴里冒出的字能在古书上找到。身边无伟人，韩先生在外受到的尊重比在二台子大得多。

韩先生远近闻名的名声不是做道场，是择阴地。二台子属楚米镇，楚米镇西南方向大山里有个地方叫恭水，恭水有陈姓两兄弟，哥哥是挑夫，从四川把盐挑到云南，从云南把烟土挑到贵州，从贵州把山货挑到四川。弟弟是篾匠，走乡串户做篾活。有首民谣这样唱他们：

"大月亮、小月亮，兄弟起来学篾匠，哥哥起来挑担子，婆婆起来舂糯米，舂得喷喷香，打起锣鼓娶婆娘。婆娘娶来种高粱，高粱不饱米，栽茄子，茄子不开花，种冬瓜，冬瓜不长毛，栽红苕，红苕不牵藤，硬是怄死人。"

笑他们怎么勤劳都没用，到头来总是一场空。命中不满三斛米，走遍天下不满升。这么感叹着唏嘘着，其实也是在嘲笑自己。靠劳动力养活自己的小农户，又有哪个能满升满斗呢？恭水几十户人家，陈家算中偏上，陈家老少都很勤快，这让偷懒的人感到压力，于是编闲篇来取笑他们，也顺便给自己解烦。

这年，篾匠在屋后清理屋檐沟，堡坎突然垮塌下来，露出三个坛子，有一个滚到檐沟里碎成几块，另外两个仍嵌在土壁上。三个坛子各装半坛黑浸浸、裹了层灰霜的银锭。篾匠将坛子抱进屋，取出一个银锭到楚米请人验证。验证者说这是过去的老银，可以兑换袁大头和孙大头。箅匠请来道士先生，设道场答谢神灵，一面大摆宴席，招待乡邻。他这屋基原来是一个大户人家的，不知什么原因败落，没来得及把埋藏的银子挖走。箅匠说，上天给的意外之财，不满三年不敢乱用，用了怕有灾祸。他现在用的钱都是借来的，三年后连本带息一并奉还。这事传开后，有钱人主动上门放贷，箅匠给的利息高。到了第三年，箅匠不见了，连同他的行头消失了。大家这才知道，三个坛子是他编故事，堡坎确实垮过，但只有一个坛子，是盖火星的敞口坛，里面除了想象中的火星，只有陈年的空气和泥灰。催债的人打上门来，牵猪牵牛，把能拿走的东西都拿走，箅匠的女人上吊以死谢罪。箅匠的哥哥看不下去，为了避免侄儿侄女被捉去当放牛娃当丫环，他把刚兴起的家业变卖后替兄弟还债。当挑夫很辛苦，不到六十岁就累出一身病。这一折腾，几十年的辛苦转眼付之东流，真应了民谣所唱：硬是怄死人。

陈老大从此一病不起。这年雨水节前后，陈家老三媳妇生了一个小孩。全家都欢喜，希望孩儿的到来能给全家添喜转运。这天三儿媳妇把小孩放床上午睡，自己起床办早饭。她刚离开，一只第一次下蛋的母鸡钻进屋，把鸡蛋生在小孩嘴上，孩儿越想张嘴哭鸡蛋陷得越深，最后被鸡蛋活活憋死。三亲六戚都觉得蹊跷，暗中访问，一致认为是祖坟埋得有问题。陈老大请道士来迁坟。道士说，祖坟确实有问题，不过，该出的事已经出了，不会再有事，放心。陈老大说，他在世的时间不会长，请道士为他择一穴阴地。道士说，恭水有一穴好地，死后葬在那里，后人一定会兴旺发达。陈老大说，你把我埋到那里，我给你十块大洋。道士说，那个地方三山汇聚，占尽了恭水的灵气，你命里没有那么大福报，我把你葬在那里，我的眼睛会瞎，下半辈子连衣食都没着落，你晓得的，我无儿无女无依无靠。陈老大说，我们可以写张契文，你和我各保管一份，只要真能让我家兴旺发达，我死后他们就是你的儿女，我要他们像我在世一样供养你，直到你百年归天。

给陈老大堪舆的是韩先生的师父。

韩先生的师父给陈老大堪舆之地与众不同。陈老大家屋后有一座小山，半山上有个山洞。把人埋在山洞里，当地人从未见识过。这座山叫狮子山，山洞像狮子张嘴。狮子嘴平直进去，约两丈深。老道士说，把坟埋在洞口，坟就成了狮子嘴里的宝珠。既是宝珠，后人自是有求必应。

陈老大盼望早点死，可墓地选好后，身体一天比一天好，他很难过，说自己的命真烂，太烂了，想好好活不行，想早点死也不行。和他关系最好、在县衙当过总役的大姐夫说：怄什么气呀，死都不怕，还怕活吗？带他上街去看戏，看完戏回家吃夜宵，一个汤圆卡在喉咙，出不来进不去，噎死了。他端着一碗汤圆，死也没放下。有人说他糊涂了，不知道放下碗用指头抠；有人说他吝啬惯了，舍不得吐出那个汤圆。被鸡蛋噎死的孩子再次成了谣言的中心，他不是随随便便死的，是来死给陈老大看的。也有人说他死得好，正好遂愿嘛。

韩先生的师父亲自做道场，把陈老大安葬在狮子嘴里。这年三月，陈老大的四个儿子挑盐到云南，见一伙人手提长刀，追打一个穿长衫马褂的人。兄弟四人抽出扁担冲上去相救。从云南到贵州，驿路不但远，还时常在没有人家的荒山野岭中穿行，被土匪打劫是常事，他们为了防身，扁担两头没有扁担钉，一撸就能抹下挂篾篓的绳索。四兄弟出其不意一拥而上，把人数占优的刀客打得屁滚尿流。

这位长衫客，是蔡锷手下一位师长，追杀他的是北洋政府的密探。

四兄弟放下盐巴担子，跟这位师长从云南打到四川。接下来各地军阀拖枪大战，四兄弟如鱼得水，仿佛骑马打仗才是他们的本行，当挑夫原本是副业。几年后，老大当上旅长，老三老四当上团长，老二当上连长。

韩先生没有在二台子宣扬过这件事，二台子与恭水隔着上台乡和石步乡。上台乡一半丘陵一半深山峡谷，石步乡在大山脚下。只有从中原、从唱本传来的故事才能抵达大山深处，大山里发生的事，传不出二十里就被大山吞没。大山里一样有龌龊和崇高，龌龊和崇高被大山吞没后，总是给人宁静与祥和之象，其实是对生活在别处的单相思。

韩先生在二台子的名声，是他对师父的孝敬。他说他的道行不及师父一半。但没有学成的部分，他并不想学过来。他师父不但会堪舆，还会撵地脉。根据山川脉象，顺着龙脉追撵，把承载着神秘力量的龙脉撵到与星宿相对应之处，用咒语把龙脉之首定住，再在这地方修房子或者埋人，能让主人荣华富贵甚至出将入相。又说这样做有违天地自然，学成后将断子绝孙。追撵龙脉成功时身体开始生病，身体某个部位决绝地折磨着主人，无药可医，直至造成终身残疾，疼痛方休。韩先生和他的师兄都只学堪舆不学撵地脉。拜师学艺时，他们发誓将来为师父养老送终。师父在陈家接受供养，为师父养老送终不再必要，也没有机会。徒弟们各自当掌坛师，自立门户，设道场做法事、择地、驱怨化符、打卦、掐时，忙着赚钱，对师父的关心少。只有韩先生不时去看望师父。

韩先生每次看望师父回来，他女人都会逼他去碾房洗澡，甚至在碾房住一晚上。她怕他身上的阴气。家里牛粪猪粪鸡粪狗粪的气味无处不在，但对只会种庄稼做家务的主妇，这些气味不算什么，没有这些气味反倒不习惯，没有生机。她想再生几个孩子，最好能像狗那样一生就是一窝。银子多不如儿女多，银子是死的，儿女是活的。韩先生的师父原本有儿有女，他所在的村子有人在外做官，这年由知县迁任护贵西道，奉檄勘查县城水患，经遵义府批准借帑开河，筹备银两十万。传闻被风吹到楚米镇，大家议论的不是水患造成的死亡和财产损失，而是十万巨款会是多少，堆在一起将有多么壮观，放在哪里才安全，有哪些人会从中捞到好处。有个土匪以为这个贵西道一定会把银子截留一部分到老家隐藏，那么多银子，他不相信他不动心。"整个大的。"他说。他把韩先生师父所在的村子翻了个底朝天，不甘心只搜得些碎银和不值钱的废铜烂铁，把村子里老少杀了个精光。韩先生的师父在外撵地脉幸免于难，但他的家人全都死于非命。

土匪不光杀人，连村里的狗也杀光。因为狗对他们的胡作非为狂吠不止。如果有可能，他们恨不得连树木野草都杀掉。打劫落空，这是匪道的耻辱，大忌。

韩先生的师父把亲人安葬后，认为这是自己撺地脉的必然结果，因此对土匪没有太多怨恨，只是讨厌他们把村子搞得太臭，"死了那么多人，臭得南天门都能闻到，棉花团都塞不住"。他从老棉絮上撕棉花塞鼻孔，把鼻孔塞得鼓出两个包。

韩先生的女人怕韩先生向师父学断子绝孙的手艺，每次他从恭水回来，都没有好脸色给他。但她不敢像一般村妇那样破口大骂或者砸盆子摔碗。同锅舀食，同床睡觉，她并不清楚韩先生会哪些法术。在她看来，那不是一门手艺，是神通。韩先生趴在她身上时，她忍不住想，他这是在施展他的法术吧？韩先生向她施展法术时没有任何暗示，有时候灯一吹就上来，有时候等她睡着了才开始。她希望他多施展一会儿，最好是法力无边，可他很快就翻滚到一边，过不了多久叽叽咕咕地说起梦话。"睡着了还念经。"她埋怨道。

有一天，韩先生把师父接到家，是用滑竿抬来的。师父老了，眼睛瞎了，耳朵聋了。接来就没送回去。女人忍不住问，陈家不是答应为他养老送终吗？韩先生冷冷地看着她，足足看了一分钟，她再也不敢吭声。韩先生的目光像透明的银线编织的罗网，一旦被它罩住你就什么也不敢说，失去辩解的勇力。

韩先生把师父接到家里供养了三年。师父死后，韩先生和几位师兄为师父超度，做了七天水陆道场，诵了四十九部《地藏经》，九十九遍往生咒。凑巧上台乡一位保长的母亲那天也去世，保长只能从外地请道士来给母亲超度。有人出于攀比的习惯而不是真要煽风点火，说："别看他当保长，在上台乡也算头面人物，可丧事办得还不如一个道士先生的师父。"保长没请到本地道士本来就一肚子火，听了这话气得发抖，派人递话给韩先生："你去问他，回煞他给师父烧多少金银斗，他烧一筐我烧一担，看哪个烧得多。"韩先生回话："不敢不敢，回煞只烧香，不烧金斗银斗。"

师父死了，故事还没完。说三年前，韩先生去看望师父，发现师父在舂米。恭水家家都有石碓窝。碓架像一只巨型螳螂，尖嘴插进碓窝，双翅犹如两个支点。师父一只脚踩在螳螂尾巴上，一只手借助拐杖的力量，把巨型螳螂脑袋跷起来，另一只手拉住挂在挑梁上的绳子，身体往上一耸，不由自主地张嘴"哼"的一声，箍了铁环的螳螂的尖嘴杵下去，把石碓窝里的谷子舂出拳头大一个坑儿。一些谷子的壳被杵下来变成谷糠，晶莹的米粒则尽量往碓窝底下钻。巨型螳螂每舂一下，都像在磕头。挂在挑梁上的绳子则像上吊的绳套，师父每耸一下身体，都像要上吊，一脚踩下去时却又像准备起飞的大鸟，特别滑稽，也特别让人心酸。

韩先生的师父舂的是糯谷。十万大山丛中都种糯谷，又都种得不多，因为不是主食，过年过节用石臼舂点米打糍粑，磨汤圆，做醪糟，灌血肠，量不大，没法像粳稻一样挑到碾房去碾米簸糠。陈家老太太偏偏喜欢吃糯食，成大户人家后客人又多，富在深山有远亲嘛，用醪糟汤圆或醪糟糍粑块招待客人，在陈家老太太看来，等同于那些深宅大院奉上人参燕窝。韩先生的师父力气小，每天只能舂三斤糯米，天天舂碓也只能勉强供应老太太的需求。

韩先生此前就怀疑，陈家已经不像刚开始那样供养师父。现在亲眼所见，他们把师父当成长工驱使。师父的房间从厢房搬到下房，和长工住在一起。厢房腾给老太太的丫环，以便照顾刚生孩子的孙媳妇。韩先生不动声色，他去狮子山看了看陈老大的坟，回来后对陈家当家的大儿媳妇说，你们陈家还有后福啊，现在他们当团长旅长，打来打去，不是朝廷命官，如果在老太爷坟前立块碑，尖头长方碑，陈家人才会成为真正的朝中大员。这碑不是别的，是上朝用的笏板呀。当家大儿媳说："朝廷都没有了呀。"韩先生说："朝廷没了，政府还在呀，民国政府就是过去的朝廷呀。"他同时说，二台子到恭水太远了，自己农活又忙，看望师父不方便，不如把师父接家去住一阵。韩先生把师父接走，是怕师父心软，破了他的法术。陈家在狮子洞口立碑不到三个月，先是两个团长战死沙场，然后是旅长被人打黑枪。当连长的老二性格温和，也只多活了半年。他在茶馆喝茶时被人下毒。追查下来，竟然是半个月饼惹的祸。连部过中秋节，副连长把一个月饼咬了个叉，吃不下，不想吃了，准备丢掉。老二节俭惯了，不允许副连长糟蹋，当着众人的面命令他把这个月饼吃下去。副连长怀恨在心，逮住他去茶馆喝茶的机会，派心腹在他茶里放了砒霜。他平时从不喝茶，习惯喝冷水，这天去茶馆是为了听书，听到忘情处，抬起茶碗喝了一大口，当时就气绝身亡。

这些故事由韩先生的师兄弟讲出来，韩先生不准他们讲，叫他们不要胡说。越不准他们胡说，他们越说得起劲，越说得起劲，故事越离奇。他们变着花样咒骂陈家的败落，宣扬韩先生的聪明和高超。说立在坟前的碑不是什么笏板，是一把刀，这把刀顶在狮子嘴上，犯凶煞，大忌。韩先生说，你们说吧，随便你们怎么说，反正跟我无关，这是无常菩萨的功劳，栽不到我头上来。

从这以后，二台子人再也不敢小觑韩先生，他们深信，韩先生在所有师兄弟中最能干，身手不凡却又深藏不露。

第二章

暗流涌动

　　"谁叫我身手不凡，谁让我爱恨两难。"二妹的儿子戴着耳机听歌。暑假本来打算和女朋友去西藏，父母却非要他来护送外婆的灵牌。他妈妈说，你爸请不了假，我们家一个男人都不去不好。他想不通这有什么不好，那么多人护送，少他一个有什么不可以。当他半猜半蒙发现爸爸不是请不了假，而是和妈妈到了决裂边缘，他顿时觉得他们虚伪，他们的生活很烂很可悲。上车后拉下风帽睡觉，醒来后听音乐，不和任何人说话。戴耳机听，不影响任何人。听到"月溅星河，长路漫漫，风烟残尽，独影阑珊"这几句，感觉是专门为自己写的，忍不住跟着唱，唱了好几遍。尤其是"谁叫我身手不凡，谁让我爱恨两难"这两句，声音陡然升高，忘我地反复唱。既绝望又不屑，既是释放也是挑战甚至叫嚣。只有他一个人听得见旋律，跟着旋律觉得自己唱得不错，别人听着却像铁片刮铁片。

全家人都觉得他很帅，成绩又好，克制着嫉妒断定他前途无量。但他自己知道，无论在全年级还是在班上，他都很普通。至于前途，这个既虚伪又高大的词显得有点恶心，如果它不是用来愚弄看不到前途的人，就是用来给老爸老妈们作为敲打晚辈的板砖，只要你还没上班，什么事就都有可能和前途有关，你穿的衣服你听的音乐你玩的游戏，无一不是你前途的绊脚石。学兄学姐们读完大三就离开，各自联系实习单位，连寝室都不允许再住。他还有一年也将面临这个问题。

被扫地出门的人不需要前途。这么想着，他眼里噙满泪水。他和女朋友说过，想找一个偏远的地方，在那里养狗、种花。女朋友说，好啊。好啊二字说得很响亮，越响亮越是"别天真"的代名词。他自己也觉得不可能，不过是说说而已。可他真的想过那样一种生活。当他三舅转过身去看他时，他看到一张欲言又止的嘴巴，一双和蔼而略带责备的眼睛。

老三一忍再忍，总想找个恰当的时间窗口转身，叫他尊重一下其他人，空间这么小，他的声音太吵太难听。如果他小两三岁，他可以轻松地无拘无束地制止他，可他现在是大学生，正处于自命不凡和破茧成蝶阶段，这个阶段的人不好惹。那些成绩不好的学生离开学校后反倒更尊重教过他们的老师，成绩好的，有时碰到招呼都不打。妹妹的儿子他没教过,但他应该属于成绩比较好的那一类。他想了半天终于想到一个办法。

"你听什么呀,听得这么投入,给我听听。"

"三舅,你不用听,这不是你喜欢的类型。"

"哈哈,不要这么自私,给我听一下。"

"我本来就自私,知道就行了嘛,没有必要说出来呀。"

他无趣地捋着头发,他则理了理耳机,以不大不小的声音唱"谁叫我身手不凡,谁让我爱恨两难"。再也不想唱,闭嘴生气。

二妹看在眼里,决定单独在一起时再给他"上政治课"。他顶撞她已经不止一次,昨天叫他用饮料敬长辈,他却说要么不敬要敬就用酒敬,她不准他喝酒,而他早已学会喝酒。她不便发作不是觉得当着大家的面不好,而是想让他和自己站在一边。她相信他会站在她这一边,但力度还不够。她觉得一旦分手,她不会再婚,那么儿子将成为她最大的依靠。任何年龄段的男人再婚似乎都不难,而女人正好相反,那些再婚的男人仿佛找的不是女人,而是一种叫女人的物品。这是为什么呢?男女性别并未失调,可你却无法用数学解释这种现象。她告诫自己,从现在起,要随时打扮得漂漂亮亮,不要让人觉得你可怜。可是,这种事就像感冒一样,你越是希望早点好希望别人看不出来越是不可能,十有八九,早已尽人皆知而只有你一个人蒙在鼓里。他不来不是请不了假,是她不让他来。他说,也行,趁这几天我们都好好想想。在梦里,她觉得很失落甚至难过,白天,却又觉得没什么关系,不存在离开了谁就不能活下去,世上没有永远的庇护所,只是一时的栖居。大哥大嫂的婚姻二哥二嫂的婚姻大姐的婚姻三哥三嫂的婚姻，他们年纪比她大，她从没想过他们的婚姻幸不幸福。最近仔细观察，感觉他们至少有一半时间是在痛苦的擂台上互相折磨，但谁也没想到拆掉擂台。她觉得老四那不叫婚姻，他还在恋爱，大男孩的恋爱。

她无法和他们交流，他们之外也不可能有倾诉对象。她的事看上去简单，却正是因为简单让她困惑让她纠结让她找不到方向。那是三个月前，她加班后回到家，进屋之前知道他在洗澡，卫生间的窗户朝楼梯，进屋后右转是一壁鞋柜，鞋柜的另一头是进卫生间的门。她放下包，犹豫着要不要进去。平时便秘，今天提前下班走路回来，似可以解又不敢肯定。这犹豫让她手脚变轻，进去坐在马桶上他也没发现。他被水雾包裹，而水雾是因为整体浴室。这是她强烈要求安装的整体浴室，卫生间太大，她又怕冷。他为什么不开抽风机，事后回想，是故意不开，他并不想别人看见。她听见呻吟声才看见他站在莲蓬头下面让线流冲射下身同时用手拉扯还一会儿冲一会儿用手。他哼出来的声音不大，但那是她从没听到过的和她在一起永远不会有的即将到达某个顶点的不雅的声音。她一动不动忘记自己身在何处，他则忘乎所以沉浸在一个人的高潮中。她当时既没生气也不觉得可耻，只有好奇甚至想笑。他从里面出来后看见她，吓了一跳，继而责怪她不声不响。他们没有吵，只争论了几句，当天晚上他睡到儿子的床上，就在隔壁，但两人都感到了咫尺天涯。她吃着一碗撒了半勺困惑半勺恶心半勺难过半勺愤怒半勺想骂娘的小米粥，不想吃但不得不吃。

　　这种事即使娘还在，她也无法向她开口。几次把最好的朋友约出来，临到嘴边都咽了回去，一旦说出来，完全有可能在全县沸沸扬扬，成为最大的笑谈。她暗中调查过，没有其他人，没有另外一个女人也没另外一个男人。她怕自己的调查不准，他那么做是个阴谋，他是故意做给她看的，他其实知道她坐在马桶上。她因此动过请私家侦探的念头，但仅仅是念头，因为事实明摆着没有必要。她问他为什么，他回答说不要问好吗？有时她觉得如果他是同性恋她能理解，甚至他有其他人她也能理解。这是靠不住的想要挣脱泥潭的借口，真有这些事，会一样难受一样恶心。他说，他只要最小的那套房子，另外两套和门面留给她和儿子。这合情合理，但她觉得不是这么回事。

　　那个旁若无人地唱歌的大学生和他哪里有相似之处吗？一旦觉得有，相似之处就越来越多，她不敢往下想。不是她要给他上政治课，她才需要有人给她好好上一课。

　　三哥当了三十年语文老师，还当过校长，但她要找的人不是三哥。三哥当老师的时间太长了，容易把每个人都当成他学生，仿佛只有他一个人掌握真理。他的知识面确实比大家都宽，但不可能宽到可以解决说不出口的事情。每个人内心都有一个铺子，哪些该卖出去，哪些该买进来，往往要事后才知道，因此也不能全怪三哥。在兄妹当中，比较一致的看法是三哥娶了一个没心没肺的女人，耳濡目染，他也越来越没心没肺。其实有时算不上没心没肺，是他们不想和她来往的借口。

　　这么想着，她几乎原谅了儿子的不礼貌。平时看似对长辈的话不在意，其实他早已从他们的谈话中感觉到他们对三舅的不满，自私两个字从三舅嘴里出来，他毫不客气地怼回去。过于直率不好，不直率又显得虚伪。他比他父亲直率，这让她感到安慰。不过，也许，他父亲比他更直率，要不然他不会说，我除了不想和你再在一起，别的没什么。她问他厌恶她什么地方，他回答说不是厌恶，是找不到感觉。你都五十出头了，要什么样的感觉？！他说，我也不知道，大概是为了对自己的下半生负责吧。她忍不住咆哮：狗屁。

最让她不能忍受的是他脸上没有丝毫愧色。她不给他煮饭不给他洗衣服，他没有怨言，不声不响依然故我。她希望他投降的计划落空后，发现无论怎么做都不可能找到胜利的感觉。这是一个难以忍受的旋涡，在毫无防备的情况下生成，再也不可能复原。她想知道他这种行为什么时候开始的，他仍旧回答不要问好吗？并说再问他是要发火的。她仔细想了想，有多久和他躺在同一张床上却没有让他用她的莲蓬头，大概是儿子进初中时冷淡下来的，她每天要给他做早餐，晚上辅导他做作业，那么没有八年也有七年。她从没想过这个问题，并且觉得他也不应该想。况且这能怪我吗？她想，我付出那么多，我是为了儿子呀。我错了吗？只要儿子成绩好，再苦再累也没抱怨过，儿子的好成绩是所有不适的解药。现在，这解药正在失效。几年来打仗一样不怕牺牲勇往直前，终于赢得了战争，还没来得及庆祝，却有人告诉你，你现在除了胜利什么也没有。

她看着窗外，窗外景物如在梦中，看见和没看见一个样。我为什么要醒来呢？既然醒来就再也无法装睡。不，我不会放弃，她想，我又没什么损失，烂在锅里比把锅砸烂好。烂在锅里只有我一个人知道失败，把锅砸烂所有人都会知道我的失败。她骄傲地看了一眼她的解药，他正和表妹交换耳机。

原以为年轻人会凑在一起，可上车后他们像刺猬一样各在一边。表妹是三哥的女儿。三哥当年是民办教师，为了提升文凭，考教育学院考了三年才考上。都说他教书还行，但考场被魔咒封印，直到梦想破碎才解封。第三次走进考场，他望着发考卷的老师胸前亮晶晶的纽扣发誓，这次考不上决不再考，结果反倒考上了。几年后的新婚之夜，他对小他九岁的妻子说，他觉得是那颗纽扣保佑了他。这颗纽扣改变了他的一生，这次考不上，他将辞职去做水果生意。屡败屡战，他并不以此为荣。数学老师拿这事鼓励学生：同学们，只要努力，一定会有收获，你们语文老师就是最好的例子。他觉得数学老师在讽刺他，但私下里，数学老师多次表示对他的钦佩。几年后，数学老师竞争校长失败，他才知道讽刺是真的，钦佩是虚情假意。他无法一眼看穿别人的用意，在兄弟姐妹中是这样，面对妻子和女儿也是这样。最糟糕的是有些事大家都看懂了，自己却怎么也不明白。

女儿从表哥手里接过耳机时，他不合时宜地说，不要听了，听多了会损伤耳朵。聪明的女儿答非所问：今天晚饭吃什么？

和所有不了解自己孩子的父母一样，他们努力想要告诉孩子最佳答案，结果却总是事与愿违，加上在吃方面过分关心，或者说除了吃不知道谈论什么，等他搞清楚现在到了哪里、晚上将到哪里，再从那里的特色美食中挑选出三种供她选择时，她对此已经毫无兴趣。她没像表哥那样跟着唱，而是一边玩游戏一边听。这不光对耳朵不好对眼睛也不好甚至有可能对脑子也不好，但他不敢制止她，他怕她。

"怎么样？你选哪一种？"

"无所谓。"

"怎么了？"

"没什么。"

他们刚离开安阳，计划晚上住许昌。老三被两个晚辈怵得灰头土脸，摇摇晃晃地站起来，叫二哥把香给他，他来持香，二哥可以好好睡会儿。二哥硬抽抽地说不。二哥对任何人都是这表情，很少笑，一旦笑起来就像个婴儿。这时二妹兴冲冲地叫老四把"声音"准备好，大家来唱歌。做出"烂在锅里"的决定后，她的心情顿时好起来。见三哥进退两难，她找到了拯救他的最好办法，她宣布："老的先唱，小的后唱，交替来，每个人都要唱，唱什么歌都行，山歌老歌都可以，实在不会唱讲个笑话，来来来，先吃点零食，酝酿酝酿，外婆生前喜欢热闹，喜欢儿孙满堂，你们一个两个嘴巴里含着金元宝吗？闭得那么紧。四舅，准备好了吗？准备好了我先来。"

她唱《在那桃花盛开的地方》。说这就是她想象中的母亲当年生活过的地方。

唱完后叫儿子唱，儿子说没准备好，两个侄女，一个说还在想，一个说还在找歌词。三哥及时接过话筒，说我来吧，我不会唱也不会讲笑话，我给大家讲个故事。

"今晚上我们住许昌，我就讲讲许昌这个名字的来历吧。许昌和两个人有关，一个叫许由，一个叫曹操。上古时代，尧帝听说许由贤能，要把帝位让给他。许由是个清高的人，不问政治，他不但拒绝了尧帝的请求，而且连夜逃进箕山隐居。尧帝还以为许由谦虚，于是更加敬重，又派人去请他，说你不接受帝位也可以，能不能出来当个州长呀。不是一个州，是九州，冀州、兖州、青州、徐州、扬州、荆州、豫州、梁州、雍州，叫他当九个州的州长。许由听了这个消息，更加不舒服，立刻跑到山下，到颍水边去用水洗耳朵。许由的朋友巢父也隐居在那里，许由洗耳朵时，他正好牵了一头小牛来饮水，问许由这是干什么。许由就把经过告诉他。巢父听了冷笑，说算了吧，谁叫你在外面招摇，把名声搞大了，人家千里迢迢来找你，你这不是自找的吗？装什么装。对了，你洗耳朵，玷污了这清澈的河水，我的牛可不能喝。巢父说完，牵起小牛去上游给牛饮水。许由隐居的地方从这以后叫许，那时候的地名只有一个字。后来，曹操在许地'奉天子以令不臣，修耕植以蓄军资'，他儿子曹丕觉得曹家天下'基昌于许'。许地成了许昌。虽然后来多次改名，但最终仍然叫许昌。我的故事讲完了，谢谢大家。"

二妹带头鼓掌："三哥的知识太渊博了。"她的解药说："装逼。"声音不高，但很清晰。二妹正要发火，解药笑着说："我说的是古人，古人爱装逼也会装逼，当皇帝都不去，你们说是不是装逼，哈哈哈哈。"

三舅说："那时候不叫皇帝，要到秦始皇才叫皇帝。"

大家都觉得年轻人嘲笑的是古人，只有你觉得不是，但你不敢挑破，拳怕少壮，退休前已经深刻领教过，他们平时彬彬有礼，比过去任何一代年轻人更懂礼貌，可一旦争论，往往机锋挑激。反正"逼"这个字你说不出口，尤其是在大庭广众之下，流行语向泼妇借鉴而不是向书籍借鉴，这说明什么问题？你望着窗外。

二妹的解药意犹未尽："最装逼的不是不去当官，不喜欢当官的人很多，各有各的理由，但洗耳朵直接是装逼，你们说是不是？"

"还有另外一种可能，"三舅的女儿说，"也许根本就没有许由这个人，这不过是写故事的人瞎编。写故事的人都是有文化的人，有文化的人都想当官，当不了官才来写故事。"

他仍然看着窗外，心情已经好转。

"会不会是一种风俗？"二嫂问。

谁也没料到她听得这么认真，她可是远近闻名的悍妇。她的问题虽然可笑，但憨态可掬。"有人遇到不好的事情吐口水，有人洗耳朵，各风各俗嘛。"

解药说："二舅妈，你太有才啦。"

"哈哈哈哈，臭小子，敢笑你舅妈。"

伤　寒

　　二台子有个风俗，男人三十岁后就开始给自己寻找阴地，既可以请会堪舆的人帮忙，也可以自己挑选。看中了某块地，不管地主人是谁，找一块石头，用錾子刻上名字，宜破土日埋下去，叫定码石。死后即可在此处安葬，土地的主人不得干涉。大山丛中的人热衷于堪舆，他们深信活得好不如死得好，死得好不如埋得好。他们对于堪舆的学问来源于祖传和平时的闲聊。韩先生作为专业人士，他们不敢和他比。但他们相信，韩先生一定会把二台子最好的地留给自己，他在林边地角撒泡尿，离开后都会有人去察看，看他是不是在那里定了个点。他走碎步的样子，也被他们看成是为了便于观察，看哪里适合埋定码石。

　　他们的嫉妒之火把他们的梦烧得七零八落，摆谈时互相安慰，不要把定码石当回事，"命里有时终会有，命里无时莫强求"。可做农活的间歇，看着神秘的山泽林樾，想埋席好地的想法又占了上风。土地能长出庄稼，长出树木花草，为死者的后人长出富贵完全是有可能的呀。

　　韩先生不动声色地制造着传奇，仿佛非要把二台子人逼疯。又一个故事流传开后，暗中观察韩先生的人更多。

　　从川南到黔北，姓李的土匪叫二老乱，姓张的土匪叫二老跳。这个称呼来自李自成和张献忠。李自成在西南被称为大老乱，张献忠被称为大老跳。再凶悍的土匪也没法跟这两个人相比，只能排在第二，因此叫二老乱和二老跳。老跳和老乱们自称掌柜，为首叫大掌柜，依次叫二掌柜三掌柜，其他匪徒叫伙计，这不是他们不要脸装文气，这是他们的崇高理想：等手上有了钱，去楚米镇当个掌柜，娶个肥婆娘，开个店子，使个下人，骑匹大马，这一生足矣，称得上功成名就洪福齐天。

马鞍山有个二老跳，有天夜里派人把韩先生请到匪窝，命令韩先生给他堪舆择阴地，他知道当二老跳不可能善终，阴地早早准备为好。他派两个喽啰用滑竿抬着韩先生，韩先生的烟杆指向哪里，他们就抬他去哪里，韩先生的烟杆在滑竿上轻轻一敲，他们立即放他下来。韩先生在马鞍山转了半个月，选了三穴地交给二老跳。三穴地各有好处，一处主人丁兴旺，一处主偏财不断，一处主来生轻闲。三种好处同时具备的阴地马鞍山没有。二老跳没有犹豫，选择了第二处。"有钱能使鬼推磨，老子只要有钱，有什么买不来的呀？"二老跳说。几个月后，二老跳抢劫胡家院子，被胡家老酒灌醉，回来时摔下擦耳岩。胡家有个酒坊，老酒是二老跳的手下从酒窖里抬出来的，每个人喝了三碗，当时感觉没事，走了几里路才发现醉得厉害，有个瘦精猴被二老跳打骂过多次，瘦精猴不喝酒，正是他不喝酒，常被二老跳酒后打骂。这天边走边骂，走到擦耳岩，瘦精猴忍无可忍，当着众人把二老跳推下悬崖。受气包取代二老跳成了匪首，他不准匪窝里任何人喝酒，谁喝掌谁的嘴。同时宣称，自己死了埋主人丁兴旺那块地。欺生不欺死，新掌柜请来韩先生，把二老跳埋在主偏财不断那块地上。

韩先生当初给二老跳堪舆完毕，没要他的钱，只要了一个白瓷碗。这碗是二老跳从一个大地主家抢来的。韩先生在家用这只碗吃饭喝水，到别人家做客也带着这只碗。他说，他不求富贵，只求这辈子有碗饭吃。他在以二台子为中心的大山丛中不算穷也不算富，两亩水田外加一座碾房。父亲在世时，全家人住在峡谷里，住在碾房后面。父亲去世那年，发大水冲来河沙，把峡谷里的土地全部盖掉，沙子厚达三尺。当天晚上雷鸣电闪，早上起来看见峡谷里白花花一片，还以为六月下大雪，揉了揉眼睛才认出全是沙子，并且一点也不白。把家搬到崖畔上，在路旁的柏树上挂了一只牛角，需要碾米的人走到那里，吹响牛角，他听见了大声回应："来啰，这就来。"一边提起长衫往碾房跑，仍然是碎步。他若是没听见，儿子会到处找。"爹，有人碾米。"儿子清脆的声音像云雀。有一年，一小股土匪打劫碾房，绑架了韩先生的大儿子，在土匪的限期内没筹齐赎金，大儿子被土匪放碾槽里碾碎，冲洗三天才洗干净。从这以后，他不准女人和孩子靠近碾房。

　　只有关祖潜家碾米不需要吹牛角。关祖潜是二台子最大的粮户，拥有三十亩良田。韩先生的父亲以前是关祖潜家的佃户，碾房是关祖潜的祖父赠送给韩家的。韩先生的父亲感念这份大礼，给儿孙定下关家碾米不收钱，由韩家人去挑谷子来碾，碾好了送回去的规矩。关家什么时候需要碾米，韩先生心头有数。两人相差三十岁，关祖潜叫韩先生叔，韩先生叫关祖潜关老弟。平时往来不多，韩先生不想让人觉得他有讨好富人之嫌，关祖潜不想让韩先生觉得他高高在上。表面上彬彬有礼，骨子里却是为了各自的自尊，有那么点小小的不屑却又尊重有加，就像有知识的人对同道莫名其妙的轻视和忌惮。

整个二台子，每天早上一定是关家灶房的炊烟先冒出来。某家孩子喊饿，脾气不好的父母会大声斥骂，关家都没冒烟你就饿了，又不是饿鬼投的胎！对子女娇宠一点的会说，你去看关家冒烟没有啰，关家都开始冒烟了，我们就开始煮饭。

关祖潜二十一岁，身材颀长，面色苍白。他九岁时成一家之主，十年来勉强维持家业。父亲一直努力读书，希望考个秀才甚至举人。可他不是读书的料，有次发誓，背不得书就把砚台里的墨吃掉。别人都背得他仍然一念就忘，真把砚台里的墨吃了。后来吃上瘾，四十岁出头还没生育，连他自己也承认，和墨汁吃得太多有关系。关祖潜出生时，父亲已经年过半百。父亲吃过那么多墨，儿子却白得像个玉人。接生婆说，她是第一次见这嫩白的孩子，开玩笑说恨不得蘸辣椒水把他吃下去。两岁时，父亲去世，几年后母亲亦撒手尘寰。

关祖潜喜欢到楚米镇看戏，对家业不大关心。几年前，省主席周西成途经楚米镇，敬重楚米区公所师爷彭定安的人品书品，下马徒步进城拜访，并委任其为省参议，一时间轰动三州五县。关祖潜从那以后经常去彭家，对彭自书春联"除夕有佳肴，几朵白菜度残岁；过年无兴味，一杯浊酒下汉书"极为赞叹。他骑马去楚米镇，除会友或看戏，常到彭家进出。鸡叫三遍，他还没出门，白马嘿嘿嘶鸣，催他上路似的。从某家屋前经过，他骑在马上打招呼：怎么还冷屁秋烟的呀，该煮早饭了！难道怕煮早了我来吃呀？哈哈哈哈。

这天早晨，关祖潜还没出门，韩先生撞上门来。

隔着一片桑树林和三块稻田，关祖潜的管家练可白已把韩先生认出来。走近了，果然是他。老远就露出胆怯又谦卑的笑容。管家假装没看见，趁他没钻出桑树林赶紧闪身到马厩去喂马。他不喜欢和韩先生说话，不是怕他带来的阴气，是怕听见他的声音。听见他的声音他感觉尿紧。韩先生说自己是天下最老实的人，练可白的看法正好相反，并且鄙视这种标榜，尤其不喜欢韩先生那些传说，觉得那不过是为了多赚几个钱，"二台子最假的一个人"。但他没向任何人透露这些看法，包括对东家关祖潜。他不允许自己的身体有缝隙，把那些不该泄露的东西流露出来。

"祖潜老弟，这回硬是不成道理了呀。"

韩先生在院子里碰到关祖潜。

练可白觉得他的声音不像在诉苦，而是像做了好事没人发现，自己不得不宣扬一下。关祖潜则先检查一下自己最近的所作所为，看看是否与自己有关。不是因为害怕，而是不愿惹是生非。似乎没什么问题。那么——

关祖潜说："叔，你找我有事？"

"我去年从郑老催手里买了块地。娃儿大些了，饭量也大了，加上去年有两个闲钱。哪晓得，有人认为我买这地是因为风水好，是为了死后做阴宅。今天早晨把牛枷好犁了两铧，发现了里面埋了几十块定码石，我这地没法种了呀，我。"

"是哪个埋的？"

"我没翻起来看呀，祖潜老弟你晓得的，不能翻起来看。"

"没办法，谁叫你会堪舆呀。"

"哎呀，祖潜老弟，你们都错解我了，我和大家一样，也是个凡人，跟师父学得两招，不过是顺应风土人情，有个仪式。再说，就算那是一穴好地，也还要墓主有那个命啦。没那个命，是要打翻撬的呀。祖潜老弟，你是我们二台子最大的财东，人虽然年轻，但大家都看好你，麻烦你给大家说说，不能因为我在哪里挖两锄，就说那里是一穴好地，真不是这样子。"

"叔，你不要急，等二台子的人把自己的阴地都找好了，就不会乱埋定码石了。"

"祖潜老弟，你真会开玩笑，人一茬茬出生，一茬茬死去，哪有尽头。要不，哪天我也开个玩笑，到你家哪块土里，最好是好田好土，故意往那里挖两锄，让他们把定码石埋在你田土里头？"

"叔，只要管家答应，我不拦你。"

"祖潜老弟，我们都不要开玩笑。他们把石头埋在我地里，我忍得过去，谁叫我学了这个手艺呢。埋在别人的田土里头，别人不怪埋石头的人，反过来埋怨我。怨恨多了，我背不动呀。"

"好吧，哪天我请彭老爷彭定安来二台子吃茶，请他当着所有人的面说说，他的话会像风一样吹向四面八方，比我讲的话管用。"

"那就太谢谢你了，谢谢祖潜老弟。"韩先生连连作揖。

"进屋吃早饭吧，一来就站在院子里，都忘了进屋。练叔？练管家，噫，有客人来都不管。"

"不了，我得赶紧去把埋了定码石的地方打个记号，以免耕地的时候把石头翻起来。"

　　韩先生灰色的背影没入桑树林，像稻草人被看不见的手拽着。没走多远他的脸就被桑树枝抽打了一下，冬天了，桑树叶掉光了，树枝抽起人来像鬼影手一样，不声不响却很痛。他叹着气把桑枝拨开。他走的路是关家的鹅和孔雀饮水觅食踏出来的，刚开始像一条小路，走到桑树林中逐渐消失，没有了路，反而让人感到轻松。桑树林外面另有一条，路上铺了石板。但大多数人来关家大院，都会从石板上走来，从家禽踩出的路回去。只有那些有身份讲究仪式的少数几个人从原路返回。

　　练可白走到院子里："少东家，你不用理他。他呀，就喜欢装神弄鬼。"

　　"他种那么多地干什么？又不是粮食不够吃。"关祖潜说。

　　这话让练可白不知道如何回答。关祖潜的父亲去世后，家业全赖练可白。类似的话他对练可白也说过，练可白每次都不高兴，无数次决绝地想"算尿"。关祖潜刚学会说话，说了一句："这世二十一下世七。"无人能懂，父母非常担心，从那时起，父亲就把儿子的将来托付给练可白。

　　关祖潜离开家时，把孔雀唤到身边，抚摸着孔雀漂亮的羽毛："等你老了，我也给你埋块定码石。来生你想当什么呢？当人不一定是最好的，我要是你，我宁愿继续当孔雀。"孔雀伸出长长的脖子，"咯喔、咯喔"地叫唤，声音非常响亮。这只孔雀花了他三个大洋，从一个云南人手里买过来。三个大洋在二台子可买一亩水田。人人都觉得他疯了，是十足的败家子。他从没后悔过，认为这是一生中最正确的选择。他观察它时，不像在看一只鸟，而是像在看一个老友甚至一个女人。

没有定码石就死去的人，就像草木无根，无所依靠，只能一直在冥界流浪。但这仅仅是比喻，在二台子人看来，实际情况要比这严重得多。

二台子是喀斯特山地，喀斯特山地溶洞多。有一年，土匪老烟洗劫楚米镇，拐进二台子，叫二台子的人给他的人马煮饭。村里人怕他，躲到山洞里，老烟大怒，要让二台子寸草不生，不留一个活口。往山洞里吹辣椒烟，钻出来就砍头。在二台子教过私塾的王道谟先生在诗文《问难》中写道：

"洞中被熏者惨状，有手持矛而倒地者，有饭碗在手而气绝者，有子含母乳而同死者。避难同胞，咸罹匪毒，九泉有知，杜回其能免乎？"

土匪来来往往，如入无人之境，是因为政府换人像走马灯一样快，人们还没记住他的名字，履新者已经上任。这年冬至，黔军打跑滇军，委任李兴国为县长，李兴国当了三十四天，被保警分队长张鸿杰杀死在县城万寿宫，张鸿杰保举赵铣当县长。五月中旬，赵铣害怕张鸿杰弃职逃走，楚米镇张兰芝乘机率部进入县城，省政府委任张兰芝为县长。九月成立团防局，县长换成李开贵，张兰芝当总办。第二年三月十三日大雨如注，洪水暴发，大水冲破城墙，街上水深六尺。驻县城保卫团被淹，枪支流失，三股势均力敌的匪帮争夺县城，最后一个姓杨的匪总取得胜利，杨自任保警大队长，让李得明当县长。李得明只当了八天。华洋义赈总会贵州分会汇来水灾救济款八千元，李得明携救灾款和县印潜逃，竟不知所终。

在二台子人看来，这些都是二老跳和二老乱在作怪，不是牛打死马就是马打死牛。给大家带来新奇和快乐的，是从龙泉牵到楚米的电话线。一根铁线挂在电线杆上，就能听见几千公里外的人说话，在将信将疑中百思不解。在百思不解中拍着象征蠢笨的脑门。

"是不是有个小人人在铁丝里跑来跑去传话呀，天，他好辛苦的。"

光怪陆离的世相吸引着所有人，同时又歌颂着这种进步，只有极少数人为之担忧："会不会？"会不会什么呢？他们也说不清楚的，是否发生说不清楚，怎样发生更说不清楚，会不会呢？没有落脚之地。

二台子的成年男子都去看过电线杆和电线，电话机是看不到的，电话机在区公所最结实的房子里，有人持枪看守。有点亲戚关系的人也只能隔窗观望。于是退而求其次把耳朵贴在电线杆上，听见嗡嗡声，心想这一定是电话里的人在说话，至于说什么，凭他们的木头脑袋是听不清楚的，要用一个弯茄子那样的东西才能听清楚。

关祖潜从镇上回来，说你们听不见是你们耳朵不好，我听见了，我听见电线里头有人说，即日起全县修一百个碉堡，以防匪患。不是一般土匪，是军匪。几天过后，征调民工修碉堡的通知果然来到。楚米镇修十七个，二台子修三个。有人问韩先生，世道是不是要大变。韩先生说我哪知道。这话没人相信，说韩先生把白瓷碗扣在耳朵上，电线杆里的人说的话他全都听见了。无论关祖潜说什么，他的话一落地就被捡起放进韩先生的口袋，再从韩先生的口袋掏出来，源源不断。

军匪从县境经过，杀死大地主梁光柏，分了他的粮食，带走了几十个年轻人。二台子人松了口气，还没完工的碉堡成了烂尾工程。韩先生吃斋把素，超度匪患中死去的人。劫后余生的人笑容满面地问：先生，再也不会有灾难了吧？老天已经把我们收拾够了。韩先生说，不关老天的事，灾祸无常，唯人自招。这人看不懂韩先生忧悒的神情和负罪感，反而觉得自己受到古老的伤害，转过身说韩先生咒大家倒霉、阴坏。他们喜欢他的传奇和神秘，不喜欢听他实话实说。做梦的人不愿被叫醒，做噩梦的次数毕竟很少，大多数时候虚无缥缈无关紧要。宁愿在蒙蔽中舔舐花蜜，不愿在清醒中感受苍凉。

端午节前，韩先生叫老伴采艾草、菖蒲、白蒿、桑叶、铜钱草、灯芯草、车前草、鱼腥草、半边莲煮水，全家老少泡澡。顺便把衣服被子也煮一遍，煮透后在太阳底下暴晒再拍打。有人说这是为了煮死虱子，拍打是为了把死虱子拍下来。韩先生没正面回答，说死于非命的人怨气大，人不怕看得见的东西，看得见的好防备，看不见的防不胜防。怨气看不见摸不着，要特别小心。还在房子外面撒生石灰，地上、路上、树上、板壁上、柱子上。远远看去，他家的房子在白云上翘起展翅欲飞。

跟他学百草泡澡的只有几家，大多数人把艾草菖蒲挂在门上了事。

　　这年夏天，川南发生瘟疫，几十天后瘟疫越过大娄山传到黔北，继而传到龙泉县城。刚开始，大家都觉得和二老乱二老跳攻打县城差不多，与二台子关系不大，这段时间你可以不进城嘛，很多人一辈子都没进过城不是照样活得好好的？到了秋末，比二老乱和二老跳更难对付的瘟疫来到了楚米镇。

　　二台子最先被传染的是张老宽。张老宽做豆腐卖，在楚米卖完豆腐把饭店的潲水挑回二台子喂猪，猪没事，张老宽病倒了。病人怕冷，旋即发热，头痛，脑子里像塞了一个可以孵出小鸡的鸡蛋，难受得用头撞墙，必须撞破里面那个鸡蛋，让已经孵成的小鸡出来，疼痛才能消失。头痛还没停止，四肢又痛起来，这种痛和刀伤枪伤不同，别的伤痛是一阵一阵的，瘟疫产生的痛没有间歇，无处可逃，站着想坐，坐着想躺，躺着想死。同时舌头由红变黑，舌苔上有一层粉，水洗不干净，刀刮不干净。实际上很少有人用刀刮，生不如死，舌苔上的粉只能算小事一桩。

　　有人认为瘟疫到不了自己身上来，不必害怕。有人提前喝草药汤，以此增强抵抗力。惊慌失措的人并不多。他们谈论最多的仍然是种地，在他们看来，只要有土地可种，就能解决一切问题。他们因此喜欢大水牛，喜欢沟渠，喜欢农具。和种地无关的一些事，也喜欢用农具解决。对某人怀恨，他们说得最凶的狠话是：我犁两铧把你埋了；两锄挖死你；一扁担砍死你。说不需劳碌就有吃有穿的人：他呀，铧尾把都不曾摸一下；就没盘过泥巴；钉耙几齿都不知道。说起瘟疫，他们仍然离不开老本行，说它是烂田里的水浪板，怎么弄都死不绝。水浪板是一种水草，叶子漂在水面上，和水稻争养分，他们恨它又拿它无可奈何。

第二个被传染的是唢呐匠。二台子有姑娘嫁到肖家营盘，他作为姑娘家请的响器班成员去了肖家营盘，没想到回来就病倒了。有人说，他其实前几天就不舒服，伤风感冒。但有人说，最主要的不是伤风，是吹唢呐这种活伤元气，他身体本来就不好，早就不应该再吹唢呐。唢呐匠被感染后三天灵与肉分离。比卖豆腐的张老宽还先死。唢呐匠的师兄师弟，甚至连师父都来了，他们一来就吹奏不停，搞得像大户人家一样热闹。接连下了几天毛毛雨，大地像脓疮溃烂一样，送葬的人没走多远，草鞋就被烂泥扯烂撕碎，烂泥胶在脚上，像个大鸡窝。但人们热情不减。唢呐匠爱热闹，生前人缘好，二台子一半以上的人参加了他的葬礼。

韩先生带人做法事，按照唢呐匠生前埋下的定码石，把唢呐匠葬在半小山。有人问韩先生，唢呐匠选的地好不好。韩先生说，好呀，好得很。但众人觉得，韩先生的意思是一般，并不是最好的。最好的在哪里，韩先生知道，但他不会告诉大家。

唢呐匠死后第二天，有两个人病倒，第三天大暴发，病倒十七人。病人脸色铁青，脸皮皱巴巴的，像正枯萎或腐烂的菌盖。他们呼吸短促，上气不接下气，除了头痛，腋下和关节像在受磔刑。大多数病人临死趴在床上，把头伸在床前，死死地盯住地上某处，仿佛有个仇人，互相寻找了几十年，现在终于找到，荣辱在此一搏。

韩先生忙得晕头转向。刚开始，他为死者做三天道场，最后改成一天，到了一家同时死去几个人，他只能匆匆忙忙地诵三遍往生咒，立即赶往另外一家。不管去哪里，他都怀揣他的白瓷碗，用它吃饭喝水。刚开始有人觉得这个举动有点奇怪，有点多余，他自己也信心不足，说起白瓷碗闪烁其词。时间一长，大家习惯了，他自己也坦然。

匆忙死去的人大多没有定码石，也没有棺材，紧紧拥抱他们的只有生前抟弄过的泥土。这些泥土长出粮食让他们吃，现在他们变成了泥土的粮食，泥土本应因为他们更加肥沃，但他们太瘦了，只剩一张皮和骨头棒。胖的人变成肥料后可以供养参天大树，他们只能供养铁丝蕨和杂草。

二台子没有医生，每个成年人都能扯几味草药，掌握几个偏方，有小病都是自己解决。生大病才到楚米镇去看医生抓药，这要家境过得去的人。穷苦人家，只能坚持自己寻找草药，把自己掌握的偏方和别人教授的方法用尽，实在熬不过去，只好去借那些在镇上抓过药的人家用过的药罐。二台子的药罐都是沙土做的瓦罐，透气，不漏水。把借回来的药罐加上清水，熬到快干时倒出来，得到一小碗黑色药汤。要老药罐才能熬出药味，新药罐熬出来的是白开水，连苦味都不带。喝了老药罐熬出的药汤仍不见好，只有等着死神来提亲。等死的人并没有号叫或痛苦不堪，若是问他如何，好点没有，他会虚弱地说，好不了啦，只有喝韩先生的"铙子汤"了。绝望透顶，反而不再绝望。铙子是韩先生做法事用的法器。他们说成"饺子汤"，是把铙和饺当成了一个字，有些人是故意的，有些人是因为读书少，分不清这两个字。

瘟疫横行，二台子人各显神通，一生病就用平时晾干的草药熬水喝，越苦越难喝在他们看来越可能有效。喝野生黄连汁时，苦得满脸起皱，皱纹要半个时辰才解开。还没解开，重生的笑容就展露出来了，这么苦，肯定能把身体里的病魔逼出去了。他们相信病魔也怕苦。

韩先生让女人孩子砍来柏树枝，每天把家里里外外熏一遍。他和家里人说话一向刻薄，不告诉他们为什么这么做。对外人，则彬彬有礼地说，是为了驱邪。黄连和柏树，二台子的山上都有，勤快人一会儿就可搂回一抱。

由于瘟疫是从镇上传来的，二台子人都不敢上街，即使非办不可的事也一拖再拖。有些事拖一阵，就不再是非办不可。只有韩先生必须去，他被区公所聘用为临时信使，向区公所报告发病情况和死亡人数。

村里人不习惯突然到来的清静，虽然从人数上讲，死去的人不到全村人数的十分之一，但给人的感觉，村子里一下空了一半，每个人都感到前胸后背发凉。平时，二台子与楚米之间的官道上总有拾牛粪拾马粪的老人，现在见不到他们的身影，就像全村都空了，老人全都被瘟疫带走。乌鸦和平时一样叫唤并且一样多，平时没少骂它们，现在不骂了，因为它们应该来。炊烟仍然是关家先冒出来后，其他人家才陆续点火，但不会再为这种事责骂或嗔怪孩子。田坝里有棵不高但粗壮的乌桕树，树空心了，年年都有孩子在里面烧火玩，大树到了春天照样开花，照样结乌桕籽。村子里死人最多那天，乌桕树倒下。似在说明，瘟疫不光要人的命，也会要大树的命。

尽管村里人不到街上去，街上的人也不到村子里来，但谣言还是来了，是乌鸦带来的。说有个村寨的人，被政府派去的军队围住，点火烧掉了村寨。因为村寨里一半以上的人染上瘟疫。二台子的人一方面感到恐惧，一方面觉得染病的还没这么多，房屋依山傍水，单家独户多，烧起来没那么容易。这与其说是乐观，不如说是习惯了逆来顺受。有人说，哪个敢烧我房子，我非同他拼命不可，没有枪，我有刀有石头，拼死一个扯平，拼死两个赚一个。其他人忧愁地想，哪有这么简单。

恐惧归恐惧，该种地照样种地，该办酒席照样办酒席。如果男女双方都是二台子的，操办起来比以往还热闹。本来不打算办寿酒的，也在这个寒冷的冬天大办特办。为了减缓心头压力，他们说话声音比平时大，举手投足夸张做作，他们自己也感觉到了，但并不觉得好笑，反倒觉得非如此不可。

韩先生撒生石灰时，练可白觉得多余。疫情越来越严重，他不敢大意，买了几担生石灰，比韩先生撒得更宽。隔几天撒一次，进出的小路撒出去几十丈，仿佛房子长了根。关祖潜在家待了几天，觉得难熬，说：

"阎王叫你三更去，不会留你到五更。"

骑马去楚米，闲逛了一天才回来。他说，邻近的西河、清江几个村，决定用最古老的方法驱赶瘟疫。由村里人筹集钱粮，请德高望重的人主持，设坛做道场送瘟神。韩先生忙不过来，从外乡请人来做法事也一样。有人说，韩先生不是忙不过来，而是灶神菩萨保佑不了灶门前，万一法事不灵，会丢人现眼，送瘟神毕竟和安葬死人不同。众人决定由关祖潜来主持，去车碗场请道士来驱邪。关祖潜生性热情、为人平和、心胸宽广，毫不犹豫就答应了，花费也由他出。练可白叫他不要答应，这分明是要他出钱出粮。关祖潜说，我们家出得起。练可白不满地叽咕："出得起？不问这钱粮是怎么积攒下来的。"

祭坛建在田坝中间。坛上立着一个穿黑衣服的稻草人，戴了顶毡帽。准备做七天法事，第八天抬到河边烧掉，让河水冲走，送神送到天边。

瘟神在他们看来是一位又贪又恶的穷亲戚，为了叫他赶快走，一半人说奉承话，说软话，一半人说狠话，戴着凶巴巴的面具对他进行威胁和羞辱。为了让他滚蛋，能想到什么方法就用什么方法。

法事做了三天，从车碗场请来的道士染上瘟疫，这天他正在念经，突然发烧，喉咙和舌头充血，接着不停地打喷嚏，声音嘶哑，咳嗽起来胸腔像要爆炸一样。他匆匆忙忙地收拾起行李往家赶，他不愿死在路上，他要回家死在自己的床上，只有死在自己床上才能在堂屋做道场，死在外面是野鬼，野鬼被门神秦叔宝和尉迟恭挡在大门外，是不能和祖宗会面的。

关祖潜只好去请韩先生："叔，你不出面不行了咯。"

韩先生说："祖潜老弟，人家开的场，我来煞果，哪有这个道理呀？"

"叔，都到这种时候了，高起帽子反弹弦怕不是好哦。"

"要我做，就得按我的方法。"

"不管你用什么方法，只要你把瘟神送走，我给你挂红，把红布从你家屋顶绕过去。"

韩先生把祭坛上的稻草人取下来，把毡帽戴在自己头上，稻草扎在身上，他要亲自当瘟神。韩先生当瘟神，把全村老少都吸引来了。他爬到祭坛上又唱又跳："我是瘟我是神，我跳出无间地狱门，来到凡尘细打望，专找人间无良人。"后面念的是咒语，大家听不懂。以为终于念完了，却又开始"我是瘟我是神"。正当大家都看烦了看厌了，觉得和其他道士收鬼没什么区别，他大叫了一声，摇摇晃晃，就像要从台子上栽下来一样。终于立住不动，他翻了翻眼白，看了看台下的人，仿佛一个也不认识，也像要用目光把每个人分成两半，把他们藏在五脏六腑里发白的私心掏出来。他这一看让每个人都感到不自在，他们心虚地微笑着，韩先生清了清嗓子，用和平时完全不一样的声音说：

"二台子的老乡们，你们遭大难了，大难是你们自己招来的，你们知道吗？"

洪亮的声音在田坝里回荡，震得很多人后背发麻。

"你们好好听着，你们谁不承认，我就带谁走。你们全都不承认，我就把二台子的人全部带走。"

台下的人除了小孩，全都仍然像刚才一样微笑着，全都不敢乱动，生怕引起瘟神的注意。但瘟神早已洞察一切。他指着打山匠肖长子说：

"你是肖长子，你最不像人。吃饭不给瞎子老爷爷夹菜，故意夹干辣椒，把瞎子老爷爷辣得泪汪汪，你们全家哈哈大笑。你打山、你害命，你杀了刚下崽的母獐子，一窝獐子饿死在草窠窠。

肖长子，你自己说，有这些事没有！"

肖长子满脸通红，汗水从又脏又黑的白布头帕里淌下来。他嘴里一直叼着竹竿削的烟杆，点到他名的时候他就没敢吧嗒一下，已经熄火，既不敢取下来，也不敢用手去扶。冒出的汗水比挑担子去楚米还要多。瘟神突然变成肖长子祖父的声音：

"我死都三年了，至今肚腹火辣火痛，日夜不安，过年过节他们给我烧的纸钱，我都没法去认领，请瘟神问问他，我作了什么孽，他要这样子对我。"

肖长子取下烟杆，跪了下去。他父母在另外一边，也同时跪了下去。这时，连那些一直满不在乎、抱着观望态度的人也严肃起来。

韩先生在台上转了两圈，直愣愣地看着台下白杨坳敖家主妇冯氏，鸡冠山最调皮的小孩侯十一撞在她腿上，她扑通一下跪了下去。侯十一感到又害怕又不好玩，本想拱出去，回家或者找别的小伙伴，冯氏跪下去时把他吓了一跳。他准备哭，被韩先生的表情定住，没敢哭出来。

"敖祥忠是冯氏害死的。"

韩先生的声音落地，像打了个炸雷。他的目光越过所有人的头顶，落在两丈远的地方，让他们感到死去两年的敖祥忠就站在他们身后。

"你和人乱来，被罗三爷撞见，你不思悔改，在心里毒骂不休，还告他的阴状，你用两根腊猪脚请来黄四婆，在家扎草人，把它当罗三爷的阴身，制草棺材，用桃木做弓、柳枝做箭，每天朝罗三爷射箭，对敖祥忠说家里有鬼，是为了捉命埋魂，其实是为了置罗三爷于死地，好叫他永不开口！你好不歹毒。罗三爷至今不知道，他活得好好的，你和黄四婆扎的草人根本不是他，要不然他早就被你害死了。

"敖祥忠那么忠厚老实的人，知道你做坏事也不敢说，你还是觉得他碍眼，那天他烧炭回来，张着嘴巴打扑鼾，你把打湿水的帕子捂在他嘴巴上，还往上浇水，把他活活憋死。"

听众一阵骚动。

"憋死敖祥忠的帕子，被你塞进灶心烧成灰，把灰撒进当门干河沟，干河沟里长荨麻。你这个懒麻婆，割荨麻来喂猪，煮猪潲时锅里叫唤，喊喊堵堵煮你娘，喊喊堵堵煮你娘。这是敖祥忠在喊冤哪，你假装没听见，你以为老天也没听见吗？"

冯氏一动不动，身旁的人看着她上身不时像过电一样战栗。让大家没有想到的是，这时离她不远的一个男人突然跪了下去。大家顿时明白了，同时也感到吃惊。这不是敖祥忠的兄弟吗？

韩先生把这两个人丢在一边，以敖祥忠的声音说：

"你们不要看他们，想想你们自己吧。就说你关祖潜，你买茨笙湾那块地，说是为了修沟堵水，其实是你知道那是块吉地，龙虎有情，山水回护，想等百年后做阴宅。王家开口五个大洋，你没还价，别人说你大方，其实是心里有小九九，写好地契就埋好定码石。桃子坪的侯长应，你在楚米街上卖牛的时候，先在牛身上刷生漆，牛肿得浑身发亮，你骗人家说你的牛喂的是酒糟，天天长膘。八甲的李支顺，你偷龙二婆的桃子，被龙二婆发现了没半点歉意，还拿竹竿把树上的果实和树叶都打下来，说果树没人挑粪淋，是淋雨水长大的，哪个都可以吃。哪个都可以吃？龙二婆是个孤老婆子，亏你做得出来！还有你娄明德，偷了关祖潜家的谷子，故意把谷子撒在去彭素忠家的路上，想栽诬彭素忠，彭素忠家的急得跳河，幸好被练可白救了起来，否则你就背上命债了。文开山家的，你在灶门上烤脏衣服和裹脚布，婆婆说你，你跳起脚就骂。难听的话，我在大铁围山都听见了。冯氏借故去娄里走亲戚，实际上去了你家，你把敖老二喊到你家来，让他们在厢房里一住就是三天，你像供老祖宗一样送水送饭。敖祥忠来找，你说他们到楚米去了。我是瘟我是神，跳出无间地狱门，来到凡尘细打望，专找人间无良人。"

冯氏双手扑打，在地上乱抓，把浅浅的草抓得面目全非，咿哦咿哦地叫唤。扑打了一阵，好像这不是她的本意，她的本意是在地上打滚，她滚到哪里，哪里的人就让开。最后爬起来，摇摇晃晃，咿哦咿哦像疯子一样离去。但其他人看出来，她是在装疯。文开山家的则跪在另一边，呜呜地哭了起来，忏悔自己的所作所为，保证今后不忤逆婆婆。

韩先生用低沉的声音，语重心长地说："二台子的男女老幼们，你们现在知道大难是怎么招来的了吧？你们不把心头的瘟神请走，在二台子闲逛的瘟神是不会走的。还有很多很多的事情，说三天三夜也说不完，你们自己想想吧，哪些是该做的，哪些是不该做的。"

韩先生摇了摇头，他不敢指望这些人的德行有多少改观，人心似烂眼塘，你永远也看不透。何况他们大多只懂得犁尖与牛屁股之间的距离，对德行之类的东西有时相信有时怀疑，这要看和自己的利益相关的程度。就像为了印证韩先生的担忧，天空洒下一阵小雨，并且就下在做法事的田坝里。山坡上依然阳光灿烂。小雨把头发淋湿，没有人觉得难受，相反，他们希望雨大一点，或者太阳快点下山，以便早点结束这场活动。

"瘟神不是来害你们的，是来救你们的。现在把你们带走，是为了让你们少受点罪，你们活的时间越长，犯的罪越多，到了阎王老爷那里，有些人要下汤锅，有些人要被锯成两半，有些人要放在碾子里碾成肉酱，有些人要被割下舌头，挖出眼珠。眼珠挂在脸上，能看到自己的心被掏出来。有些人要被剥皮，有些人则要抱在烧红的铜柱子上，肉被烙得咝咝响，却死不了，渴了只能喝铁水，饿了只能吞铁弹子。"

说到这里，文开山来看热闹时牵来的黄牛，突然扬起头，"哞"地长长叫唤了一声。所有人都觉得，黄牛是在印证韩先生的话，他说的话全是实话，没打诳语。

"老乡们啦，你们必须把善神请进家，瘟神才会走啊。"

突然大吼了一声，然后像生病一样天旋地转，一个跟斗从祭台上栽了下来。众人忙把他抬到旁边的稻草上，他的额头撞破了，满脸是血。关祖潜抓了一把香灰为他止血，他没有哼一声，像睡着了一样。其他人围着稻草守候。

韩先生过了两个时辰才清醒过来，他反手支起上半身坐起来，惊讶地看着面前的人，不解地问：

"你们在做什么？你们怎么都在这里？"好像终于认出前面的祭台，好奇地问："宗先生呢？法事做完了？"

关祖潜说："宗先生回家了，他生病了，是你在接替他做法事呀。"

"我？我怎么什么都不知道？我不是去楚米了吗？哎呀，我的碗还在街上夏老爷家哩。"

"叔，不在夏老爷家，在祭台后面，早给你藏得好好的。"

关祖潜亲自把韩先生送回家，其他人留下清理祭台，把充当瘟神时用的行头拿到河边烧掉。

几天后，韩先生从楚米镇回来，在冷风中缩着身子，白瓷碗夹在腋下，像怕冷一样。走路又恢复了平时的碎步，只有动作没有速度。仿佛一下老了十几岁，见到村里人，身体更加佝偻，真诚地做出自己矮人一截、不和人计较得失的样子。那些被他点名骂过的人远远见到他，提前拐到别的小道或田埂上，避免和他面对面相遇。

只有放牛的小孩和平时没什么两样，他们随便找个土台子学韩先生唱"我是瘟我是神"，可惜只记得这一句，后面的记不得，于是瞎编：我是瘟我是神，我半夜起来敲你家门，你若不开门，我叫你家出死人。编得越离谱越能逗笑自己和同伴。

那些没被他点到名的人，见到他时要自然得多，也爱向他打听他从楚米镇带回来的消息。他说他除了报告二台子瘟疫情况，还顺便到马路边去听电线杆。他听电话里的人说，政府正在筹款赈灾，要去上海买药。这天姜天云在半道上截住他，问他药买回来没有，他必须给他母亲吃药。韩先生愣了一下，随口回答说，快了，到崇溪河了。姜天云是二台子有名的孝子，这几天感觉母亲脸色不对，他一下着急起来。韩先生隔天去一趟楚米镇，姜天云等不得，这天非要他再去听听，赈灾药到了哪里。他陪他一起去。韩先生不想去，他一露不耐烦的神情，天云马上泪眼婆娑。到了马路边，他叫姜天云自己听。姜天云听见一片嗡嗡声。韩先生把耳朵贴在电线杆上，一只手拿着块石头轻轻敲击电线杆。眯上眼睛听了一阵，说听出来了，药已到重庆綦江。

姜天云每天打劫一样拦住韩先生，韩先生不得不每天编一个地名。姜天云嫌送药的人走得太慢。韩先生斥责道：人家也是父母所生的呀，也只有两条腿呀，路途那么远，你以为是从二台子到楚米镇！姜天云说，我妈就要死了呀。韩先生说，行了，如果命不该绝，想死也死不了。

冬天过去春天到来，二茬苗从谷桩里长出来，青翠欲滴，也许是知道这不是它们的本分，因此绿得很不正常。点水雀飞进去，尾巴神经质地一翘一翘的，刚走几步，"呼"的一下飞起来，飞得又不远，想引起谁注意耍小性子似的。只有被无所事事的狗吓跑时冲天而飞，越过田埂飞出一条漂亮的波浪线，反倒从容。

没人种庄稼，种来干什么呢？给瘟神吗？

在田坝中间的二台河上，有一座嘉庆年间修的石拱桥，有人在桥栏上骑了三个谷草，三个草重叠在一起，有人恶作剧地给它戴了顶草帽，关祖潜怀着忌讳之情把它烧掉了，桥面上落满了黑色的灰烬。

韩先生正要上桥，突然看见一个人站起来，把他吓了一跳。刹那间，他以为是谷草断烬变成了一个人。看清相貌后，我不能让他觉得我害怕，他在心里想。

"练管家，你怎么突然冒出来了？"

"药到哪里了？"

"什么药？"

"治瘟病的药。"

"快了，快要到楚米了。"

练可白去重庆给关祖潜的父亲买过药，他说："我见过电话，没亲自打过，但知道怎么回事，你麻得了他们，麻不了我。"

韩先生往前走了两步，走到练管家面前，仰起脸微微一笑。

"我说我能从电线杆上听到电话，我说的是我，没说别人也能听到，更没说你。就像我说我昨晚上做了个梦，你相不相信都一样，也许真做了，也许是开了个玩笑。"

"你这个玩笑开得太大了，大家都眼巴巴盼着，要是不来怎么办？"

"眼下最重要的不是药，是庄稼种得太少了。"

"哪有心思种啊。"练管家若有所思地说。

他们走下拱桥，各怀心事。练管家扫了韩先生一眼，发现他一旦慢下来，走的不是碎步，他半含半露地说："你为什么要像这样子走路呢？"

"跟师父学的。"韩先生诚恳地说。

"可你不是时时刻刻都在做道场呀。"

　　韩先生从包袱里摸出白瓷碗,蹲下去,将一穗车前子黑得发亮的种子捋进白瓷碗,直到把两蔸车前子捋干净,他才站起来,摇晃了一下才稳住突然站起产生的头晕,他摸了摸前额。正好一缕夕阳平射过来,白瓷碗晶莹透亮,薄薄的瓷器像婴儿的皮肤一样细嫩,从外面就能隐约看见一团黑影,练管家知道这是车前子,他想靠近一步看清楚些,但刹那间把好奇心克制住了。

　　"跟师父学的时候,步子一大,师父就一棍子打在胫骨上。"韩先生笑了笑,"那个地方只有一层薄薄的皮,像直接打在骨头上一样,特别痛。最后终于记住,平时走路也改不过来。"

　　练可白把目光从白瓷碗上移开。

　　"习惯成自然?可我感觉你是故意的。"

　　"你说得对,是故意的,是故意演给阳间的人看的。"韩先生把车前子倒进包袱,把碗也放进去,看着远处的虚空,微笑着说,"一个人死了,如果没有人襄帮给他作功德,超度念经,他活着的时候又没做过多少善事,会落到十八层地狱。落下去时很快,眼睛一闭上,最后那口气一断,眨个眼睛就到阴间。活人很难到那里,师父教的步子叫莲花步,只有脚踩莲花才能到达天堂。聪明的人看懂了,应该多做善事,免得在地狱受折磨。看不懂不说还好,打胡乱说,那是造口孽。"

第三章　　　　脱轨

　　车轮滚滚。二妹又唱了一首《外婆的澎湖湾》。在她的强烈要求下，儿子唱了新裤子乐队《没理想的人不伤心》。她笑容满面，笑得有点过头，试图让儿子的表妹或者那孩子接过另外一支话筒。那孩子是老四现在妻子的女儿。除了和她妈，她几乎不和其他人说话。二妹觉得老四对她们的热情一旦消退，她们的本性就会暴露出来，老四早晚会倒霉会后悔。她定义的本性包括自私、爱财、小心眼。此时此刻，她得像主持人一样面面俱到大公无私。她坐的是车门进来左手的第一个位置，这是车上天然的舞台中心，她自觉不自觉地当起主持人，要让大家旅途开心。对老四的担心一闪而过之后，她对那对母女充满了真诚的热情。话筒在她手里滑上滑下，心想这不关我的事，所以我不应该让她俩感到冷落。她并不知道这是潜意识里发出的指令，让她好好隐藏焦虑和不安。她的手心在出汗，当她发现自己抚弄话筒的双手时，她的脑门也冒出汗来。原以为自己忘了不需要了，可身体并没有忘，它们自顾自做着隐喻性动作。没人配合，她只好点名。

"大姐，还是你来吧，你不会唱随便讲讲也行，讲讲咱妈，或者讲讲你自己。"

老四和妻子亲昵的举动让她嫉妒让她决定先不理他们。

大姐怎么也没想到这种事要让她参与。母亲在世时，她是副母亲副妈妈；母亲去世后，她是影子母亲影子妈妈。她对他们（包括比她大三岁的大哥的包容），像大地一样没有任何附加条件。仿佛她的一生就是为了做他们的大姐。她像母马一样穿过泥泞，后面拖着她的兄妹，她是他们的苦难英雄。她为他们高兴时抹眼泪，为他们悲伤时也抹眼泪。他们摔了一跤时从不怪他们，只会怪路不好，打碎了什么东西就说岁岁平安。对她自己的子女和小家，她和其他妇女没什么不同，严厉、紧张、焦虑、唠叨、叹息、忧伤，责备他们犯了她认为不应该犯的错，还爱翻陈谷子烂芝麻，打破砂锅问到底。有一次她把大儿子新买的大衣给老四，理由是老四需要一件像样的衣服。她用严格要求让儿女知道这才是对他们真正的关心，要求他们哪怕被舅舅们嘲笑也要控制好脾气。大儿子一有机会（除了在舅舅们面前）就讲述母亲抢劫大衣的故事，被他当成笑话讲，添油加醋歌颂母亲自我牺牲的善良，其实是为了掩饰他对舅舅们的蔑视，鄙视他们自私自利。她的一儿一女很能干，既是她严厉要求的结果，也和他们看不起舅舅们无能有关。大儿子的大衣被拿走后，买了一件更贵更漂亮的大衣，为此他很感谢母亲和幺舅给他创造买新大衣的机会。现实中的宠爱和严厉也许没那么严重，但谈论时往往被夸大甚至觉得比他们谈论的还要严重。儿子和女儿得知要送灵牌，第一时间就找好不能一起去贵州的理由，一个要去韩国，另一个的新公司要开业。为了让他们无话可说，兄妹主动承担了租车费用。

接灵之前的一切活动都听她指挥，也确实指挥若定得心应手。钻进长途旅行的客车后，像到了另外一个国度似的极不适应，甚至连他们说的话都听不大懂。从二妹手里接过话筒，拿反了，她这是第一次拿话筒。

"我的老天爷，我哪会讲故事，我只晓得过去有个人，长了四张脸，活了三百年。"

被纠正后话筒倒过来，但她像拿着一截刚啃过的甘蔗一样没有管它。粗糙的手握得紧紧的，嫌重似的放在大腿上，让它和手和大腿一起摇晃。

他们问她这个人叫什么名字，住在哪里。她说：

"我哪晓得他住在哪里，我又没见过，我也是听来的。好嘛，我再讲一个。嫦娥吃了长生不老药，丢下她男人一个人去了广寒宫，不好意思大白天露面，只敢晚上出来。"

他们看着她把话筒放在大腿上滚来滚去滚了一会儿，才知道她的故事已经讲完。这就讲完了？这么短？

"讲完了呀，还能怎么的。"

大姐的憨态逗笑了所有人。

老四的妻子趴在引擎盖上要话筒："你们不要为难大姐了，我给大家唱一个。"

"六月三伏好热的天，二姑娘行程奔阳关。俺婆家住在那二十里堡，俺娘家住在那张家湾。俺在婆门得了一场病，阴阴阳阳七八天，大口吃姜不觉得辣，大碗喝醋不觉得酸。人人都说俺是那个样儿的病，俺不是价，怎么浑身发酸不爱动弹？"

她唱的是定州秧歌《王小赶脚》中的唱段，上了年纪的都听过，没料到她唱得这么好，声音上得去下得来，像在熟悉的巷子里小跑一样自如，新媳妇的表情既夸张又生动。他们重新认识她似的，既有小小的惊喜，也有小小的难受。他们更擅长讲故事而不是唱歌。只有大姐夫和三哥的掌声不含杂质。老四得意地把方向盘当鼓敲打，学媳妇唱"好热的天"，二妹不得不提醒他好好开车。

三哥唱《安安送米》，唱了两句走神，忘记歌词，把话筒递给靠窗座位的老婆。他老婆年轻时很迷人，曾在学校对面替父母守烟摊。三哥去买烟时发现她的字写得漂亮，文科是三哥的强项，当年刚考上教育学院，潜意识里又揣着拯救者男孩的梦想，问她为什么不读书。她回答说成绩不好。他决心帮她。街上地痞说他是黄鼠狼给鸡拜年。家里人也觉得他帮她是想和她好，他们不看好她的未来，也不看好他和她的未来，劝他找个有正式工作的，漂亮不能当饭吃。他没理会，坚决和她在一起。不为别的，就因为她长得漂亮，漂亮比吃饭重要。帮了几年也没考上，他很用心，但她学不进去。在他的关照下，她在一所小学当厨娘。她和他结婚时不到一百斤，现在超过一百五。她坚持说她闻油烟闻多了所以胖，他则认为什么菜炒好她都要尝一口，熟没熟尝一口，盐够不够尝一口，调料是否合适再尝一口。从她当厨娘起，他和她说的话越来越少。两年前，他帮一位女老师评职称，传出他们之间有绯闻。在怎么解释都站不住脚的情况下，一脚走开是明智的选择。不到退休年龄，他决定提前内退。退休后，他和妻子的关系似有缓和，只有他知道，他这是心灰意冷，对什么都不感兴趣。这在家人眼里是没心没肺。她问唱什么，他说随便。她选择唱《小城故事》。一字不落地唱完，像她炒的菜一样味道一般，但大家虚情假意地说唱得真好。

老四叫妻子再唱一首，"把他们比下去"。二妹说比什么呀，我们唱歌不是为了比赛，是为了热闹，一家人难得在一起。老四再次用两根食指把方向盘当架子鼓打，独自唱"亲爱的，你慢慢飞，小心前面带刺的玫瑰"。二妹压抑着愤怒，不知道如何继续，她儿子突然大声喊：四舅，到服务区还有多远？我想上洗手间。老四嘴停手停，握住方向盘看了导航，告诉他还有七公里到许昌服务区。儿子穿过过道，反坐在引擎盖上，说："哈哈，就要到那个人洗耳朵的地方了。"她不知道儿子是不是故意的，感激地松了口气。其他人也为马上可以下车走走感到高兴。三舅提醒他，那个人名叫许由（他对年轻人，尤其是正在读书的人很是在意，虽然效果正好相反）。儿子说，我刚才查了查，洗耳朵的有可能是樊坚，也有可能是巢父，巢父有可能就是许由。三舅说，你继续查，有很多人为他写过诗哩。儿子说，好像有，我跳过没有看。三舅说，既然都到许昌了，不如直接去预订的宾馆。儿子说，三舅，憋不住了呀。老四在前面说到宾馆还远。二妹说，确实远，我也查了，名字叫许昌服务区，其实是长葛市，许昌下面的一个县级市，离许昌市区还有三十多公里。三哥说，中学课文《隆中对》，有记得的吗？要求背诵的，"亮躬耕陇亩，好为《梁父吟》。身长八尺，每自比于管仲、乐毅，时人莫之许也。惟博陵崔州平、颍川徐庶元直与亮友善，谓为信然。"这个颍川徐庶就是长葛人。长葛属颍川。儿子哈哈笑，说三舅的知识太多了，一不小心就憋不住往外冒。二妹立即横刀保驾，以所有人都能听到的声音说：可不是，三舅肚子里全是知识，不像你净是大便。

驶进服务区后，二哥把香递给三哥，替他拿一会儿。二嫂伸手要，他"去"了一声，不给。大家都看出来了，他不让女人碰香，不管她是娶进来的媳妇还是嫁出去的女儿。其他人没什么意见，他老婆生气地甩出一句：稀罕，请我拿也不拿。

三哥问大哥要不要去解手，要去把灵牌给他。大哥说他不去，他头痛。其他人都到了车下，有的去洗手间有的去超市。开始几步摇摇晃晃，仿佛还在车上，说话声是不由自主的变声，听觉敏锐得像全身长满了耳朵。陡然增加的对陌生人和陌生环境的防范加重了笨拙感，深不可测的表情和狡黠的挤眉弄眼都让人害怕。二妹提醒，服务区的东西很贵，不要随便买。大姐说，吃的车上有，用不着买。大姐夫、二嫂、三嫂、大哥的儿子媳妇和她俩一道。老四和妻子走在另外一边，他点了支烟，把手搭在妻子的肩膀上，告诉她跑车时来过这里。她问他累不累，要不要叫人替换一下。他笑着说没事，他对其他人开车不放心。妻子的女儿走在他们身后，边走边看手机。二妹的儿子和三哥的女儿追逐打跳着赶在最前面。

刚刚还挤在狭小的空间有说有笑，转眼就各走各的路。一切平凡得犹如粗糙的水泥地面，裂口和裂缝以及雨点豆坑了无分别，一切却又是人性真情毕露，掀开教养的薄纱一览无余。

大姐和二妹等人走进服务大厅，各种谈话插进来，各种笑声切进来，闲言碎语和叽叽喳喳的声音构成大幅度的喧哗与骚动，这让他们不安也不习惯，没继续往前走，掉头在坝子里溜达。二哥出来后用力地用手绢擦手，他不习惯用纸巾。二妹快步过去，告诉他里面可以洗手。他固执地说，不用洗。二妹说一会儿要拿香呀。他被戳中要害，乖乖地跟着二妹去洗手。洗好后，二妹指给他看车停在什么地方。回到车上，他让老三把香还给他。

老三走下车后双脚立定，像即将上讲台一样捋了捋头发。以为这里与别处会有所不同，却感觉不到有什么不同。他看着二妹的背影走过去，走到大哥的儿子媳妇面前，告诉他俩："你爸头痛，你们去看看。"这对木讷的夫妻忘了父亲就在车上似的看着三叔。大姐首先反应过来，立即从圈子里抽身，夫妻俩这才如梦初醒地跟着大姑妈向车子走去。二妹问要不要紧，老三说估计是伤风感冒。三嫂说吃头痛粉，大姐夫说吃安乃近。

大姐和侄儿侄媳把大哥扶下车，他一到车外就吐，儿子和媳妇忙用矿泉水将呕吐物稀释掉，以免工作人员罚款。他们可怜巴巴地祈盼工作人员不要看见。空气里充斥着无可奈何的臭味，冲洗后的呕吐物像碾碎的蟑螂，它们是危险分子，但他们无法清理它们。吐完后，大哥脸色发灰，嘴唇哆嗦着，瞬间苍老了许多。他垂下双眼，知道自己是大妹眼里的病孩子，故意让自己比看起来更不舒服。大姐让他漱口，然后扶着他溜达，儿子和媳妇如释重负地去买晕车药和感冒药。

三哥三嫂去洗手间，二妹去买水果，剩下大姐夫和二嫂，大姐夫愣一会儿，去看修车。他不想和二嫂在一起。二嫂不想上车，也不想买东西，从包里拿出一个苹果，边吃边镇定地东张西望。她知道他们都不喜欢她，不是因为她话多，是她手紧。她承认自己手紧，一家人要生活，手不紧怎么办？让她既爱又恨的是比她个头小的老头子，处处与她作对，他对她娘家人很好，对她却针尖麦芒从不让步，甚至以与她作对来显示他对她娘家人好。她喜欢吃苹果，如果不吃苹果，她会忍不住和小老头吵架。等我死了，她想，我要他们把我埋在苹果树下，我要在枝头上看着他们，看着全村人。小老头爬上来一脚踹他下去。想着那副狼狈相，嚼碎的苹果噗的一下喷出来。她平生吃的第一个苹果是他给她买的，花了一角三分钱。他给地质队的人带路，人家给了他三角钱。他花了差不多一半给她买了个苹果。她咬了一口后递给他，他说牙痛，一口也没吃。那之前他们栽了一棵苹果树，还没开始结果就被当成资本主义尾巴砍掉了。现在他们有两千多棵，是家庭主要经济来源。

这时老四和他妻子出现在八十米开外，她犹豫着是离开还是迎过去，老四妻子看见她后快步抢上来，递给她一支烤肠。老四跟过来，笑嘻嘻问她怎么一个人在这里。她没有回答，想知道哪里能丢苹果核。老四妻子看出来后说给我吧。她有一个装垃圾的红口袋。"谢谢"，二嫂说，"我在想怎么收拾你二哥。""他惹你生气了？""岂止是生气，他呀一辈子都在和我作对。""你们本来就是一对嘛。""是喽，所以才要想个办法收拾他，我的办法是找根绳子，把他拴在我裤腰带上，让他下辈子也跑不脱，哈哈。"

他们回到车上。二哥在接香火，老四问他接了多少支，他没理他。二嫂小声告诉老四，这不能问，忌讳。二哥瞅了她一眼：话多。二嫂大声忾气地说：你不说我不说大家都不说，谁知道有哪些规矩。三哥说，我们应该注意哪些事项，确实应该告诉我们。大姐说，你们不要吵，大哥不舒服。大哥难受地扭过头说，去接灵之前已经说过，你们各人不注意听。三哥笑着辩解，还没睡醒嘛，那么早。二嫂不嫌难受地跷起二郎腿，冷笑着说，我只知道香不能熄，不能想烧了多少根，过桥时喊妈跟我们走，过了那么多桥，我可没听见哪个喊。说完后把脚抵在椅背上，挑衅地看着前方。谁敢反驳，她已经准备好夹枪带棒的话，决不服软。

大姐为了像赶牛一样把话题往安全的地方赶，问二妹："几个年轻人怎么还不上车？"

"是呀，"二嫂极快地接过话茬，"生个娃都要不了这么久。"

三嫂叫三哥打电话催一下。三哥打女儿电话，回答说马上来，表哥在泡方便面，泡好了就来。二嫂说，不是去解手吗？怎么吃起方便面来了。二妹说，拉空了又饿了呗。三哥说，现在的年轻人生活习惯可真不好。

"不是习惯不好，是自私。"二嫂说。

二妹忍无可忍："吃个方便面怎么就自私了？"

"我指的不是方便面，是让这么多人等他们。再说，要吃叫大家一起吃嘛。"

"你给我闭嘴。"二哥以最大的声音怒吼，吓了所有人一跳。他捡起二嫂让他插香的半块苹果打过去，没打中，从二嫂肩上飞过去，落在最后一排。

二嫂愣了一下，突然指着二哥哈哈大笑。二哥额头上有一撮香灰，配上暴怒的表情的确滑稽，不得不笑。正当大家庆幸这么轻松地翻过这尴尬的一页，凝固的空气已经化开，二嫂却冷着脸，像咒语一样念道："我为什么要闭嘴我的嘴是我自己的想说什么就说什么这么多年我吃你的饭了吗我穿你的衣了吗一切不是我自己挣得的吗我，反倒是我关心他这样那样从没得过好报平常连话也懒得和你说，我这活着有什么意思呀还不如死了好不如死了好。我要下车，我不想活了。"

别人拦住不准她下车，她边哭边用头去撞座椅后背，不把脖子撞断停不下来。二妹和三嫂离她最近，两人又拉又劝。

三哥想和稀泥："人人都自私，自私是人的本性，自私周而不殆，自私在人间自行不朽。"他为自己说这话感到厌恶。

大姐说："确实自私。你们知道大哥为什么头痛吗？我把他扶上车才知道，他头顶上一直开着冷风，一直吹着他的头。你们吹着倒是舒服，他可是六十多岁的人呀。"

大姐从没有指责过他们，她的话音一落，车里出奇地清静。老四笑着爬过去检查大哥和二哥头顶的冷气阀，说怪我怪我。它们已经被关上。他反坐在引擎盖上，笑着说："天气太热，我停车后没熄火。大哥，对不起哈。"大哥像不受香火的菩萨一样一动不动。

二妹给儿子打电话，接通后直接骂："你这个狗崽子，走到哪里去了，怎么还不上车！"骂完挂掉。

众人似乎感觉到有一条无形的毒蛇就要来到大家身旁，他们的听觉和嗅觉也在刹那间敏锐得异乎寻常。

老四说他去找他们。其他人都说没必要，又不是三岁小孩。车上虽然凉爽，但他感到不舒服，有霉菌似的东西沾在头发上眉毛上，想到车下去让热空气把它融解掉。

二妹说他们回来了，其他人朝窗外看。三哥的目光要穿过过道和对面座位才能看到，二嫂正站在前排座位上，扭身反手从搁物架上取东西，她的大屁股挡住了三哥的脑袋，三哥斜向引颈，二嫂恰在这时放了个屁。只有三哥听见并且闻到。刹那间他不光对屁臭感到恼火，还想到她对读书人的蔑视，她的粗鲁和蛮横。他既生气又厌恶。捂着口鼻缩回坐正，看着红色的座套，想吐。二嫂从包里掏出来的是一盒感冒药，坐下去后忘了取药的目的，既没感冒又不可能吃感冒药自杀。放在挎包底部，里面东西又多，费劲巴力地掏了半天。

　　三嫂在用手机查找歌词，为下轮唱歌做准备，没看见丈夫脸色的变化。那是一副她从没见过的脸色，像刚从铁匠铺搬出来、蚊子撞上去都会折断脖子的烧烫的铁板。

　　当年轻人嘻嘻哈哈跳上车，三哥的铁脸"当"的一声，盛怒之下，他语无伦次全身发抖："干什么去了，目无组织纪律，简直是，这么多人等，有必要这么自私吗？"

　　二妹的解药吓得赶紧告诉二妹，他遇到一个大学同学，没想到在这里碰见她。老四妻子的女儿坐好后哭了起来，她不光感到害怕，还感到自己很可怜，等哥哥姐姐时她就觉得等得太久，可她不好提前离开，连劝他们早点走的勇气都没有。哥哥对女同学似乎并不感兴趣，姐姐却很兴奋，还给大家买方便面。

　　三哥还在数落，不过现在只数落自己的女儿，别人听着怎么也觉得在指桑骂槐，其实他真的是只怪女儿不懂事。大姐说，行啦，回来了就行啦。老四把车开出两百余米，正要出服务区，他把车停下来，熄火，拉好刹车，检查一遍无误后，回头指着三哥说：

　　"要说自私，我看没有哪个比你更自私。要不是你自私，娘根本就不会死。"

　　这话像不讲理的拳头一样，把其他人都打蒙了。他妻子制止他往下说，没用，像刹车失灵的犁头车，不顾头也不顾尾撞上去，非要把藏在心头的不满全部抖搂出来不可。

　　"你不逼我娘去叫堂叔还钱，她哪里会这么早就死。"

　　远房堂叔十几岁就坐牢，几进几出，六七十岁后继续坑蒙拐骗，都知道他不是好人，老太太偏偏信任他，不知是不是和他去过她老家有关。老太太独自借了二十万给他，老三在她箱子里发现借条才知道。

老四喊出这句话时声音都变了，像从石缝里挤出来。

"你什么意思？我害死了我娘？"老三既惊讶又难过。

老四薄薄的嘴唇发抖："我就就就这么看，你你你随便怎么想。"

他的眼泪滚了出来，修长的手像孩子一样抹着，钻心的痛苦和死不复生让他肝肠寸断。

"那是个大骗子呀老四，这个大骗子，骗走娘一生积蓄，难道不应该叫他还，我是为了把娘的钱要回来呀。错在哪里了呀？我这是。"

"我娘当时病得没那么重，你一逼，她一急，病情一下就加重了。你要自己去要，我不反对，你逼我娘去要，这样做错了、错了、错了。"他用最大的力气喊出来，脑袋被震得嗡嗡响。

三嫂插话："噫，不要一个人'我娘我娘'的，好像我们不是她老人家的儿女似的。"

"不要你掺和。"三哥声音低下来，"借条上是娘的名字，清清楚楚明明白白，其他人去要名不正则言不顺，我就去要过，老骗子说他是向娘借的，不是向我借的，我没权找他还。大家说说，我哪里错了。今天不说清楚我死不瞑目，我是说让我倾家荡产都可以，但问题必须搞清楚，我到底错在哪里。"

大姐连滚带爬，跪在引擎盖上，向母亲的灵牌磕头："娘，你不要听他们的，你什么都没听见，他们疯癫了，他们疯癫了，娘你不要难过，你不要难过哟，娘。"

二妹把大姐扶起来，大姐回到座位上后一脸麻木，二妹却悄悄流起眼泪。触景生情，触到什么景生出什么情她不知道，只知道难过，难过得如同站在高高的屋顶上。

夕阳西下，车子寂静无声地行驶，像一具移动的棺材。

唢呐匠

侯十一生下来时，哭声传出很远，山坡上没睡着的人和动物都听到了。关祖潜的父亲从楚米请来先生办了个教馆，二台子的学龄儿童都可以去上学。每个孩子只需交纳一半学费，另一半由关家折算成大米补齐。侯十一家住在鸡冠山，有一块薄田和两亩瘦土，薄田依靠坎脚一股冷水灌溉，水稻怕冷，长得非常惭愧。父母是两个心眼被塞住的人，做任何事都比别人欠三寸功夫。别人家的玉米像棒槌，他家的玉米像麻雀肚子。家里交不起束脩，练可白带信叫他去，可以免交，他很硬气，坚决不去。他不抱怨父母，但喜欢捉弄那些上学的孩子和他们的先生。和他老实巴交的父母比起来，他比他们伶俐多了。他用蛇皮或者某处捡来的一块骨头吓唬他们，如果手头没这些玩意儿，那就直接用拳头揍他们一顿。捉弄先生是听了一个大人的怂恿。不知为什么，他欺负别的小孩时，所有人都骂他孽障，捉弄先生却被好多人称赞，说他聪明。这些人平时无论在哪里见到先生，都毕恭毕敬，生怕露出粗鲁相。侯十一的恶作剧，却被他们津津乐道，用于茶余饭后消斋化食。

他们有种预感，侯十一今后会是一个角色，让人谈虎色变那种角色，如果他去杀人放火，去当江洋大盗，谁也不会吃惊。他的顽劣里有一种虚荣心和英雄气概，凡是他做过的事，他决不抵赖。经常把父母吓得半死，他却像见过世面的人看不起胆小鬼似的。

"怕个屁。"

有次他偷了关祖潜家的小猪崽，和几个小伙伴在山上玩杀猪过年。杀猪之前，他和他们比谁尿得远，尿得最远的人当杀猪匠，其余的人打下手。他的男根比同龄人大得多，轻而易举地当上冠军。他得意洋洋地甩动着，拿它当鞭子抽打其他人。打不着，打着了也不痛，但他们都躲得远远的，担心被它碰上后倒大霉。杀猪时完全按照程序，包括用纸钱蘸上猪血祭祖师爷张飞。他用枯叶代替纸钱。二台子一带，杀年猪讲究一刀毙命，复刀不吉利。他用镰刀代替杀猪刀，把小猪脖子差不多划断。他对血腥毫无忌惮，宰割猪肉时，和抟泥土没任何区别。练管家吼他父母："你这爹妈是怎么当的呀，从小偷油，长大偷牛，他从小偷猪，长大了什么不敢偷呀。现在不好好管教，将来会害死你们，也会害死他自己。"他父亲铁青着脸，连连点头，其实最担心的是怕赔偿不起，至于儿子的未来，他毫无办法。最后赔了半斗大米。是他家那丘冷水田出产的一半，这意味着，他家将有三个月只能吃净苞谷饭。他知道父亲要揍他，见练可白往他家走，他把牛拴在树上，在树林里躲了三天。

有一天只顾低头追打四脚蛇，与韩先生撞了个满怀。韩先生说："偷鸡摸狗，终无所有。"侯十一捉住四脚蛇，对着韩先生的背影说："关你卵事。"

十五岁这年，父母相继过世。都是病死的，但二台子的人不以为然，认定是被侯十一克死的。

他母亲由义仓拨粮安葬，他家米缸里只剩一把米灰。到场的人无不哀叹和垂泪，替他父母难过，为他的将来担心。他呢，完全是一个"白胆猪"。据说，老在猪圈里奔跑，总想突破猪圈壁逃到外面去的猪，长大后开膛剖肚，它的胆是白色的。于是一意孤行、不听从管教、亲娘死了也不哭的人，都叫白胆猪。白胆猪哭不出来，却被唢呐迷住。他翻着大白眼，盯着唢呐匠，对唢呐匠一会儿鼓一会儿瘪的腮帮子佩服得屁滚尿流。他自己的腮帮子不由自主地鼓一阵瘪一阵。这天晚上，唢呐匠休息后，他悄悄把其中一支唢呐偷出来，跑到后山柏树林，一个人在那里吹到天亮。刚开始怎么使劲也吹不响，一旦吹响后，发现吹响它并不需要使太大的劲。他无师自通，吹到下半夜完全掌握了换气的技巧。天亮后还唢呐，他被唢呐匠抽了一耳光，他把秤子秆做的唢呐哨吹破了。他露出白胆猪特有的笑脸，任凭唢呐匠数落。他的腮帮子肿了，不能说话，也不能吃饭，清口水像透明的丝线一样淌了整整一天。脑子里不完整的唢呐调倒出来，叮叮当当地装满几箩筐。抽他耳光的唢呐匠临走前指点了他一番，他接过唢呐，忍住腮帮

子的酸痛,把这支曲子完整地吹了出来。几个唢呐匠激动得又教了他几支,他无不一学就会,唢呐匠以最高级别的语言赞叹道:

"这个小狗日的!"

他们认为,侯十一将来一定会靠这个手艺远近闻名。但不管是二台子还是楚米镇,对唢呐匠的手艺从来看不上眼,觉得和讨口差不了多少。

"不就是守人家大门口的呀。"

需要他们时尊称师傅、唢呐客,平时却忍不住对这个行当给予最轻贱的评价:"讨口守嘴。"

侯十一对种庄稼不感兴趣,对有无饭吃也不在意。父母都死了,没人管了,想干什么干什么。他砍柴到楚米去卖,帮有钱人家挑水,给关祖潜家放牛。搞粗活只够混饭吃,存不起买唢呐的钱。唢呐杆是用椿木做的,他砍下一根椿树枝,等不及晾干水分,把火钳烧红后钻椿木,把它镂空。第一支用力过猛,把唢呐杆钻破了。第二支火钳烧得太红,又把木头烧焦。连钻五支,终于找到窍门。用镰刀削好外表,用铁钉挖好音孔。再将他放牛时偷来的洋锡碗底部钻个洞,将他挂在唢呐杆上当喇叭,一支赝品做好了。真唢呐的喇叭是铜质的,声音响亮,有把声音炸出来的功能。洋锡碗喇叭无论音质音量都无法与之相提并论。

侯十一兴奋了好几天,虽然吹奏效果让他不满,总比光嘴巴呜哇呜哇叫唤好多了。没事就吹一阵,卖柴路上,水井旁,他想吹就吹。无论在哪里听到唢呐响,他都会去从头听到尾,回到家把听来的吹奏一遍。两年下来,他记住了上百首曲子。

　　不同师父旗下的唢呐匠相遇后，喜欢暗地较劲，比谁记得的曲子多。外行分不出高低，内行一听就明白。这天侯十一在山上砍柴，听到山下有人吹唢呐，他必须卖了这捆柴买米，没敢像平时那样追下山去听唢呐。他听完一曲后，手和心都发痒，操起他的破唢呐也吹了一曲。山下的唢呐匠误以为这是要和他比试，于是又吹了一支。侯十一已经兴起，立即还了一支。两人比了两个时辰，山下的唢呐匠有正事要忙，但就此认输很没面子。他吹了一支喜庆的《大红花》，希望与对手和解，改日再比。侯十一不知道这个规矩，继续吹。唢呐匠之间比赛不要钱不要米，只要输家亲自卷一支旱烟，双手递给赢家，说声"你是高人"，就等于承认自己甘拜下风，比赛就此结束。唢呐匠不比了，侯十一还在一首首吹，他不是为了比赛，是兴头正高。唢呐匠有点生气，侯十一吹出的调子，却又让他迷惑不解，好多老曲调他都没听过，以为是哪个闲得卵摆的老前辈。声音吱吱哇哇，明显中气不足嘛。唢呐匠循声爬上山坡，看见侯十一靠在石头上，正吹得起劲。要不是担心自己的名声，他真想把侯十一的破唢呐踩成一堆铁和木渣。用这么个破唢呐和自己比，还是个乳臭未干的家伙，这简直是侮辱和调戏。不过，最让他难受的，是团在胸腔里的嫉妒之火。

　　"你师父是哪个？"

　　侯十一摇摇头，睁着无辜的大眼睛。

　　"那你吹个鸡巴……你自己做的唢呐？"

　　侯十一极不情愿地把唢呐递给这位前辈。他的脸涨得通红，当众出丑也没红过脸，现在却像刚灌好的香肠，圆滚滚的红色中带着小块白斑。

唢呐匠皱着眉头，带着厌恶把侯十一的唢呐放进嘴里。

他吹了段刚才吹过的《大红花》，没吹完就放弃了。火钳钻出来的唢呐杆内壁不光滑，他无法控制不走调。他忍不住笑了。他要侯十一用他的唢呐吹一曲，侯十一同样吹的是《大红花》。吹得轻松又喜庆，悠扬婉转处，比唢呐匠处理得更动听。唢呐匠心服口服地说：

"你应该买一支好唢呐。"

唢呐匠的表情让人感动。这表情对侯十一没有任何用处，要是买得起，他早就买了，哪里用得着往自己钻的唢呐杆上套个洋锡碗。唢呐匠邀请侯十一和他一起去何安秀家坐吹。何安秀是楚米镇马脑山的大户，为了给他父亲庆生，要办三天寿酒。得知侯十一一个人吃饱全家不饿，唢呐匠更是劝他一起去。

"多双筷子多个碗，虽然不是我请客，人家也不会这么小气。办喜事嘛，就是需要大家朝贺，去的人越多越好，你可以敞开肚皮吃三天。"

唢呐匠笑着说。他越来越喜欢这个同行，生出非要帮他一把不可的冲动。透过树丛看着天边火红的晚霞和棉花似的流云，他的脸上布满了仁慈和恳切。"一捆柴能卖多少钱？买米够你吃三天吗？就算够三天，还要油盐柴火呢。"

大路从田坝中穿过，斜阳把两个人的影子拉得像竹竿一样长。秧鸡在角落里叫唤，声音并不好听，但非常响亮，似乎在说，当什么都不如当秧鸡，当秧鸡真好，当秧鸡真好。小路和田埂上长满了坚韧不拔的野草，它们被割被啃被踩也从没停止过生长，除了衰老，它们什么也不怕。小路离开田坝后进入山林，树林里的路上反倒什么也不长。树木和荆棘把所有的草赶走了，留在它们脚下的杂草，没人割也没人踩，像小人物一样温驯而又柔弱。

侯十一跟着唢呐匠，走了两个时辰才走到马脑山。响器班早就吹打开了，他们埋怨唢呐匠来晚了。主人家有点不高兴，他的搭档担心连累他不能拿到利市钱（即赏钱），用唢呐骂他，说他夹了个大卵子，走路这么慢。唢呐匠没生气，神秘地说，他带了个宝贝，准会叫何老爷高兴。

饱吹饿唱。侯十一和唢呐匠吃饱肚子才开始吹。唢呐匠先吹了几支，然后叫侯十一替下他的搭档，吹两人在路上合奏过的曲子。侯十一把他的破唢呐立在桌子上，引来一片笑声。他和比他大二十岁的唢呐匠连吹三曲后，破唢呐引起的轻视彻底消失。喜欢听唢呐，还多少懂点的大都是贫寒百姓，侯十一吹得好，无师自通，带给他们的喜悦有如遍地青草，温暖而生机勃勃。

侯十一掀起的高潮不是他吹完几十支曲子，而是他用那支破唢呐吹出飞禽走兽的声音。夜已深，大部分客人已经离席安寝，响器也不打了。侯十一突然获得某种自由似的，用他那支破唢呐吹起来。模仿猪牛羊马鸡鸭猫狗的声音，无不惟妙惟肖。他更喜欢树林里的声音，叫天子、野画眉、小云雀、布谷鸟，它们为什么这样叫没人搞得懂，但它们的声音是在座的农民最熟悉的，它们或欢畅或缠斗，或诉苦或卖乖，让人如同置身在山林中。侯十一不是在学几种鸟叫，而是把整个山林放进自己的唢呐，此时依照山林的本性呈现出来。当他吹出"行不得也哥哥",围在他周围的人突然鼻子一酸,仿佛这一声声鸟叫道出了他们的悲伤和彷徨。模仿公鸡打鸣时,附近的公鸡听见了,愣了一会儿,因为从戴在鸡脚杆上的"手表"看,还没到打鸣的时间呀?但这昂扬的声音让它彻底失去了信心,于是担心自己失职似的,试探性地叫了几声,远不如该叫的时候好听。这声音把侯十一身边的人逗得哈哈大笑。就像傻瓜被聪明人作弄了一样。

远山颔首,夜色深沉,竹林笼罩着一团黑影,梿枷哼嗒哼嗒地喘息,仿佛在疲惫地喊叫:格老子、格老子。有人顶着淡淡的月光,在习以为常的艰难生活中挣扎:用梿枷打高粱穗,白天要下地,只能在晚上干脱粒扬场这种事。大太阳天将其晒干入仓,以备歉收时用来填饱肚皮。活着就是为了家里的几张嘴,要管好这几张嘴是如此艰苦,粗糙繁重的体力劳动榨干了血汗,也榨干了年轻时的向往与欢乐,那些向往和欢乐非常遥远,仿佛从未有过。

听侯十一吹唢呐的人说不出这些,但他们深有体会,眼前的欢乐因此特别对味,也无比珍贵。侯十一停奏喝水或抽烟的间隙,大家说着笑话,模仿唢呐声,一句平时看来不怎么好笑的笑话,也会引发他们哈哈大笑,笑得浑身舒坦,从里到外全是光明。

第二天第三天是正酒,侯家有头有面的亲戚都要来送礼。主人要求响器班一刻也不能停,有重要的亲戚到来,还要派出一对唢呐去半路迎接。重要亲戚会自带响器班,前去迎接的唢呐客接上他们后,会造出更加热闹的声势,仿佛不但要让四面八方的乡亲明白,何家是大户人家,还要让山区的一切众生明白,这块地皮上，何家势力强大，家业兴旺，最为第一。被接来的亲戚奉上抬盒，随行的响器班被安排在院子里专设的座位上，吹打一阵后离去。坐在大门口的坐吹是不能停的，其他响器班一停，他们立马开始，让热闹没有缝隙。

头天晚上，见识过侯十一表演的人并不多，但见识过的人成了最忠诚的崇拜者，他们逢人就说他如何厉害，不把他们的英雄抬出来誓不罢休。只要有可能，他们就怂恿侯十一表演给大家看。班头不敢答应，怕这不合礼数。侯十一不时要去迎接主人远道而来的亲戚，也没闲工夫。昨晚上他没睡，没人给他安排睡觉的地方，但他并不感到疲倦，同行对他的称道让他非常受用，自己也是一个有用的人，这不仅让他感动，也让他有点吃惊，破罐子也可以用来舀水？"白胆猪"第一次不再白胆，很严肃地像个老唢呐匠一样，所有礼数绝不含糊。

天下没有不散的筵席。第三天未时将去，申时将来，远亲近亲都准备告辞。响器班不用再像昨天前天那样卖力，可以随意吹奏或歇憩。这时又有人鼓动侯十一学六畜和鸣、鸟兽欢叫助兴。班头吃中午饭时喝了点酒，心情正好，他笑着说，吹吧，吹得好赏个粑粑，吹不好赏两个巴掌。

侯十一仍然用他自制的唢呐，鸡鸭猫狗声一出，院子里的人立即像被蜂王召唤的蜂儿，紧紧围在大门口，他们用眼神交流，赞叹这些声音的神奇，同时生怕自己的呼吸声大了，给美妙的声音混入杂音。帮厨的、打杂的也来到大门口，瞪着眼睛看热闹。

何老爷何安秀正在院子外面的路口送客，不明白院子里发生了什么事。侯十一被那么多人围着，加上洋锡碗做的喇叭扩音效果极弱，何安秀没听出来侯十一吹出的声音。他送走最后一拨客人，回到院子里，看见两只鸡站在桌子上，正在欢畅地啄食饭菜。一条狗跳到板凳上，往桌面上探头探脑，如果不是平时被打怕了，它完全可以饱餐一顿。何安秀没有赶鸡和狗，他走过去，拍了一个人的后背，这人见是何老爷，忙闪身让开。何安秀挤到桌子前，侯十一闭着眼睛，没看见他。所有人都意识到氛围的变化，并且看出何老爷的不屑和不满。侯十一学完黄鹂的叫声，睁开眼，准备换口气，休息会儿再吹。猛然看见何安秀，顿时感到一股冷风。

"你的师父是哪个？"

侯十一红着脸抚弄着唢呐："我没有师父。"

"你没有师父？"

侯十一不情愿地点了点头。

何安秀退了出去，同时叫走了管家。有人看见桌子上的鸡和狗，立即跳过去追打。杂工和厨师从主人的脸色看出来，他对他们擅离职守很不满意，他们忙回到各自岗位，操起刀铲，在互相打趣中干起活来。侯十一比他们尴尬，何老爷冷若冰霜的脸色让他难过，让他担忧。还有不少人围在他周围，希望他继续，这些人是近邻，是来吃席的，他们还没听够。带侯十一来的唢呐匠是个见多识广的聪明人，他把自己的唢呐递给侯十一，自己拿起另一支唢呐，示意侯十一和他随便吹一首。侯十一吹奏起来后不再尴尬，像溺水的人得救一样。

白天的最后一轮酒席摆好，是摆给近邻乡亲和帮厨打杂的人吃的，摆酒惊扰了他们劳累了他们。这一轮摆完，只有年纪大离得又远的实亲实戚会留下来，住上三五天再走，其他人各散五方，主人家不再招待。

响器班领到工钱和利市钱也将离去。工钱和利市钱由班头统一领取，回家路上再分发。当着主人的面发钱是不礼貌的。吹了三天三夜，他们也累了。他们收好长号、唢呐、锣、鼓、铜钹，正准备入席。这时管家过来，难为情地对侯十一说：

"这位小兄，请你到这边来。"

管家把侯十一带到院子外面，院墙外面摆了一张小桌子，桌子上有饭有菜。有人看见侯十一和管家往院子外面走，好奇地跟了过来。管家对侯十一和身旁的人说："东家说，你没有师父，没有师父只能坐这边。"

他的意思是，这不是他的主张，他不过是听从东家的调遣。在楚米镇，任何一项手艺都必须有师父，有师父才有传教，有传教的手艺人所做的手艺才是手艺。即便拜过师但没学出头或者中途被逐出师门的人，没有举行出师仪式的人，也都不能出门做手艺。从没拜过师的人更不能。即便他会做，也没人愿意请。请了这种手艺人，会让人说不懂传教。

侯十一一下蒙了。这是摆给叫花子吃的，当叫花子不需要师父，因为当叫花子不算手艺。楚米镇一带叫花子不多，办酒席时若有叫花子上门，他们都会在院子外面单独摆上一桌，让其放开吃，吃不完还可以打包带走。叫花子不能进院子，如果主人家没看见，可在院子外面吹瓦乌，主人听见瓦乌声会立即安排。侯十一很生气："狗日的，老子吹了三天，把我当成叫花子。"

侯十一没有犹豫，"白胆猪"所具有的才华瞬间爆发。他谢谢管家，叫他等一下，他有个东西要给他看。他站在板凳上，掏出阳具，问管家和看热闹的人：

"你们看我的鸡巴大不大？"

确实大。不等管家回答，他对着桌子上的饭菜浇起尿来，看热闹的急忙后退，以免尿溅到自己身上。

管家激动得六神无主，想找根棍子来打他，他尿完后跳下板凳，捏着粗壮的阳具划了两个圆圈，对管家说：

"你告诉何老爷，我可以用我的大鸡巴操翻他的全家，操翻他的老祖坟！"

在哄笑声中，管家找到洗红薯的拐杵，一根"7"字形的木棍。管家手持把头，像挖地一样狠狠朝侯十一脑袋挖下去。侯十一闪身躲开，拐杵打在桌子上，折成两截。管家的手被震得发麻。侯十一一溜烟跑掉，半截拐杵从管家手里飞出去，没打着侯十一，他自己的手臂因为用力过度而脱臼，苦着脸骂侯十一小杂种。侯十一回骂他老杂种。

第四章

螳螂面具

他们不出声地观望着街景，进入第一条大街后以为马上就到，转到另外一条街后以为应该是这里，又转了一条街后仍然不到，不仅有些烦躁，觉得不应该订这么远。但没人敢抱怨，甚至连咳嗽都很小心，以免被其他人当成行为故意。暗想导航是不是出了问题，怪只怪没听清楚宾馆的名字，不然可以自己查一下。最前面那部手机不时报出路名以及注意事项，听上去像个爱唠叨的白痴。一闪而过的街景看似意味深长却显然毫无意义，他们不是累了想休息或者饿了想吃饭，而是急于下车，大家不要这么待在一起。

老三也感觉无聊，不顾难受从包里拿出新买的书，光线不好，但他不想放下。当他读到："拉康戴着一副面具，但并不知晓面具的样子。他就这样以面具遮脸，和一只巨型螳螂相对而立。拉康完全不知道螳螂眼中看到什么，也不清楚这副面具的模样将引发它怎样的反应。另外，两者之间也不可能有任何语言的交流。如此，他将自己完全交付给它，交付给它的目光。雌性螳螂在与雄性交配之后，会将其捕食，这为它更添了几分阴森可怖。"他在这些句子下面画下线条，歪歪扭扭，像干渴的铁丝虫。

出发前的憧憬哪里去了呢？当时，那些有事不能同往的人是多么羡慕他们。这一切本应避免，没人喜欢吵架，可它还是以他们无法反抗的逻辑和势头降临，像好天气里突然遭遇瓢泼大雨。脑子不好使的人复盘也得承认除了老四心头那块疙瘩其他都是小事，完全可以不去计较。出发前大家已经商量好，堂叔再不还钱就到法院起诉他，以他现有的财产，十有八九还不起，还不起也要起诉，就要让他不舒服，让他背着羞耻的判决书度过余生。聊到未来组织出去旅游，大家不假思索地表示赞成，对遥远的风景充满向往，对这些风景带给他们的快乐满心欢喜。

老三难过得到了绝望的地步，人与人为什么如此难以相处。

现在，开车的像一个机器人，准确、不快不慢、无声无息。没有因为争吵而发狂，争吵反而使他认真开车，和在高速公路上把方向盘当架子鼓判若两人。他不说话不是不想说，而是这台机器没有语言功能。他妻子假装好奇地看着窗外，知道现在什么也不说是最好的选择。还有，她不希望因为自己和他说话让人误解她赞成他的意见。三哥确实叫娘去催过堂叔,只叫过一次,但这和她的病应该没有太大关系。老四埋怨时,她勉强承认有一定关联,但不是直接关联。直接原因还是老人本来的衰老。她从没打算说服他,但他批评三哥的话在她预料之中,老三批评年轻人时,她看见他嘴角扯了一下,他从车内后视镜看到哭泣的女儿后爆发了。她感激他对她和孩子的庇护,但只有在娘家,她才敢把自己的幸福不无夸大地说出来。在他们家这边,她觉得谨小慎微是必需的,她揣摩不到他们对她的态度,他们越是客气周到,她越感觉他们还没把她当作他们中的一员。这并不取决于她做得如何,而是取决于相处的时间。这一点也不重要,却又像落在发梢的毛毛雨一样,总是忍不住去擦拭,看看湿到什么程度。

老太太痴呆后生活不能自理,她辞掉超市称重的工作,全职照顾老人,其他兄弟姐妹出一笔钱,比她当过秤员的收入略高。如果请家政来做,再多一倍也没人愿意来,这不是一份简单的工作,老人大小便失禁。稍微吃多一点,或者肠胃不适,都会拉得到处都是。还把大便往墙上糊,往碗里放,往被子上擦,或者把包着大便的裤子从窗户丢出去。除了勉强能认出小儿子,其他任何人都不认识。她学会了用老太太呼叫小儿子的声音在老太太耳边絮叨,学会像录音机一样整天只重复一句话。她之所以能做到,是她对干净与污秽的认识,再干净可口的饭菜被咀嚼后都没人喜欢再看一眼,再脏的水也能变成清水,再清的水也会变脏。这种认识是一种能力。但只有他深深知道这种能力的分量。他越是无法向她表示感谢,对三哥的怨恨就越深。而他开得如此平稳,是因为她安静地坐着，对他们的争吵不予评价，像什么也没听见一样置身事外。

考斯特仿佛也被这份安静感染，几乎听不到发动机的声音。这台真正的机器也动了感情，无怨无悔地、如释重负地在迷宫般的城市里滑行，炫目的灯光和火热的叫卖声都与它无关，它更爱听的是轮子与地面摩擦的沙沙声。当车窗和店铺灯光等高齐平时，车子像破浪前进，来来往往的行人则像水里穿行的鱼，既轻松又自由。

"真是一座漂亮的城市。"

有人轻声赞叹。其实和见面时说"你好像瘦了，你越来越帅了"一样，事实与否不重要，重要的是说出来。

没人回应。继续看着窗外，等红绿灯时才把目光收回到车内，像看电影时需要看看身旁的同伴是不是同一个人，屏幕和电影故事产生的距离让人不自觉地担心有可能被孤立。这时，一动不动的香火最有凝聚力，老太太的魂不在灵牌上，而是在比黄豆还小的香火里。他们想起小时候，漆黑的夜晚手持类似的火头划圈，划"8"字，划漂亮的波浪。大人不准玩，说玩这个晚上会尿床。

美好的童年让他们冷静下来，不管怎样，在这个陌生的城市，车上的人才是最可靠的亲人。坐在后排的老大的儿子悄悄用脚把二叔砸二姊的半块苹果推到座位下面，尽可能地像清理犯罪现场一样，让不愉快成为过去。二妹的解药也跃跃欲试，觉得长辈们大可不必互相指责，他在想，是唱首歌，还是讲个笑话，让他犹豫的是，他感觉这样做分量似乎不够。分量不够有可能适得其反。

作为家族的第三代，应该自觉承担起拯救分裂的重任，他想起母亲常说但他平时不喜欢听的话：家和万事兴。他怀着晚辈对长辈的同情心想要这么做，他们为了相处，把很多平常之物换成昵称，明天叫夜老歌儿，嘴巴子叫脖子乖，去哪里叫气哪儿呀。吵起来时柔软之词不翼而飞。他平时用纯正的普通话，不屑用这些词，现在，这些词像小狗一样撞着他。他给表妹发短信，询问她的建议。表妹很干脆地回了几个字：我不想管他们。

这时有人兴奋地提醒：到了。

果然，宾馆就在前面，更多的人看到霓虹灯招牌，肥硕的大字熠熠生辉。一个规模和造型都很普通的酒店，此时在他们眼里如同宫殿，仿佛只要住进自己的房间就能成为王后或国王。车速慢下来，发动机声音反而比刚才大，仿佛它抑制不住兴奋。喜神拍打着翅膀，在车子里转了一圈，然后从半开着的车窗飞出去，留下几片漂亮的羽毛，像打不过自己的敌人一样不得不暂避一时。

二妹大声宣布："听我说，今天大家辛苦了，想吃什么告诉我，我请客。"

老三冷冷地反对："请客做什么，说好的 AA 制，定好的规矩不应该破坏。"

二嫂嘴快，并且忘记了朝自己飞来的半个苹果："是呀，免得坐在一堆生气，还是各吃各的好。"

大家都在拿行李下车，二哥一动不动。二妹叫他走，他说："我哪里也不去。你们吃了给我带点回来。我今晚上住车上。"

"怎么能住车上？"

"我不能拿着香到处走，这是我们家的事情，不能让人家忌讳。"

"是这样咯，"二嫂说，"又不是鬼节，我的意思是拿着香到处跑会吓到人，你们去吧，我和他在车上。吃的也不要你们送，我去买，我知道他吃啥子。老头儿，你狗日的想吃啥子。"

老四从驾驶座弯过身，不无得意地说："二哥，我早就准备好了。"他从风挡玻璃下拿出一根可以卸开的纸筒，用燃烧过的烟花筒稍改造而成，前端钻了几个小孔，下端有一块插香的橡皮泥。

"把香插在里面，保证半个小时不会熄，办好入住拿到房间再拿出来，鬼都不知道。"

"注意，香不能挨到纸筒上，要保持在正中间。"

老四很不喜欢别人否定他的发明创造，夺过香，"你们看到嘛"。把香插好，再在香棍中间塞上纸团，把香固定在中间，"这样行了吧、这样行了吧"。

皆大欢喜，都觉得老四有先见有准备，他除了读书不行，其实蛮聪明的。他们不知道，这不过是喜神掉下的一片羽毛。老二笑得像一朵盛开的菊花，他的笑让人看了都会笑，不笑也得笑，这是喜神所有的羽毛。

乌棒鱼

烂眼塘是二台子最让人害怕的地方。烂眼塘里长着芦苇，东一丛西一丛，高者如竹，低者如草。稀泥中的水草，也一堆一簇，有的长得好，有的长得孬。泥塘里的水从未干过，也从未满过。水也是东一洼西一洼。太阳天，烂眼塘到处冒泡。

村里人对烂眼塘又恨又怕又无可奈何，猪牛羊马任何一种活物掉进去，它都会像邋遢鬼一样把它吞掉。曾经有个人，到塘里去赶鸭子。鸭子自己回家后，他却陷进烂泥，家里人只看见他的草帽。为了把他拔出来，家里人把四块木板拼成井字架，放了二十三个井字架，把三架上草楼的云梯搭在井字架上，踩着梯子走到草帽跟前。草帽完好无损，就像被风吹到这里来的，人去了别处。岸上有一双草鞋，说明他就在此处。家里人打算把遗体捞出来，于是在草帽四周架了四个井字架，用板锄把稀泥撇开。刚开始很轻松，不一会儿就撇出一个大坑。但不一会儿，四周的稀泥往中间蠕动，撇得快，蠕动的速度也快。烂泥像一个固执的烂人，它只允许你撇这么大一个坑，再想大点，不行，绝对不行。翻撇的时间越长，浸出的水越多，泥浆越来越稀，锄头撇不起来，只能用水瓢去舀。舀在水瓢里，不能像水一样泼出去，只能一桶桶提出去倒掉。倒掉的泥浆已经有几百桶，泥坑却仍然和刚才一样大。井字架一直在往下陷，泥浆没过小腿后，行动起来非常吃力。又倒掉几十桶泥浆，泥坑没变大，反而变小，舀走的泥浆不如滑进坑里的泥浆多。最后，孝子跪在井字架上，朝稀泥深处磕头：爹，我的爹呀。

这些井字架和梯子没取出来，谁也不知道它们是变成了泥浆，还是变成了木炭。

这天，侯十一一口气割完半亩稻谷，松懈下来，首先感到的不是累，而是口渴。离稻田不远有口水井。他走到水井边，手捧不到水，趴下去脖子没那么长，够不到水面。越是喝不到，越是觉得渴。稻田是关祖潜的，他来打短工。为了买支真正的唢呐，他不和任何人结伴，一个人包下三亩稻田。把三亩稻田的稻谷搋完，他可以从关祖潜手里领到买两支唢呐的钱。他奋战了三天，晚上也不回去，躺在稻草上睡一会儿接着干。他想好了，工钱一半用来买唢呐，一半用来拜师。拜师要给师父行大礼，还要给师父置办礼物。

练管家送饭时出于好意帮他，搋稻谷没有帮手拖不动搋斗。他不领情。练管家说，我又不分你的工钱。练管家去搋谷，他坐在一边捉蚂蚱，不帮忙拖搋斗，也不陪他说话。练管家离开后，他像牯牛一样使出全身力气，把搋斗踹得乒乓响。他不能忘记在何安秀家受到的耻辱，决不要任何人的施舍。

秋天的太阳像蘸了辣椒面再挂到天上，即便什么也不干也会口渴，猛干一阵会渴得嗓子冒烟。人年轻，可太阳也不老，专治阳光下面各种不服。

水井离烂眼塘有一里路远，侯十一提起齿镰刀，去烂眼塘割芦苇做吸管。他提醒自己，走到塘边上，随便割下一根芦苇就行了，千万不到里面去挑选，不能像那个赶鸭子的人一样滑进去。不怕死，怕烂泥憋得人难受。

芦苇叶子正在枯黄，并不好惹，叶缘细密的锯齿保持着尊严，互相摩擦时嘎咕响。侯十一先哗啦砍掉叶片，然后再一刀削断芦苇秆。剥开箨皮，看到芦苇秆上有虫眼，不高兴地皱了皱眉。他又一阵哗啦砍，一定要找根没有虫眼的，否则漏气吸不上来水。

面前的芦苇叶被他砍掉一半后，他听到噼啪声，很响。他砍芦苇时惊动了它们。浅浅的水坑里，聚集着几十条乌棒鱼。乌棒鱼又叫黑鱼、斑鱼、蛇头鱼，长着黑黄相间的斑纹。怕蛇的人看见它们会浑身冒冷汗，以为遇到蛇的同伙。

侯十一不怕，他轻轻拨开芦苇，看见它们正奔蹿着，但水太浅，行动迟缓，把水搅得浑浊不堪。

这种鱼会钻泥浆，平时难得一见。侯十一偶尔见到，也不过一条两条。从未见过这么多，而且聚集在一个水坑里。凭它们的本事，它们完全可以分散到别的水坑里去。侯十一屏住呼吸。他尽量不发出声音，以免它们钻到泥浆深处去。在泥浆里捉住它们几乎不可能。何况这是烂眼塘，把赶鸭子的竹竿直插下去，像插豆腐一样，插到插不动，剩下的竹节只有三寸长。插不动不是插到了硬底子，而是手劲不够，长竹竿又软。如果是一根铁棍，或许可以插得更深。虽然谁也没去买根铁棍来试验一下，搞清楚烂眼塘的泥浆到底有多深，只好笼统地说它深不见底。

烂眼塘有鲤鱼和乌棒鱼。下大雨时，雨水把烂眼塘注满，有人把捺斗当船，站在捺斗里用网兜舀到过几十条。大雨一停，烂眼塘的水在两天之内消失，鲤鱼和乌棒鱼不见踪影。消水时，水面上到处漩涡，泥塘恢复常态，却找不到消水洞在哪里。

二台子的人不吃鱼，其他地方的人说他们笨。他们说，老天已经给你安排了猪呀鸡呀，还有米呀豆呀这些，哪里用得着去吃其他的？鱼呀虾呀，是老天安排给其他客客的。人是老天的过客，其他生灵同样是老天的过客。同是过客，不可互相食啖，也不可互相争食。

侯十一看到这么多乌棒鱼，他没有咽口水，他压根就没想到要吃它们。他相信可以在楚米卖掉它们。究竟多少钱一斤不清楚，他没在楚米卖过鱼，只卖过柴，柴便宜得他天天去卖也买不起唢呐，但他知道，楚米镇有人吃鱼，比柴贵得多。把它们卖掉，可以把拜师礼准备得丰厚一点。

侯十一担心自己离开后，这些乌棒鱼被其他人发现。烂眼塘不属于任何人，谁先发现就是谁的。但凭两个巴掌不能把它们弄到楚米去。在楚米卖掉它们，得是活鱼，死鱼是卖不出好价钱的。侯十一坐了一会儿，突然想到一个点子，嘿嘿笑起来。

乌棒鱼不像其他鱼，离开水就会死掉。乌棒鱼不会死，只要有泥浆，它们活十天半月都没问题。

我可以把箩筐里的稻谷倒进抾斗，然后把乌棒鱼和泥浆一起装进箩筐啊。他同时还想到，把抾稻谷的斗架拿来，平放在泥浆上，踩在斗架上，这样就不会陷进去了。

侯十一压制住喜悦——高兴过头的事情容易鸡飞蛋打，他告诫自己一定要小心，不要乐极生悲。他以为自己把自己镇住了，实际上喜悦让他浑身冒泡。

　　站起来向四周看了看，像一只短脖子鹭鸶。没看见什么人，他轻快地跳上田埂，不时张开双臂，像准备起飞的大鸟。把箩筐里的稻谷倒进抷斗。看到稻谷沙沙往下流泻，他心里突然一冷：这会不会是烂眼塘的一个圈套？烂眼塘的狡黠是深不可测的。几年前天旱，有个人想用龙骨车把烂眼塘的水抽来灌田，龙骨车伸进去，老往泥浆里陷，无法架在水中央。龙骨车靠刮板一块接一块打水，速度慢了不行。烂眼塘巧妙地用泥浆降低刮板速度，泥浆和水打到一半，刮板速率不够，泥汤耍赖似的往下滑，水也跟着往下淌。这人白忙活了一阵，一滴水也没抽上来，备感耻辱，咆哮着把烂眼塘乱骂一顿。烂眼塘不动声色，把搅浑的水澄清，固执地望着闲云鸟影，就像什么也没发生。

　　侯十一看了看安静的稻谷，觉得即便是个圈套，自己也有办法拆解这个圈套。乌棒鱼离岸边不远，再说还有芦苇。他扛上斗架和箩筐，还提了两个稻草个。他要把芦苇割下来，用稻草捆成捆，把芦苇捆绑成井字形，然后再把斗架平放上去。泥浆没到脚踝就赶紧撤离，一条鱼也不要贪。想到这里，他自信地笑了，走起路来也稳重许多。他觉得自己比赶鸭子和抽水的人聪明得多。不过，他觉得自己最聪明的是冷静，随时提醒自己，千万不能粗心大意。到了烂眼塘，他在离乌棒鱼很远的地方割芦苇。为了把芦苇秆捆扎结实，他打的是死结，任何情况下都不会散开。

　　烂眼塘的蚊蚋和蚱蜢多得像河岸上的沙砾，它们粘附在芦苇上，芦苇变成灰色的穗子，微风吹过，芦苇叶沙沙响，穗子却一动不动。兴隆寺的法师说，蚊蚋是修行人的烦恼化生的，一个烦恼化生一只蚊蚋。有多少蚊蚋，就有多少烦恼。烦恼是有重量的，它们让苍劲的芦苇也低下头来。

芦苇比稻草硬得多，割稻子可以一把割掉一束，芦苇只能一根一根割。为了避免惊动乌棒鱼，侯十一不慌不忙地割，扎好第一捆，忍不住蹑手蹑脚绕过去，侦察一下乌棒鱼是否还在。乌棒鱼比刚才安静了些，它们还在那儿，像切断的花蛇，死而不僵，一刻不停地蠕动。这种真实感让他生出些许骄傲，觉得烂眼塘没那么狡猾，只要掌握好它的习性，它会乖乖听你的，把你想要的东西交到你手上。

井字架绑扎好了。太阳西斜。侯十一不慌不忙，叮嘱自己稳重一点，再稳重一点，抓鱼用不了多长时间，好运气不是天天都有的。随着夜幕降临，咬人的蚊子越来越多。侯十一噼啪地在脸上拍打着，像在扇自己耳光。他把井字架放进烂眼塘，再把斗架放上去，踩在上面，它们并没陷下去多少。他很满意。把第一条鱼抓进箩筐，他的心跳到了嗓子眼。鱼把箩筐拍得噼啪响。箩筐里的鱼越来越多，声音反而小了下去，只有贴近箩筐，才能听见鱼蠕动的声音。乌棒鱼好像愿意帮侯十一发财，侯十一抓住它们时，它们蹿动并不厉害，没用多少工夫，他就轻轻松松捡了满满一箩筐，像做梦一样。他觉得不是在捉鱼，是在捡银子，黑色的活着的银子。

他把鱼挑到小路上，没走多远，遇到一步石梯坎，下坎时扁担一闪，咔嚓一声断掉了。他心情愉快地骂了声，"他妈的个私"。

裹着泥浆的鱼比满满一担稻谷重得多。他回到烂眼塘，把斗架拿出来，凭着蛮力把它拆散，将其中一根斗梁充作扁担。这扁担让他吃尽了苦头，走一步，往肩膀上啃一口，他肩膀早就练得像牛肩一样皮实，但斗架做的扁担贴肩一面是直楞的，无法用齿镰刀倒楞，它啃起人来可不客气。从烂眼塘到官道三华里，从二台子到楚米二十四华里。还没走到一半，他的肩就被啃得青一块紫一块，没淌血，比淌血还痛。

从二台子到楚米，要翻过母猪梁。母猪梁绵延百余公里，从任何一个垭口爬上去都不轻松。侯十一走的垭口叫黄连垭，是最近的一条路，也是最陡峭的一个垭口。侯十一爬到半坡，遇到一段砂石路，打空手或挑得轻，爬到这儿先休息一会儿，然后一鼓作气，迈出第一步后，趁砂石蹉动之前赶紧迈第二步，要像杂技演员一样灵巧，否则爬一天也上不去。侯十一走三步退两步，有几次还险些摔倒。这段路只有二十米，他爬了一个小时还在原地。突然觉得，这才是烂眼塘的诡计，捉拿的时候不要你，留到这个时候再来要你。月光朦胧，汗水湿了又干，干了又湿。他把衣服折叠起来当垫肩，垫肩被血和汗完全浸湿。他又渴又累又饿。想起自己没吃晚饭，顿时无比沮丧，"呜"的一声哭起来，特别伤心。人作弄人，你可以报仇，可以骂娘。老天作弄人，你什么办法也没有，只能承认自己渺小。他憋住气，以免打翻箩筐。退到一块大石头上，放下箩筐，这才畅快地放声大哭。

出乎他的预料，哭也消耗体力，大哭一场后，他觉得更饿了，肠子好像都要饿断了。黄连垭上喊爹妈，爹妈不如苦荞粑。这话以前不懂，现在懂了。

往上爬爬不动，不把鱼挑去卖掉又不甘心。

垭口上有户人家，都听得见狗叫了，离得不远。他想爬上去，去要碗饭吃，不给饭，给个火也行，烧两条鱼来吃。刚把箩筐挑到肩上，他就痛苦不堪地叫唤起来，立即放下。扁担一直压在肩上还好，休息了一会儿，反而肿了，一碰就痛。痛得无法忍受，不像在挑担，而像在受刑。"我的妈，嘟个办啰？"

他绝望地自语道。嘟个办的意思是不知道怎么办。

箩筐里的鱼这时才发现被带上不归路似的，拼命弹跳，几条跳到箩筐外面，钻进荆棘丛。侯十一没能全部抓回来，不知道它们跑去了哪里。

他沮丧地就地一躺，望着天上的星星，心想鬼才知道它们为什么眨巴。本想休息一会儿，饥饿让他脑子发热，眼睛刚闭上又睁开。担心睡着后饿死在这里，他强忍着难受爬起来。觉得卖不卖鱼不重要，重要的是填饱肚子。垭口上这家人很穷，一家老少都老实。二台子有这样的口诀：穷坐坡、富坐凼，背时人坐在垭口上。他们似乎连这样的口诀都不知道，偏要在这岭上安家。

侯十一想，哪怕煮个红薯吃都行，卖了鱼加倍报答他们。

他没用多久就爬了上去，主人一家已经睡下了，男女主人被他从床上叫起来，有点不高兴。侯十一油嘴滑舌地说，我知道你们一家是二台子最仁义的，你们家老老少少都是好人，请给我弄点吃的吧，将来你家娶儿媳妇，我免费来给你们家吹唢呐。这家人的儿子二十多岁了，还没娶亲，没有人愿意把姑娘放到垭口上去。他们又穷又老实，被儿子的婚事弄得忧心忡忡，并且有种丢脸的感觉。侯十一这么一说，他们立即高兴起来，把许诺当成最好的祝福。

侯十一吃东西时，两肩热烘烘的，双手不能抻得太长，抻长了会扯着痛。肚皮吃饱了，昏暗的眼睛立即有了生气，虽然腿还在发软，但他知道，食物变成的能量正源源不断地往双腿跑，往全身跑。男主人身材并不矮小，但他家的楼幅、门框、桌子板凳都比一般人家的矮了一截。侯十一用葫芦舀水时，肩膀碰到挂在楼幅上的一个搭钩，痛得他叫唤了一声，他瞪眼吼道："怎么挂得这么低呀？"男主人憨厚地笑着，真像做错了一样。喝了满满一瓢凉水，他心平气和地说：

"我的肩膀肿了，要不然，你用这个搭钩打我我也不痛。"

他知道不能再挑担了。他叫男主人帮他挑，挑到楚米卖掉后一人一半。

老实人答应了，让他心动的不是可以分一半，而是莫名其妙地被侯十一吸引住了，心甘情愿听他指挥。

他们换了条结实的扁担，把乌棒鱼挑到楚米，天还没亮。侯十一有点心痛，这么好的鱼哟，卖了要分一半给人家。他叫老实人守箩筐，他要打个盹，天亮后叫醒他。他靠在一个布店的柜台外面，坐在冰凉的石头上，不一会儿就睡着了。

无论捡谷还是摸鱼，挑担子夜行，他都带着那支破唢呐。到老实人家去要吃的也带着，仿佛这支唢呐系着他的魂，或者他半条小命。他的穿着和唢呐的形象，怎么看都像一个叫花子。

天亮了，老实人没叫醒他，他被店铺取门板声和街上赶牲畜的吆喝声惊醒了。镇上至少一半人家养牛养羊养马，这些畜生成群结队从泥土飞扬的街道走过去后，热烘烘的粪便比它们本身更加生机勃勃。侯十一揉揉眼睛找到箩筐，看见老实人仍然像柱子一样立在旁边。他怜悯地想："狗日的太老实了，必须分一半给他。"他把布店老板娘吓了一跳，蓬松着一头乱发的女人心有余悸地嘟囔道："你为哪样睡在这里哟？"侯十一笑了笑："不睡这里睡哪里，莫非……还能睡到你床上？"

他和老实人把鱼挑到十字路口，他拿起破唢呐，模拟人声吹起来"卖鱼喽乖乖呀，要买的快点来，呐哩呐呢呐"。刚开始没人听懂，经他挑明后，听他吹唢呐的人越听越觉得有意思，笑嘻嘻地问他鱼怎么卖，多少钱一条。楚米人认得这种又肥刺又少的鱼，不用介绍，不一会儿就卖完了。他把钱分一半给老实人，叫老实人把箩筐带回去，"是关祖潜家的，你一定要送上门去哈。剩下的稻谷我还要去拢的，你叫他们放心"。

他要去县城买唢呐。唢呐不是日常用品，不在店铺里出售，只有县城制作响器的作坊才有。剩下的钱给师父置办礼物，他要拜带他去何安秀家吹唢呐的唢呐匠为师。唢呐匠去年就答应了，并且不要任何礼物。侯十一不想简便，他要用最隆重的仪式完成拜师礼，要楚米镇所有的人知道，他侯十一现在是有传教的唢呐匠。

县城比楚米热闹多了，楚米镇不到一千人，县城有三千人。建筑也大不相同，除了政府机构和平民住房，还有城隍庙文昌阁魁星阁文庙雷祖庙龙王庙禹王宫万天宫六角亭天主堂玄天观观音寺文峰塔。

侯十一买好唢呐，发心要把县城每个角落都走到，好好看一眼。"走了整整一天才来到这里，不逛完太对不起自己了。"

以为一天逛不完，没料到只用了小半天。

在万天宫，有百余人正在看戏，院子里站不下，有一半人只好站在街上。侯十一从来没有看过戏，听说看戏要收钱，不敢贸然向前。万天宫外面挂着横标，侯十一不识字。正犹豫不决，一个站在板凳上的人向他招手，他感激不尽地走过去。站在人缝里，屏住呼吸，踮脚观看。只见台上一个人头戴麻冠，身穿重孝，一手拿着丧杖，一手抓住另外一个人，义愤填膺地骂道："你一人不知要紧，伤害我国十万大军，我恨不能吃尔之肉，喝尔之血。"此时全场肃静，所有人都听见了他牙缝里透出咯咯的切齿声。片刻之后，爆出震耳欲聋的叫好声。

这出叫《九江口》的戏演完，一个中年人上台演讲。演讲者只讲了几句就激动起来，台下也开始骚动不安。演讲者的话不是每句都听得见，但侯十一还是明白了大概。这人讲的是日本人打到湖南来了，我们再不奋起抵抗，就要当亡国奴了。

侯十一浑身冒汗，血液像鼎罐里的热汤一样沸腾。

观众不再关心演讲，各自以某些人为中心议论起来。侯十一这才知道，这些人是县府通知来的，他们是各区镇的区长镇长和乡绅贤达。原来县府请缨杀敌计划已经得到省政府批准，训令同意龙泉县成立抗日青年军。这几天正在动员青年壮士报名参加。县长任青年军司令，各区镇负责人担任队长。楚米的领头人是蜂岩脚的张培义，张培义的父亲是楚米区的区长，区长老了，不能亲自出征，由儿子张培义替他上战场。

侯十一非常激动，他从没听到过如此慷慨激昂的话语，第一次发现自己是热血男儿，同时想反正我一个人，没什么牵挂。回到楚米，侯十一率先报名，和张培义等人在街上宣传抗日。三天后，楚米成立了抗日青年军，老区长宣布将楚米老木桥改成请缨桥。青年军报名时，除了写清楚姓名和出生年月，还特别登记他们的婚姻状况。在楚米操练了七天，老区长杀了一头猪，把所有未婚青年留下来，同时还找来人数相同的五十多个寡妇。吃饭之前，老区长让未婚青年站一边，寡妇们站一边。老区长动情地说：

"战场无情，生死难料，你们都是楚米区的好儿郎，老朽今天替你们的父母做主了，今天把你们的婚事办了，吃完饭把各自的女人领回去，留下你们的种子，即便战死沙场，也不至于断子绝孙！"

寡妇们的年龄参差不齐，但都生过孩子，老区长对此很满意。

老区长将装有号码的两个印斗，叫未婚青年和寡妇各自摸取，号码相同的一会儿坐同一条板凳，坐到一条板凳上就是夫妻。未婚青年们不好意思上前，寡妇们也害羞地低着头。老区长只好端着印斗挨个发号。

和侯十一对上号的女人比他大十岁，名叫朱惜粮，是个漂亮女人，脸红得像刚熟透的大柿子。她的鼻尖被晒脱皮了，一块半透明的肉皮像一羽小小的翅膀，随着她的呼吸轻轻地扇动。侯十一看见这片翅膀后，下体"呼"的一下翘了起来，把他吓了一跳。大家都在等饭菜上桌，有人主动去帮忙，侯十一不敢动，直到饭菜来到面前，香味钻进鼻腔，它才叹息着缓缓地软下去。而他的脸上，一直是严肃的。朱惜粮看了他一眼，面无表情。侯十一想，哼，今天由不得你了，愿不愿意我都要搞你。粉蒸肉每碗只有八片，每个人只有一片肉。都知道这个风俗，不会多吃多占。朱惜粮把自己这片夹给了侯十一，什么也没说，连笑也没笑一下。侯十一难为情地扒了一大口米饭，没好意思吃朱惜粮给他的肉。朱惜粮发现这一点后，终于笑了笑，温柔地给他夹了一筷别的菜。侯十一吃饭很快，手法很特别，一般人用筷子往嘴里扒饭，他的筷子在碗里转圈，转出一座饭山，然后像推土进洞一样把它推到嘴里。冒尖尖一碗饭，他转五圈就见碗底。

吃了七碗饭，他只用了十分钟。平时吃得很粗糙，又没什么菜。今天吃第六碗其实已经饱了，一想到也许再也吃不到这么好的饭菜，于是又添了一碗。

其他人也和他吃得一样快，宴席很快就解散。刚才坐在一条板凳上，离得很近，走出院子，反倒保持一定距离。这些处男最大的也才十八岁，对男女之事既感到好奇又感到害羞。好在这些女人都结过婚，懂的比他们多，走到半路见不到人的地方，主动说话，他们害臊的程度才有所减轻。这方面，侯十一比他们强，虽然他才十七岁。

侯十一拿着他新买的唢呐，朱惜粮叫他吹一个，他爽快地答应了。侯十一只要吹起唢呐，就会轻松自在，把他和朱惜粮之间的距离一下拉近。他把学鸟兽六畜的绝活拿出来，把朱惜粮逗得笑呵呵的，当他模拟人的笑声哭声说话声时，朱惜粮笑弯了腰。

小路钻进一片树林，朱惜粮问他，是去他家，还是去她家。他说去哪家都行。朱惜粮说，她和公公婆婆住在一起，还有小姑子小叔子一大家人。她的意思，还是去侯十一家好些。但侯十一就像没听懂似的，他拨拉着自己的耳朵，眼睛追着林中一只小鸟，直到它无影无踪。朱惜粮见他收回目光，对他说：

"你放心，就算今晚上睡猪圈，我都陪你。"

侯十一感到左右为难，他对朱惜粮的表白感到很满意，但他不敢告诉她，他冬天睡在稻草楼上，没有被子，扒个窝钻进去，睡到天亮再钻出来。夏天睡床，床上没有被子，只有一张席子和一块秧稿荐。更重要的，是从楚米到二台子再到鸡冠山太远了，至少要走四个小时。他想现在就要她，老区长说给他们三天时间，实际上只有两天，老区长把今天也算进去，队伍在三天后辰时开拔，现在是酉时，他和她只有两天两夜。他觉得自己像一个畜生，但他觉得自己就是想当一回畜生。他有点无可奈何地想，自己嘴笨脑子笨手脚也笨，只有两腿中间的锤子既聪明又强壮，它像猎犬一样，总是比他先闻到猎物气味。在家里，他把它放出来，用手引领着它奔跑，对着月亮，对着星星，对着树木，对着空荡荡的夜晚喷射，白天夜晚都干过。每次射完，都要随便骂一句什么，骂自己也在骂它，在他是因为很不满意，在它则是很不满足。现在，在夕阳的照射下，他和这个兄弟高度一致，他命令它冲上去，和她合二为一。她最漂亮的是胸部，光是看着那里，就顶得上他吃一顿饱饭。

"我出嫁时没吹唢呐，他们家请不起。你再吹一个吧？"

她说。她不是在抱怨，也不是遗憾，而是现在才发现，唢呐原来这么好听。

他本想告诉她，到树林里去，今晚住哪里不管，先在这里让二兄弟满足一回。听她这么一说，猎犬不再张牙舞爪。他有点失望却又有些得意。

他边吹边走，走得更慢，因为看不见脚下的路。

唢呐声源源不断地从喇叭口飞出来，他的表情越来越丰富，他第一次发现，他的唢呐比他的嘴强多了。嘴不会说的话，唢呐都能说出来。

他们回到二台子，皎洁的月光洒下银辉。除了回家，还能去哪里呢？他的嘴吹软了，不想再吹了。更重要的是，继续吹，他会饿得快，刚才那顿饭就白吃了。

离鸡冠山只有三四里，他心情又激动起来，和她讲起他在烂眼塘捉鱼，可惜的是，他无法还原当时的激动，被他干巴巴地讲完。他试图向她表白，如果不是当时去找水喝，他不会发现烂眼塘里的乌棒鱼，如果不发现乌棒鱼，他不会去楚米镇，不去楚米镇，他不会去买唢呐，不去买唢呐就不会参加抗日青年军，不参加抗日青年军，他就不可能把她带回来。但他像理不清这团乱麻似的，怎么也表达不好这里面的逻辑关系。

从前几天捯谷的稻田边经过时，他发现稻子已经收割完毕。稻草个像矮人国的居民一样，老实本分地站在稻田里。月光洒在它们身上，烘托出一种圣洁的形象。仿佛它们奉献出稻谷不算什么，变成稻草个并站在月光下，才是它们最终的追求。

他没敢把稻子没收完就去捉乌棒鱼这事告诉朱惜粮，关祖潜和练管家平时对他不错，屁也不放一个就撂下包给他的三亩稻子，是应该受到责备的。这时朱惜粮问道：

"还有好远？"

"不远了。"

朱惜粮放慢脚步，看着月亮，她的脸像月光一样饱满。他在前面带路，这时回头看了一眼，觉得朱惜粮的脸比月亮还圆还亮还好看。他跑到稻田中间，像揪人打架一样，将稻草个提拔过来摔倒在地。稻茬里盛着轻梦似的天露，但镰刀削出的茬面很锋利，他必须多铺几层。朱惜粮看了一会儿就明白了，今晚上，这就是他们的洞房。她用稻草个把"床"围起来，稻草个一个叠一个，她很想让它们叠高点，以便把"床"与四周彻底隔开。但最多只能重叠四个，叠得太高会倒掉。她每叠一个都要轻轻拍一拍，就像在叮嘱它们，要好好替她站岗，不要调皮。如果有张大席子盖在上面就更好了，对着月亮，对着深不可测的天空，她有点担忧，这样做会不会得罪老天。从小到大，她对老天深怀畏惧，因为它有时候太小气，即便你没做错什么也会惩罚你。老区长把她们集中起来时说，你们不要难为情，更不要害怕，你们是在为楚米的好男儿留种，你们损失的是脸面，但他们损失的是鲜血和性命。你们这样做，是为了不当亡国奴，所以你们的荣誉不但没有任何损失，还将是楚米最尊贵的人。你们放心，谁敢说风凉话，老朽决不饶恕他。望着老区长一翘一翘的白胡子，她们有种轻飘飘但特别清醒的感觉，好像全身的骨头都空了，血管里有种畅快的不同寻常的激动。老区长向她们鞠了一躬，她的脑子里"嗡"地响了一声，有人抽泣。她们是女人，是寡妇，从来没有人尤其是男人把她们放到这么高的位置上，她们愿意赴汤蹈火，愿意和男人一样拿起枪冲锋陷阵。老区长用另一种腔调请求道，这些没结过婚的男儿们不懂男女方面的事情，你们要主动一点，要给他们当师父，拜托了。

想到这里浑身发热，比听老区长说话时还热得厉害。她看了看月亮，发现月亮正默默地看着她，似乎并不反对。不过，在她的心目中，月亮一向是温柔和慈祥的，和老天完全不同。她想告诉老天，我这不是为我……温和怡人的风在田野上空荡漾，这是一个美好的夜晚。

侯十一把床铺好后，接管过扎围栏的活儿。他力气大，但没朱惜粮扎得好看。朱惜粮拆开一个稻草，将稻草连接起来，当成绳子拴在围栏上稻草个的脖子上，横竖拉了几道，把它当成屋顶。什么也挡不住，但毕竟有了屋顶。

屋顶做好后，她把衣服铺在稻草上。

"来吧。"她用老师一样的语气和表情说。

侯十一毛手毛脚地爬过去，屋顶太低了，不小心有可能把围栏拉倒。他确实像个学生，不过这并不难学，比学任何一件事都快。她握住它帮他进去时吃了一惊。"天啦，这么大。"她说。侯十一浑身喜悦，第一次让别人并且还是一个女人攥着它，实在太好了，但他知道接下来将会更好，于是用力撞了进去。朱惜粮大叫一声，然后小声说："痛。"侯十一正要退出来，朱惜粮抱住他的腰，示意他继续。他每动一下，她都说痛。他过意不去，她笑着说，刚才是真的痛，现在痛是舒服。

这天晚上，朱惜粮又痛又舒服的叫声在二台子上空久久回荡。第二年天旱，打不起秋田，二台子大部分稻田改种红薯。这块稻田的红薯个头比其他稻田的都大，无人不相信这是朱惜粮和侯十一的功劳，他们相信万物都会模仿人的行为，他们的交媾让红薯的传种愿望增强了，所以产量会这么高，个头这么大。

侯十一参加青年军的消息一下在二台子传开，韩先生送了两个银元给他。韩先生说：

"二台子人走得最远的不过龙泉县城，你这一去，不知道会去哪州哪县。你是二台子走得最远的人。读千卷书，不如行万里路。要得，要得。打仗时小心点，希望你平安归来。"

美
好
或
丑
陋

如果可以，他愿意忘掉今天和未来
几天所经历的一切。当他叫女儿去吃饭
她冷冷地说不去不想吃，他爆发了。吼
声震得玻璃窗呜呜响。吼完后，他难过
到极点，他不能再用暴力式的吼叫和以
校长式的说教来让女儿顺服，她反抗的
武器既简单又实用，他觉得这意味着他
的人生彻底失败。当他问她是不是相信
四叔说的话，她不屑地一扭头："我才
不管你们那些闲事。""为什么不去吃
饭？""我有不去吃的权利。"

这不是被征服后的失败，是被抛弃
的失败，女儿的冷静和新词让他猝不及
防。他忍住没砸东西，没用枕头打她。

许由的故事从脑海闪过，他走进卫生间刷牙。许由洗耳，他洗嘴。不是因为嘴不干净，而是因为说什么都没用。离开时对女儿说"对不起"。她在看手机，没看他，例行公事地回答"没关系"。说对不起不无轻蔑的成分，但对于她还是没关系。回到楼上自己的房间，老婆没看出问题，问他吃什么。"吃屎。"他说。老婆没听清，要他再说一遍。他说"出去再说"。

大哥大姐大姐夫二哥二嫂，二妹和二妹儿子，大哥的儿子媳妇九个人在一处，老四和妻女在一处，老三和老婆在一处。既然无法合唱，只有各走一边各起各的调。别人讨论吃什么时，大姐夫一个人打趣，人的肠子又不是一样长，本来就应该各吃各的嘛，分餐更文明，既少吵好多架，又不得传染病。大姐瞪了他一眼。维稳是大局，她不允许一切不稳定因素存在。

老四带妻女吃长葛水煎包。妻子说，出门前她请人算了一卦，路途中不能吃饺子，只能吃包子或者馒头，吃饺子会出事。老四说，我只知道一件事，我不会让其他人来开车，坐别人开的车比我自己开还累。她说，你不应该当着大家说三哥。他说，我早就想说的，一直没有机会。她说，不是什么话都有必要说出来。他说，心里怎么想的，嘴上就怎么说，人的嘴巴和动物的不同，除了吃东西还要说话。她什么也不说，看着他抿嘴笑了一下。他立即说，我知道不是什么话都可以说，但我实在舍不得娘离开我们。她说，我们都会去的呀，她不过是先走一步。

她说话时每一个字都很清晰，一个字一个字地说，节奏缓慢。说完后抿嘴一笑，嘴往两边拉，又细又长，眼里注满真诚。第一次见到她的人会想当然地以为，这么做作，一定在幼儿园工作，不是真温柔，而是职业病。她从小就这么说话，不过也确实和生活经历有关，三岁时母亲去世，这是第一次被死神抓伤，三十一岁化疗掉光头发后怕见人。当她缓过神来，不再是怕，而是觉得一切无关紧要。他第一次和她见面，就被她又扁又平的嘴吸引，薄薄的嘴唇仿佛两片天真的翅膀，无论她怎么努力都飞不远，都会在他身旁。

老三远远地看见他们有说有笑，立即像看见仇人一样拐向另一条小街，走了好一阵才找到一个小店，要了份花石羊肉汤。不锈钢小饭桌上的划痕又细又密，没有方向，因为灯光的干涉而五彩缤纷。他老婆要绿豆糊涂。吃了一块馍，他觉得应该去找大哥大姐，要他们主持公道，到底是不是他害死了母亲，叫堂叔还钱错了吗？老婆反对，说要去你去吧，我不去，我在这儿吃了还要给孩子带吃的回去。他给大姐打电话问他们在哪里，二妹的解药发了个共享位置给他，并且来迎他。这让他好受一点。

在外人面前，他觉得自己有时会是一个头脑清醒但能力有限的人，所以该妥协时就妥协，在这个家，尤其是在这桩事情上，他决不妥协。他要告诉他们，母亲不是老年痴呆后才糊涂，她一直就糊涂，老四从小不爱读书，和她的溺爱不无关系。堂叔这个远近闻名的流氓，她偏偏对他那么好。他还要用一个新词提醒他们，这叫"劣币驱逐良币"。

见到外甥后，他把激动的心情先放一放，问他在服务区遇到的是不是女同学，回答说是的，他大度地说："可以理解。"

还没入席，他就感到地动山摇，浑身一震，五脏六腑都在破裂。老四一家都在这里，他明明看见他们在另外一边呀。他正在陪二哥喝酒。这家人对酒精并不依赖，对酒鬼更是嗤之以鼻，就老二和老四爱喝一点。他不知道，老四他们是吃好了过来的，完全是出于好奇来看大家吃的是什么。他坐下后，老四立即给他倒了一杯："三哥，喝点哈。"他像完全没准备却要他马上做题的考生，不容分辩地铺开试卷。"来，我敬你们，二哥最辛苦，比开车累得多，开车是手上活，不用动脑筋。"二妹以雪碧代酒，"来来来，大家都辛苦，从没坐过这么远的车。"

老四滔滔不绝像停不下来的发动机，谁也不清楚他的灵魂是被酒精激活，还是妻女给他喝了销魂汤。在其他人眼里他和平时没什么区别，讲过多遍的俏皮话可以笑也可以不笑，他更多的是靠讲俏皮话时的夸张表情感染了别人，而不是俏皮话本身。只有老三感觉不舒服，感觉自己受到了冷落，甚至觉得他问他们在哪里时，他们已经设下这个陷阱。纯棉卫衣上的商标蹭得他难受，为这次出远门才买的，但整整一天都没有感觉到与卫衣材质不同的商标的存在。教学生作文时，他告诫他们相邻三句话里不能出现同一个词，老四又俗又烂的笑话却让他们乐不可支，可见他们当年学习成绩不好是活该。现在，他满心悲凉，感觉自己的付出在别人眼里一钱不值。老四说，他对母亲老家最感兴趣的是一张老床，据说村子里有个人把一只千年老龟压在床脚，这样他也可以像千年老龟一样长生不死。老四一边说一边给他倒酒，他才忍住没有讽刺他不懂科学。

回到宾馆，妻子已经入睡。他只喝了三杯酒，当时一点也不难受，再喝多少都没问题，躺了一会儿却觉得难受，有东西往喉咙里蹿。他爬起来，看见床头上有个打包盒，一看就知道女儿没吃她妈妈带回来的东西，他抑制住激动吃掉它，一口一个，吃得吧唧吧唧响。遥想许由当年，他根本就不可能有这么多苦恼，洗耳朵这种装逼的事情做起来当然不难。

吃完后，妻子在半醒半睡中告诉他，女儿自己点了外卖，他再也无法忍受愤怒一般，把刚才吃下去的东西全部吐了出来，脑袋里嗡嗡响，像有一万根弦在同时弹拨。吐完后认真刷牙。他想到了死亡，如果就这么死去，好不好呢？就这样死掉，不是自杀，应该可以，不像平时那样对死亡有所恐惧，反而有种诱人的自由自在。但他没法就这样死去，死神并不是一个任何情况下都愿意伸出援手的好汉，他极有可能是一个坚持原则的神，不允许任何人走捷径。想到这里，他从箱子里拿出笔记本，记下这个句子：死神不允许任何人走捷径。他已经记了三十三本类似的笔记。

他女儿和老四妻子的女儿住一间，两个孩子不冷不热，青春年少的矜持是她们交流的最大障碍。老三闺女的头发极短，初看分不出性别，似乎很不希望别人一眼看出她是女生，有股什么都看不上的傲慢气。实际上，这不过是伪装，是对自己还不成熟的一种掩饰。老四妻子的女儿出于谨慎，为了避免人家觉得她有巴结的意愿也不说话。在她这个年纪，虚伪这个词堪比成人世界说蠢货，已经超出了其内涵并已异化。两人各自刷着手机，都不打算先睡。老三的女儿突然建议，不再坐他们的车：

"我们自己走，坐高铁，可以比他们先到。哈，他们还在路上吵，我们已经到奶奶老家，太酷了。"

"这样不好吧？"

"我没问你好不好，我问你敢不敢。"

"问题是，坐高铁能到吗？"

"还要转汽车。我先睡了，明天早上叫你。"

老四妻子的女儿想反对，想告诉她自己可没答应，对方"叭"的一声关掉总控，把她陷入不准出声的黑暗境地，同时也被自己的淳朴腼腆锁住了嘴。

这时对面咕噜出一句既意味着挑战又鄙夷不屑的话："不敢算了，我一个人去。"

天亮后，老四的妻子打电话叫孩子吃早餐，孩子没接电话，她到房间里找，没人开门，找来服务员，才发现人去室空。她一个人时还镇定，当所有人都得知两个孩子独自出走，两个孩子的母亲像被割掉鼻子一样捂着鼻子哭泣，不能哭出声，还要听大家怎么说。只有老三不以为意，像对待逃学的学生一样：

"让她们去吧，回家后再说。"

他想笑，他自己也想出走，离开这些浅薄的亲人，离开没有共同语言的老婆，离开熟悉的环境，这种离开已经占据了身体和意识，没料到真正有勇气的是最爱掉自己的女儿。他莫名其妙地感到欣慰。

晚餐没在一起吃，早餐反倒全都在一起。和宾馆提供免费早餐有关，也和两个孩子出走有关。老四妻子的女儿说她们已经上高铁。理论上她们是安全的，但想象中的贫穷山区和她们没满十八岁，让他们心急如焚，仿佛高铁不是开往风景优美的花园省，而是狂奔在非洲大地上，她们随时有可能被土著拉进屋炖成肉羹，或者成为他们的新娘。有人建议老三去新郑机场坐飞机，到贵阳后乘高铁去遵义，这样可以在遵义高铁站截住她们。他处在被老婆埋怨又无法反驳的情绪中不能自拔，说："我不坐飞机，那是飞在天上的棺材，要落地后才知道自己还活着。"老四再次发作："照你这么说，汽车，火车，哪一样不是移动的棺材？就是坐在家里，房梁还有可能砸下来哩。"

其他人立即制止就此展开争吵。二妹的解药建议，他有同学是贵州的，他先问问他在不在，若在可以请他去遵义接两个妹妹。电话打过去，同学说没问题，他就是遵义人，可以亲自开车去接。三舅妈仍然想以最快的速度赶过去，她不放心。见不到女儿，她生无可恋。谁劝她谁等同于卖掉她女儿的人贩子。此时此刻，只有顺从她小题大做才是她的亲人。老三叫她省省，与其另外去乘车，不如把钱转给女儿。她癞子找不到擦痒处似的立即给予他无情指责，说都是他对孩子太凶，把家里当教室，这也看不惯那也看不惯，孩子都快要被他逼疯了。他没有因此乱了方寸，她从没这样指责过他，这都是孩子出走造成的，他理解。为了表示自己的理解，他让外甥陪他，两人去坐高铁。分手时，他倍感轻松却不知道原因。

剩下的人坐到车上，仿佛一下少了好多人。街道两旁既陌生又似曾相识，一度让人搞不清，这是要回河北，还是要去别的地方。大哥戴了顶八角帽，二妹给他买的，风门昨天就已关上，他不一会儿就开始出汗，但他没取下来，他觉得热的原因不是帽子，而是他想来想去都不知道如果给快三刀打电话，打通了应该说些什么。灵牌已让儿子来捧，他和老四妻子换了位置。他们一开始就希望持灵牌的人坐一号位，老四妻子一上车就声称她坐那里是陪老四说话，以免他犯困，这只好让"母亲"屈居老四身后。大家想的是，她还不习惯这个人员众多又分散的大家庭，打心眼里原谅她。说是一家人，其实从没聚齐过，再重要的节日都有人缺席。但这一点也不影响他们作为一家人的自豪感。重大的事情由大姐宣布，仿佛母亲还没去世，还得由她决定一些不需要决定的事情。她不这么宣布一下，大家就会失去方向。

二哥更是出人意料，自己带了半块苹果上车，把香插在苹果上。他说，这是昨晚上给母亲上香时的供果，不能吃，只能用来插香。二嫂坐到他身后的空位上，替他看香，他可以看看别处或者打盹，她保证不摸香，要换时他自己来。他没赶她走，也没为此表示感谢，更没为昨天用苹果砸她道歉。和谐与不计前嫌的气氛润泽着每个人的心灵，这激起了他们对往日美好生活的回想，也让他们对互相指责感到厌恶。

老四的妻子一个人坐在最后一排，这是老四的安排，一个人坐累了可以躺下去休息。女儿说她不敢当着姐姐的面打电话，现在正经过武汉，表哥和表哥的同学都和她联系过了，妈妈不要担心。她叮嘱她要好好保护自己，不要相信陌生人的话。收起手机后，她为大家剥橙子，双手拇指交替着插进果肉与果皮之间。这时一辆货车突然变道，挡在中巴车前面。老四一连串点刹，中巴车离货车只有一米才被刹住。她被一股巨大的力量抛出，双手捧着橙子，以碎步释放冲击力，就这样还是冲到引擎盖前，扑了下去，就像要给香磕头。拇指还插在橙子里，跪下去时橙子"嚓"的一声破成两半。其他人从鞋跟急促的敲击声中扭头看她，下意识地伸手，但没法帮她，太快太突然，直到她自己站起来，惊惶未定地看着手里的橙子，他们才知道怎么回事。

老四气急败坏地咒骂货车司机，恨不得揍他一顿。货车只开出二十米，再次回到慢车道上，老四看见公路上有两只不知所措的鸭子，像两片白布似的黑嘴鸭。他改骂鸭子，但声音小得只有他自己能听见。他没看见妻子的狼狈相，大姐二姐二嫂同声问她受伤没有，都准备离开座位来扶她。她却为自己的难堪咯咯笑。其他人担心地跟着笑，叫她赶快就近坐下。她笑着把橙子递给二姐后回到最后面，发现右手拇指有点痛，大概是扭伤，她想。像被鬼扯手一样，左手不自觉地摸出手机。这时候为什么去看手机？平时她会嘲笑自己有机瘾，但她看到女儿的回复：妈妈，我爱你，你放心。她的眼泪滚了出来。

肖团长

肖长子仍然喜欢打猎，并没因为韩先生的指责放下猎枪。他的枪法依然很准，这年打死一条蟒蛇，这条蛇咬死了村子里好几只羊，还将一个人吞了进去。这条蛇让他名声大振，羊蹬区区长请他出任保董兼自卫团长。他不许别人叫他保董，要叫他肖团长。有一个兵弁，这是他的全部人马，人们背地里说，他这团是乌龟王八团，一个王八四条腿，他这个团也只有四条腿。但这不能减少他的威风，特别是回二台子，老远就打枪。

他想要韩先生那个白瓷碗，软硬兼施都被韩先生拒绝。越是得不到越是想要，他扬言，谁敢打这个碗的主意，他的枪就是谁的爹，装在枪膛里的子弹是夺命散。

有人说，这个碗以前是大地主的二姨太用过的，二姨太年轻漂亮，还会唱戏，韩先生看过她唱戏，明亮的眼睛一眨一送，韩先生的背脊骨节节松软，觉得她不是凡人，是仙女下凡。二老跳抢劫这户人家时，仙女正在喝蜂蜜枇杷露。她不再登台唱戏了，但爱惜嗓子一如从前，不时用蜂蜜枇杷露保养嗓子。二老跳把她绑架到马鞍山，她嫌土匪用的碗脏，用装蜂蜜枇杷露的白瓷碗吃饭喝水。大地主把她赎回去时，二老跳扣下了白瓷碗。韩先生堪舆阴地不要别的报酬，是因为他想用二姨太用过的白瓷碗吃饭喝水。用它吃饭喝水，等于和二姨太亲嘴。

这种说法流传最广，谈论的中心从碗变成女人，从女人的美貌到女人的风骚。不过，这是轻浮浪荡子的说法，凑在一起说得欢，遇到上年纪的人赶紧闭嘴。他们知道韩先生在二台子的威望。

有几个聪明人相信另一个说法，白瓷碗是大地主的传家宝，是从明朝传下来的。二老跳没文化，不知道它是一件古董，但韩先生一眼就认出来。这件古董若是拿到重庆，可以换几百个大洋。

和肖团长熟悉的人说，肖团长对这个碗紧追不舍，是为了把这个碗追回来还给二姨太。二姨太被转卖到滴翠楼。有一次他在滴翠楼下歇脚，二姨太在厢房楼上嗑瓜子，他们对看了一眼，他从此发誓要把这个碗给她追讨回去。

所有人都觉得这个说法最扯淡，没人相信肖团长一旦得到它，会把它还给二姨太。他只会将其据为己有，以便拿到大都市换笔大钱。

韩先生不和任何人谈论白瓷碗，能镇得住的人问他，他冷冷地不屑地看着对方，让探究秘密的人土崩瓦解。如果有身份又有交情的人问起，他闪烁其词，尽量在第一时间岔开话题。越是这样，大家越是爱拿他的碗和他开玩笑，他生气时快速振动的山羊胡须给人带来无尽的快乐。驱邪的法事让他精疲力竭，越来越瘦，步伐比以前更细碎。他怜爱所有小动物，毛茸茸的小鸡从他面前经过时，他立住不动，眼神流露出慈爱，似乎他才是这只小鸡的父亲或者母亲。

肖长子当上团长后，比以前聪明。不过有人说学好三年、学坏三天，当聪明人不难，难的是事事聪明。威逼利诱都拿不到白瓷碗，他想出一个绝招。这天半夜一个小偷钻进韩先生家翻箱倒柜，韩先生的女人听见了，惊恐地问："哪个？"小偷不避讳，回答"翁麻二"。韩先生女人摇醒韩先生，叫他起来打强盗。韩先生说，睡吧，哪有什么强盗，耗子偷粮食都听不出来呀。小偷进屋时，韩先生就醒了，把床头上一把镰刀拿在手里。心想等小偷进里屋再说，先下手为强，力气没他大，只要先砍上两刀，再拼命也不怕。小偷明目张胆说自己是翁麻二，他不敢再动，假装什么也不知道。翁麻二是楚米著名的小偷，进屋偷不到东西，离开时点火烧房子。官府一直未曾将其捉拿归案。韩先生故意问老伴："我昨天拿回来的两个大洋你收好没有？""你没给我呀。""我放堂屋供桌上，叫你收好收好，你喝了忘魂汤了？行了，不用管，天亮了再说吧。"他和老伴各睡一头，拉着老伴的脚脖子说话，老伴终于听明白，这是在给小偷"指路"。这两个大洋不是昨天放的，是平时就放那儿，留给小偷的"利市钱"。相当于小费，向主人家讨个好运。不过，一般小偷他不会给他指路，遇上心狠手辣的才出此下策。老伴心惊胆战一宿未眠，韩先生放下镰刀后放心入睡。第二天，老伴告诉他，利市钱被取走了。韩先生说，拿就拿吧，人家来二台子不去别家，专门来我家，说明看得起我，给两个利市钱，应该应该。

出乎韩先生预料，早饭刚过，肖团长把"翁麻二"押上门来，叫他一处处指认，翻找过哪些地方。韩先生一眼看出不对劲，这不是翁麻二，是肖团长的暗探。肖团长声称自己在执行公务。翻遍所有房间，就差挖地三尺。但他们一无所获，没找到白瓷碗。

韩先生感觉再把碗放在家里，会招来横祸。当天晚上，韩先生去找练可白。

"练管家，麻烦你开哈子门。"他用狗都听不见的声音哀求。

窗户太高，看不见里面。喊了三遍，里边静悄悄的。他担心起来，是不是不在家呀。他不敢更大声，以免惊醒其他人。正当他不知所措，练可白叫他进去。韩先生转到门口，吃惊地发现门是开着的。任何人家的木头门都不会一声不响，韩先生居然没听见开门声。

"练管家，我想了整整一天，觉得二台子只有你靠得住。我晓得，你看不起我，认为我搞的是假把戏。不用点灯。你听我慢慢说。你晓得的，人人都在猜测我这个白瓷碗，有人说是土匪送给我的，有人说是地主的小老婆用过的。我哪敢要土匪和地主的东西呀。这碗是我师父给我的。原想等我将死的时候告诉我儿子，让他用这个碗给我打火碗。可现在不行，我再也保不住这个碗了。有人想偷，有人想霸占。小偷钻进家都好几回。只有放在你这里才安全。我师父死的时候说，你要不用这个碗打火碗，你一生的罪孽都消不了。恭水那个陈大爷你听说过没有？他在世的时候，我师父给他堪舆出一穴好地，后来他四个儿子都当上军官。我恨他后人怠慢我师父，想了个法子收拾他们一下。这事我没告诉师父，本意也只是警告一下就算了，没想过叫他们家破人亡。这个碗是陈大爷临死前给我师父的，说陈家永远不会亏待我师父，无论什么情况下都有我师父一碗饭吃，这是信物。我只知道在陈大爷的坟前立碑不好，万没料到那么凶险。他家两个儿子在战场上被打死后，我就知道这事做错了。悄悄把石碑推倒、砸烂，将其中一块丢进天坑。可石碑的邪气已经把陈家的地脉斩断。没过多久，陈老大的四个儿子都丢了命。师父知道后说我：'佛佑，你做过头了，四条人命啦。他们对我好不好，自有报应，你不该下手这么狠毒。楚米镇好不容易出去几个当官的，更不应该叫他们中途殒命啊。'我又害怕又后悔，问师父怎么办，酿下这么大一宗罪，我下十回地狱都开脱不了啊。师父也替我担心。他把陈大爷送给他的碗转送给我，要我一辈子不要忘记这个教训。师父说：'我们的手艺只能成全人，千万不能用来损害人。'我得到这个碗后，用它吃饭喝水，就是为了不忘记师父的话。师父去世后，有人说这个碗贵重，值钱，是地主用过的，我不敢当着别人的面用，只能在家悄悄用。现在那么多人想要这个碗，悄悄用也不行。昨天肖长子进屋搜查，藏在灰堆里才没被他抢走。我磕头从师父手里接过来时，发誓要一辈子用它，不用别的碗，活着的时候用它，死了用它打火碗，到阴间也用它。现在我请你帮我保管，等我死了再拿出来，用它给我打火碗，在阳间用不成，我拿到阴间去用。我不知道我会活多久，但我肯定会死在你前面。你人品好，口风紧，只有请你保管我才放心。如果有可能，我希望你亲自拿它给我打火碗。"

"替你保管没问题，但我不知道火碗怎么打，怕打得不如法。"

"这个简单，我死后，你在碗里装上半碗香灰，把它放在我的棺材上，找柄斧头或者沙刀，一下子敲下去就行了。本来应该用道士先生的锡杖，到时候如果没道士给我做法事，你用斧头和沙刀也行，负累你了。"

韩先生说着跪了下去。

"韩先生快起来，我答应就是，下这么大礼，你让我折寿嘛难道，要不得。"

"练管家，我没什么东西感谢你，我给你找穴好地，你准备好定码石，我这几天就带你去。"

"韩先生，你知道我想要什么样的不？"

"这个，你可把我问住了，我会请神不会算命。"

"我想要一穴地，埋下后再也不要来人间，永远不要转世为人。说起来，我这一生过得也算不错，但我再也不想来到人间。"

"……这种地，我从没听说过，师父也没教过我。"

"谢谢你的好意，我不用定码石，在世好好活，死了埋哪里都一样，来世好不好不可能靠一块石头。"

"也是也是。欲问前生事，今生受者是，要知未来世，今生作者是。"

第六章

明月未出群山高

不停靠的小站，没有一个站名能认出来。一闪而过的村庄和城镇像梦境一样模糊。能看清的是远山，但你永远无法知道大山里藏着怎样的秘密。他突然意识到，身边的人，和一闪而过的村庄和小站一模一样，不知道的部分远远大于知道的部分，把自己当自己身边的人，不知道的更多。远山则如同只打开某一页的历史，能看见的也仅仅是这一页，同一天的历史不是一本书，而是一个世界。自己看不清自己，除了没有相关知识不会看，还因为视而不见习以为常再加上故意不看。

他站在车厢接头处，本想好好看看

风景，可隧道越来越多，破碎的画面让人晕眩，这不是风景，是对大自然随心所欲的切割，是快对慢的极端讽刺，是为噩梦提供素材。人生大半已成为过去，检视起来恰如应接不暇的风景，没有多少值得好好欣赏，只有片刻的满足和数不清的付诸东流。他人的意见就像高速列车，轰隆前行，生怕自己跟不上，生怕自己被落下，生怕不被理解，生怕没人赞扬，生怕别人知道想要赞扬，最后才发现无论你怎么做，都有人不喜欢，都有相反的揣测。因为失去自我而失去自信，失去自信而失去思考的自由。老四说他逼死了母亲，这肯定是不对的，情急之下不知道如何说服他，但必须说服，敞开心扉去说。堂叔的借条被发现后，他的确生气，母亲也的确像小姑娘似的慌张，叫堂叔还钱的心情的确迫切，但他要的不是钱，是想叫堂叔知道欺骗任何人都不能欺骗老太太，决不能让坏人的小聪明得逞，让母亲的慈悲蒙羞。如果不是这次送灵牌回母亲老家，也许没意识到这一点：这么多年来，作为她的儿女，我们忽视了母亲的渴望。她不愿活着回去，但我们应该回去，我们应该去她老家替她带回老家的气息和印象。堂叔十三岁就走南闯北，只去过母亲老家一次，却和母亲说了大半辈子。母亲对他的所见所闻的补充，又让他反过来填补了母亲的想象。堂叔对那个地方的了解非常有限，他们津津乐道时，那个地方只不过是一粒盐，但它让所有的话题变得有滋有味。他们偶尔听着，最感兴趣的是堂叔的传奇经历，而不是母亲的故乡。这些传奇大多和造假欺骗有关，他们因此认定他除了诈骗对其他事没兴趣。有些事不是他做的，但他知道别人喜欢听什么样的故事，于是把不是自己做的事也说成自己做的。确实坐过牢，但没坐过那么多次，确实骗到过一些钱，但远不能改变他的生活。回到家乡的老骗子非常尴尬，只要他有借钱或想占便宜的打算，别人一眼就能看穿，他不但让他们更精明，也让他们更具防范意识。母亲也许不是受骗，是甘心情愿，是对他那么多年陪她聊天的补偿。老四所指如果在这里，那么，自己不但要向他道歉，还要向他致敬。自己现在才意识到，以前完全没朝这方面想。陪母亲聊天值多少钱？非金钱不能称量矣。我错在自以为懂点法律，怂恿大家去法院起诉，没有想到堂叔陪母亲聊天这一层。母亲，我错了，对不起。

泪眼模糊，窗外的风景反倒更美了。跟着闪过的风景奔跑，想象自己是在追赶它们，自己一下飞了起来。二十万确实有点多，如果是两万三万，也许大家都不会这么激动；如果两千三千，也许说说就算了，不会真叫他还。堂叔的侄子们不管是堂侄还是亲侄，有哪个没在外面讲过他的故事，当然不是以他为荣，讲述时也不无嘲讽，但讲述时的快乐难道与他无关？母亲去世时，堂叔在灵堂里老泪纵横，发誓一定要还钱。大家鄙夷不屑地当成是骗子的又一次表演，他住在别人废弃的煤棚里，这个煤棚加上他这把老骨头，还值不了一百块钱。我们不但落到金钱的陷阱里，还被大小的概念蛊惑。学校一位七十多岁的勤杂工，住在拆了一半的老食堂上面，无聊时从二楼往下扔纸片吸引猫，同时往它们身上吐口水，吐到一只猫身上就哈哈大笑。想到这里不经意地向两边看了看，仿佛有纸片和口水飞来。顺便还想起他如何想把另一位勤杂工的老婆搞到手，用记账的信笺纸写诗，其实是半文不白的顺口溜。他丢下去的纸片是他的诗吗？

他把手插在裤兜里。棉花鸭绒羊绒不是它们有保暖功能，而是它们本具的慈悲。那么多长辈，印象最深的恰恰是糟糕透顶的堂叔，学校那么多教职工，偏偏记得的是这个道德和能力都有瑕疵的老单身汉。其实他们不需要你记住，他们不会操心自己是否被遗忘，记住他们是你对摆脱束缚的向往，是你对道德的怀疑和厌烦。你可以怀着同样的激情去做每一件事，每一次都可以全身心投入，以独自的天禀去尝试不同的事有什么错呢？愚公的快乐不是为了感动神仙，也不是为了把山挖平，他最大的快乐是每挖一锄的快乐，不慌不忙，让锄头在空中画出弧线，然后深深地嵌进泥土，这是从身体里发出的力量。神仙把山背走后，他将是多么失落，没有了王屋太行二山，他的人生将顿失光彩。兢兢业业地做某件事，以此感动具有神力的能人，其实是对劳动本身的否定，埋头苦干不是为了有始有终把事做完，而是以神力一次性解决，否定的是劳动过程。神仙既然有此神力，何不一开始就把两座山搬开，让愚公去做力所能及的事情。对神力的推崇暗藏着对权力的崇拜，是对个体价值的消解，推石头上山永不停歇才是个人的命运和自我肯定。非常遗憾，当年教学生时没有想到这一点。不能挣脱既有的定论，会沦落为概念的囚徒。原本人人都有挣脱概念的能力，但不知何故何时消失殆尽，仿佛呼吸了一种有毒的空气，然后像被骗掉的动物一样，思考成了多余的徒劳的甚至有风险的活动。

外甥过来拍了他一下："三舅，你在这里站了这么久。"

他笑了一笑。

"风景如何？"

"非常好。"

回到座位上后外甥告诉他，大舅二舅他们今晚上住常德，明天还剩下六百多公里。他神色含糊，头发比五官疲惫，心里有很多话但现在不想说，若有所失又心不在焉。活到这个岁数，知道的道理不但多而且信奉其真有道理，行事时却又不管道理甘愿被心性所迷，并不是说把所有道理都抛在一边，这些道理自然会有潜移默化的影响，但与此同时总是有一股巨大的力量诱惑你摆脱它们，被实用的认识和观念捏住咽喉。人还有救吗？下辈子再把同样的过程重复一次，这有意义吗？有没有别的地方可去，去过完全不一样的生活？

外甥告诉他，同学已经把表妹接走，他请另外一个朋友去车站接他们，他在家杀鸡，明天去游玩，等大舅二舅他们到达遵义后聚齐，后天去外婆老家。他点了点头什么也没说，因为这无关紧要。平时忙于各种具体的事，从没像懒汉一样好好思考，第一次发现，做具体的事像西绪福斯推石头一样简单，一再重复，思考他推石头的意义才是最重要的，不但重要，也永远言说不尽，这言说不尽的部分才是推动世界的动力。

"三舅，到了。"

"真快。"

外甥支支吾吾地请他和表妹见面后不要骂她们，他笑了笑：

"骂她们干什么呀，她比我强，说走就走，她这个年纪，有脾气比没有脾气好。"

外甥的同学家在一块大坝子边上，砖瓦房掩映在慈竹林中，院子里有桂花树无花果树橙子树，屋后有椿树李子树柿子树，生机勃勃而又零乱。几十户人家，没有两栋完全相同的房子，八十年代以来根据各自的财力所建，人太少房子太大，像未成年的孩子穿着哥哥姐姐的旧衣服。和北方最大的不同是随心所欲将三就四。见到女儿后，他以少有的玩笑说，你妈给你带的煎饺你不吃，被我一个人吃了。女儿尴尬地说对不起。父女俩假装什么也没发生。第二天去了娄山关。他既不快乐也不忧伤，风景进到眼里后被心头莫名其妙的怀疑挡住，眼前的一切无关紧要，想要搞清楚的东西却又不知道在哪里，是什么形式和内容，像从几十公里的隧道走出来似的茫然，比以往任何时候都要不知所措，并不绝望但总感觉沮丧。笋子山，所有人都会被眼前的壮观景象震撼，四周全是山，它们一直延伸到天边。震撼时长一分钟最多不会超过两分钟，接下来是背对山海拍照。除了笋子山，其他山都是无名小卒，以它们为背景拍照的人也一样。不同的是，群山的沉默远比矫揉造作的欢喜高贵。外甥叫他笑，他笑得很勉强，就像照完相要把他丢进大山里，成为沧海一粟。如果把一个月当成一座山，自己所经历的岁月，不正是踽踽独行在大山中吗？更糟糕的不是岁月，而是每一个人都是高度差不多的一座山，身在其中，既看不清自己也看不清别人，只有那些善于思考的人才会耸立并标出天际出类拔萃，其他人不过是到人间一游。

从山上下来，外甥的同学建议去海龙屯，中世纪军事古堡，他像没有好东西招待客人一样恨不得把所有的景区都介绍给他们。他不想去。问能否拐进附近村庄，到村子里去看看。几个年轻人满足了他的要求。村子很漂亮，一条干净的小河从村子里穿过，但感觉不到新奇，陌生感已被图片和影像消解。在风雨桥上碰到一位眯眼睛老人，告之小村名叫布政。明中期在四川任布政使的老祖辞官路过此地，仆人到河边淘米煮饭，锅掉进河中深潭，以为天意，于是定居下来开荒种地，至今已是第二十三代。外甥说，古人掉个锅就可以安家，现在非买栋房子不可。他表妹说，让你在这里安家你愿意吗？小伙子将了一把头发：

"如果有一匹白马，几个仆人，再加上可以买几块地的银子，我愿意。"

"不要丫环和小姐吗？"表妹狡黠地眨眼。尖细的笑声中露出两排青春皓齿，很是动人。

"丫环小姐可以不要，但手机必须要。"

他跟着笑，对年轻人自然而然的真话感到欣慰，不像自己，中年以后可赞叹的东西少，可以蔑视的东西却很多。上车后，他对女儿说，没有信仰的思考容易被自己的意愿带偏。女儿不知道这话是什么意思，他也觉得突兀，立即问外甥汽车部队到了哪里。他们把自己叫高铁部队。但愿年轻一代到自己这年纪能畅所欲言，不会被不出错高人一等的空洞言辞侵害，虽然目前不知道何时能实现，但人的情趣已经被唤醒，该来的正在到来。汽车部队还有一个半小时抵达约定的地点。才分开一天，却几乎都按捺不住会合的急迫心情，不是有多少见闻可以分享，而是平时类似的惊喜太少。

　　小车开进预订的餐馆，位于郊区一座小山顶上，吃住一体。其他全都赞成，这样简单，反正只住一宿，他持保留态度，一向认为住比吃重要，要住得讲究，这讲究不仅要干净，还要配套设施好用，吃嘛，再好的食物一旦进入喉咙就不敢想象，那种糊糊谁也不愿再吃一次。"我喜欢美食，但喜欢看着它们而不是吃掉它们。"他想用这句话来反驳不理解吃与住哪个重要的人。可他们不可能给他反驳的机会，在他们看来，这不过是感染了知识分子的臭脾气，不值得与之争论。他在他们眼里既不是知识分子也不是工人或农民，是错窝不下蛋的母鸡，言下之意不当校长尤其是退休后什么都不是。

　　他查看了两间房，觉得还行，比想象的要好。餐馆在山顶上，住宿在背面山坡上，错落在松林里的小木屋。很适合家庭组合。山下是一座水库。名字改叫湖，其实还是水库，艳名毕竟代替不了本色。开业时间不长，设施和被褥都很新。外甥像助手一样跟着他，这让他不可抑制地感到舒服，虽然清楚这虚荣得可笑。外甥告诉他，四舅妈今天过生日，他受他们所托为她预订了生日蛋糕，两个小时后送来，巧的是阴历和阳历同一天，太难得了。他告诉外甥，任何人一生中都会遇到几次，每隔十九年一次。外甥查了查日历，惊讶地说，真的哩，我十九岁生日那天没人告诉我，就在去年呀。他说，这有什么嘛，春有百花秋有月，夏有凉风冬有雪，所有的日子都一样好。外甥羡慕他记得这么多名句。他哈

哈大笑，哪里呀，去年我的生日正好阴历阳历同一天，别人向我
祝福时，我网上找话来回复，从那以后记住这两句，今天碰巧用
上，不是记性好是运气好。他像准备起飞的猫头鹰一样弹了一下
双腿，不但没飞起来，反而倒了下去，右手着地，脸也贴在地上。
外甥把他扶起来后，他觉得没事，至于为什么会摔倒，他觉得没
必要去追究。但没走多远，感到手腕疼痛，他用另一只手去揉，
反倒更痛。外甥的同学开车送他到最近的医院检查，诊断结果连
他自己也觉得不可能：桡骨前端骨裂。他不准外甥给他们打电话，
以免他们大惊小怪，也没告诉两个在餐厅里看手机的姑娘。但外
甥的电话响起来，他接听后立即递过来：

"三舅，找你的。"

医生在给他准备夹板和石膏，他坐在不锈钢长椅上想这件事
的意义或因果，当时感觉有东西往裤管里钻，下意识地原地起跳，
不过似乎和外甥的夸奖有关，人一生都需要别人夸奖，落地时右
边有个坑，于是顺理成章地朝右倒了下去，可这是过程不是因果。
外甥见他走神，把手机放他耳朵旁。电话那头是二妹，她问菜点
好没有，点没点都不能要饺子，如果点好马上退掉，如果做好了
也不能端上桌。直到医生叫他进治疗室他也没搞清楚，饺子出了
什么问题。难道是面粉不好？用老鼠肉做馅？医生见他嘴角挂着
疑惑的笑意，叫他不用紧张，软组织受伤比较轻，血液循环畅通，
很快就会恢复。他说，我一点也不紧张。心想应该是那天在中巴
车上暴跳如雷的惩罚，读的书都读到哪里去了，当他意识到是他
读的书有问题时，剧烈的疼痛从手腕传遍全身。

战士回乡

　　楚米镇抗日青年军第一次上战场就死伤过半。他们的土枪射程太短，装填弹药又慢。面对训练有素的日军，就像愤怒的公鸡决战大灰狼，不是一个级别，是敌人最可口的下饭菜。后来他们分成小分队，有机会就骚扰敌人一下，没机会立即撤退。侯十一所在的分队，由侯十一躲在树上吹唢呐，把敌人的侦察兵吸引过来，侯十一用不同的唢呐调告诉埋伏在下面的同伴侦察兵的距离，等到完全进入他们的射程，他吹起葬礼上的《寡妇上坟》，用《打墓调》告诉他们敌人在左边还是右边。侦察兵仰头寻找树上目标，没注意脚下，青年军同时站起来，以十对一，近距离朝敌人开枪。每次干掉敌人，他们都会拿走敌人的枪和子弹，同时脱下他们的皮鞋。有了从敌人手里缴获的枪，他们越来越强大。

　　他们搞一次换一个地方，没过多久，这个办法不再灵验，听见唢呐声，敌人不再派侦察兵，而是直接派出小分队，朝唢呐响起的地方射击，有一次还使用小钢炮。侯十一躲在一棵大树上，树枝被炮弹折断，侯十一像坐飞毯一样从天而降。他没死不是运气好，而是树林里枝叶繁茂，断枝在其他树木的托举下，缓解了落地速度，他只受了点皮外伤。半年后，青年军作为兵源补充进入正规部队，参加了常德会战、雪峰山会战，和其他战士一起或扼守要点，或前线冲锋，不再紧张也不再莽撞。

　　几个月后，一起出征的人只剩下了七个。有人选择留在部队继续打仗，有人插上翅膀往老家方向飞奔，像急于归巢的孤雁一样不知疲倦。

侯十一无时无刻不在思念他的女人，他什么也不要，只要每时每刻和她在一起。他请人给她写过信，但没收到她回音。他一点也不难过，自己行踪不定，哪能轻易收到她的回信呢。他的唢呐瘪了，冲锋时被他自己压瘪的。一颗炮弹在身后爆炸，热浪把他推倒在地。铜喇叭压扁后不能复原，吹出的声音也变调了，他没丢弃它。和女人分手时，他们约定，等他回来，他们要正儿八经办一场酒席。如果没有钱，就由他吹唢呐把她娶进屋，有多少客人不管，娶亲的步骤一个不能少。

即便从没学过地理，也没留意过他乡与故乡的不同之处，但只要进入本地本方，再迟钝的人也会一下就感觉出来，快到家了，离家不远了，家乡的土地会涌出独特的气息拥抱归人，草木、溪流、瓦房、乡音等都会标出与他乡完全不同的情爱。在外乡，只要感觉这条路是家的方向，就会义无反顾地走下去。越急越慢，路上病了一场，在寺庙躺了三天后重新上路，走了两个月，终于来到了本乡本县，脚下的路只有一条，却忍不住怀疑起来：真的回来了？真的回来了！

在外乡的小路上，他行走如飞。回到家乡，仿佛从天上落下来，飞不动了，只能一步步往前走，越想走快点，却怎么也走不快。从时间上看，其实比在外乡的小路上快得多。他本可以不经过县城，为了去响器坊换唢呐的铜喇叭，特地拐了个弯。他不能用走调的唢呐给日思夜想的女人举行婚礼。他担心唢呐走调，未来的生活也会走调。响器坊的老板得知他是抗日青年军，没要他的钱。

"你们连命都不要，我怎么能要你的钱呢？"

翠绿色的山，一座推拥着一座，越推越高，最高处是连绵不断的山脉，蜿蜒不知去了何处。苞谷和黄豆正在收割，土地像累坏了的产妇一样，静静地躺着。水稻还没成熟，不过也快了，再过十来天就可以收割。

从县城到楚米，侯十一几乎是生着气在走，气自己的双腿像生锈的剪刀，剪不断崎岖山路，剪不断羊肠小道，剪不断横亘在前的山坡。他没进楚米镇，从旁边绕道回二台子。能近一尺，绝不多走一丈。熟悉的地貌呈现在眼前，激动中感到紧张，激动的事只有一件，就要见到朱惜粮了。紧张的原因却很多，害怕这是在做梦，害怕她并不存在，害怕她像他的某个弟兄一样，几分钟前还有说有笑，一块弹片或一颗子弹就把他的笑声夺走，永不再现。实与虚的转换不但快，还很坚决，不留任何余地。他觉得自己之所以一直活着，正是因为想她的缘故。他想她想得太厉害了，老天知道这一点，所以让他活着。在征战途中，他不是没见过其他女子，正规部队的老兵油子还教他们如何引诱她们。但他一个也看不上，觉得没有一个有朱惜粮好看。她不仅比她们好看，心肠也比她们好。心肠在他看来不光是心地，还是整个身体和想法。如何比较得来他不知道，他只知道他对她的思念与日俱增。

灿烂的阳光也让他感到担忧。思念她时，老家的一切都是朦胧的，现在，明亮的阳光刺破了这种印象，山林和田坝生机勃勃，灿烂千阳放大了所有细节。越真实越心慌。参军之前，他从来没有认真观察过它们，身在其中，物我两忘。现在看见任何一件东西，哪怕一片水洼，哪怕一块石头，都是如此神秘，如此亲切，如此令人敬畏。

走到烂眼塘，他和她相拥而眠的稻田与别处没什么区别，微风把稻穗吹得沙沙响，突然感觉它们是几年前的稻子，正等着他来收割。那么，她根本就不存在？没有这回事？心头的恐慌一下达到顶点。

田坝里没有一个人，连只狗也没有。山脚的玉米地里倒是有人，看上去在拔豆子，可根本认不出那是谁，距离太远。

终于到家了。鸡冠山和想念中的样子一模一样，不再恐慌，但激动并未减轻。

木瓦房是祖父修建的，在父亲手上只对屋顶上的瓦做过几次翻盖。柱子和板壁很旧，像糊了一层柴灰。他记得她说过，如果把这层灰擦掉，再刷上桐油，它们会变得新噜噜的。说新噜噜几个字时嘟着好看的嘴。

看到院子里晒干了的长过青苔的泥皮，和挑着细长草穗的车辙草，他再次恐慌并绝望。波浪似的屋檐、毛石砌成的檐坎、灰色的板壁、有麻点的晾衣竿、院墙边要死不活的捧瓜，无一不凸显出死寂气息。它们自暴自弃地成为骄阳的反义词，坚定地走向死亡，阳光给它们多少生机，它们就吞下多少无人关怀的毒药，它们存在的最大价值是"死给你看"，是冷笑着离开人间。

厢房一头的门上挂着生锈的铁锁，不用钥匙也能推开。他不想推，因为他从没想过会遇到一把锁，而不是她从里面拉开门迎接他。他踌躇了一会儿，把行李放在阶沿上，推开堂屋的大门。堂屋里晃着一块明亮的光斑，抬头一看，发现屋顶穿了个洞。桁条断了，椽子像笏板一样翘着。地上碎瓦碎木不再有任何奢求，一根绳子像死蛇一样躺在地上。蟋蟀在绳子和碎瓦间跳跃，它不知道这一切为何如此，但很乐意目前的处境，在没有被以它们为食的大蜘蛛发现以前，它和伙伴可以尽情歌唱。

侯十一看了一阵，一股杀气从心头升起来，他觉得她骗了他，辜负了他。他首先想到的是她跟别的男人走了，然后又想，可能是去了娘家，因为一个人在这里会感到冷清和害怕。

没有必要进屋，他气鼓鼓地背起包袱，决定先去她娘家探个究竟。

走到田坝里，太阳已经偏西，人影和狗吠也多了起来，山坡下的房舍显出生气。一个大嗓门的老头子牵牛去犁地，牛不老实，不是随便撒尿，就是偷吃路边的庄稼，要不就抬起头"嗯啦嗯啦"地呼唤，看看附近有没有母牛，反正不想到地里干活，走走停停，把老头子带得踉踉跄跄。老头子骂道：

"肏你先人，没给你草吃吗？尽想着捞嘴，该死的挨刀瘟，谨防我回家杀了你。"

老头子骂惯了，牛也听惯了。在看不见人的庄稼地里，有人开起老头子的玩笑：

"老汉，你说你肏它先人，它先人也是牛啊。"

老头子说："我晓得它先人是牛，不是牛难道还能和你先人一样？"

看不见的人高兴地回敬道：

"你俞它先人生出什么？生出长角的牛儿子吗？哈哈。"

侯十一拐了个弯，走到老头子面前。

"郑三公！"

老头子眯眼看了又看才把他认出来。郑三公很激动，他的眼睛、嘴巴和满脸的皱纹都在发抖，但抖得最厉害的是下巴上稀疏的胡子，它们的根部像安装了看不见的弹簧。

"啊呀，你不是……侯十一吗？十一，你回来了，活着回来了！听说你们打赢了，把日本人赶回老家了，你们真厉害呀。"

侯十一来不及回答，老头子满脸堆笑。

"活着回来太好了。那天我去找犁辕，我的犁辕犁黄腊土时断掉了。找了两天都没找到中意的，不是大了就是小了。那天走到你爹坟后头，嘿，一下就看中了。"他拍了拍肩上的铧口，还歪了歪脑袋让侯十一好好看，"就是这个，这是我一生中用过的最好的犁辕，酸枣树。那天我正在刨土，不把土刨开砍下来不够长嘛。"他突然压低嗓门："我没朝你爹坟那边看，可我的眼梢挂到了，看见你爹坟上有个人。我正眼一看，哪有什么人影呀，只有坟头上的旱芦花在一摇一摆的。当时我就想，是不是侯十一出事了。据说楚米好多子弟都死在战场上。你不要生气，我没有想过你会死，可我当时真是这样想的。现在能看到你活着回来，真是太好了，太好了呀。"

老头子的声音把附近的人招来，他们既好奇又激动，他们和侯十一一样，都不想听老头子说什么犁辕。他们想知道更多的关于战争的消息。日本人还未赶走，不知战争何时结束。战火没有烧到二台子，但他们对战争并非毫不知情。去年正月十八，几架飞机在石径乡上空空战，一架美国飞机坠毁在第七堡苘麻园，烧毁一架木瓦房。侯十一则只关心朱惜粮在哪里，情况如何。他被问得晕头转向，他直瞪瞪地看着其中一个人，强颜做出放心的、痛苦的微笑，问：

"三公，你晓不晓得她在哪里？我是说朱二姐朱惜粮，老金花呀。"

他的脸一下红了。他还从没叫出过她的名字，思念时也没叫过，思念时只有"她"，既代表名也代表相貌。在她小名里面加一个老字，既是对没见到她不满，同时也想告诉大家，他是她的男人，虽然没举办酒席，但老区长安排他把她领回家，也算得上名正言顺。

他的话把所有人的声音冻住了，他们互相看了看，似在询问要不要对他讲实话。他更紧张了，感觉脑子嗡嗡响，他以为被自己猜中，一定是她跟其他男人去了远方。愤怒和无奈在他的血管里奔跑。以至得知真相后，他过了好一阵才拐过弯来。

朱惜粮已不在人世。送走侯十一，她搬来鸡冠山，东西不多，但足以显明她已经嫁给侯十一。二台子人对她不冷不热，干活时如果可以绕道而行，那就绕几步，不从她所在的地方路过。摆龙门阵时提到她，正直的人会提醒，老区长为她和侯十一办过酒，虽然没经过媒人撮合，也没请三亲六戚，那是因为情况特殊嘛，所以不应该诋毁。他们用"鸡冠山那个人"代替她的名字。朱惜粮也不爱和大家来往，她要等侯十一回来办场正式的喜酒，办了这场喜酒，她才会有正大光明的感觉，才会觉得自己真正是二台子人，是侯十一的女人。她没等到这一天，她被烂眼塘吞进去了。她怀了两个孩子，生下他们后精疲力竭，家里没什么吃的，听侯十一说过烂眼塘有乌棒鱼，乌棒鱼催奶最为第一，她不顾体弱，提了个穿底的背篓去烂眼塘捉鱼。她知道在稻田捉鱼的办法，站在稻田中央，以最快的速度把背篓盖下去，然后伸手乱摸，把在浑水里乱撞乱拱的鱼捉出来。她走进烂眼塘，一条鱼也没捉到，反倒被烂眼塘吞了进去。她一去不回，嗷嗷待哺的孩子也饿死在屋里。

村里人凭遗留在烂眼塘的穿底背篓和岸上的布鞋推测她去了烂眼塘。但也有人说，穿底背篓家家有，她是因为穷得难过，抛弃孩子自己寻活路去了。说这话的，是对她的来路不明心怀某种正气的人，通过对她的贬损宣扬自己的道德感。孩子确实死了，人们发现几十只乌鸦在她屋顶上翻飞，推开门发现死孩子发出难闻的气味，他们把两个孩子埋在屋后。

向侯十一坦白他们所知道的一切，他们是没有任何顾忌的。面对一个落难的人，实话实说既是同情，也暗含他们坚定不移的对生活理应保持的亘古不变的认识：万般都是命，半点不由人。

乡亲们给侯十一送来粮食、腊肉，帮他把房子翻盖，里里外外终于有了缕缕生气。关祖潜派管家送来一头猪一头牛一只羊一只鸡一条狗一只猫，说有了六畜，家才像一个真正的家。韩先生亲自送来谷种、麦种、苞谷种，说肩挑日月，手持乾坤，穷不怕，只要人不懒。乡亲们的热情，让他感觉到一种矫揉造作、故弄玄虚的味道。尽管他们是因为表达真诚过头时出现的效果。有人张罗着给他介绍女人，她们说，你才二十一岁，娶个青头（处女）也行，寡妇也行，有了女人，厨房才会冒烟。他跟着媒人去见过几次，对此一点也不感兴趣。他爱到烂眼塘吹唢呐，一吹就是半天。至于两个孩子的坟，他从未去看过一眼。他回到家就没剪过头发，因为他不想出门，刚开始，来看望他的人不少，慢慢地，不再有人登门，他们受不了他的腌臜和冷淡，对打仗的故事也不再感兴趣。他不洗锅不洗碗，大铁锅里糊了一层厚厚的锅巴，只有锅底因为常用能看见锅铁。也不砍柴，煮饭时把板壁拆下来烧，没过多久，房子四壁透风，板壁已被他拆完。

到了第二年春天，他突然刮了个光头，夹着唢呐东家进西家出。没过多久，他爱上了杯中物，有人请，他去，没人请，他也去，到处"撞嘴"，撞上喝个饱醉，遇到家穷或抠门的主人，就只有饿着肚子滚草窠。

唢呐比以前吹得更娴熟更精湛，会吹的曲子比以前更多，还能同时吹两支唢呐。黔北山林茂密，百姓用木头造房子。造房子意味着成家立业，很讲究，忌讳也多。看中某块地后，要抱一只公鸡放地上，公鸡昂首阔步，那就要得。公鸡死眉耷眼，则要不得。同时还要请一位不足月的婴儿去检验。婴儿囟门未合，能接收神秘世界的信息，在地基上滞留片刻，若无其事最好，一旦惊哭，则必须另选。地基选好，木匠进场。吉日良辰，排山列子立好，上梁构架，要说福事赞语：太阳起来红洋洋，照见主家立华堂，新盖华堂高又高，巍然屹立在云霄。从今中梁扣起后，千年富贵万年长。

响器班子同样不能少。

只要有人立房子，侯十一不请自到。木匠赞梁起梁，侯十一代表响器班踩梁。踩梁是高潮。大梁只有一尺宽，离地三丈多高。他吹着两支唢呐从这头走到那头。响器谓之想起，重点在"起"字上。主人家想起什么就有什么。大梁悬在空中，犹如天悬一线，非胆大包天者不能行走。侯十一刚开始往上爬，看热闹的人就开始紧张。等他站在梁头上，他们的心已经提到嗓子眼，禁不住摆动双臂，脚指头牢牢地挖着鞋底，腮帮子左鼓一下右鼓一下，仿佛是在替侯十一找平衡。有时候多喝了几口酒，行走时偏偏倒倒，随时都有可能摔下来。主人家不准他上去他不高兴，非上去不可。

在寂寥的乡村，这是难得一见的杂技表演。没人敢问他师父是谁。

侯十一喝醉后爱在田坝里"骂黄昏"。没有固定对象，一阵浑骂，骂所有人，骂他们没良心，骂他们没管好朱惜粮，甚至骂他们害死了朱惜粮。所有人听了都莫名其妙，都窝火。虽然没有指名道姓，却总觉得他骂的就是自己。没人敢接嘴，接嘴等于出头和他单挑。气愤愤地，只有暗地里咒他倒霉，不得好死。侯十一骂够了呜呜呜地哭，哭诉他对朱惜粮的思念，哭诉今生再也不能见面。

半醉不醉时，他笑嘻嘻的，见到女人，不管老少，会突然掏出家伙撒尿，转着圈往草头上浇，吹嘘它的粗壮，并扬言要"肏你们全部"。全部，似乎除了人，还有别的。即便不包括别的，也足够让人愤怒。有人私下发誓，要磨快镰刀，早晚要把他那个东西割掉，就像割苞谷秆一样。侯十一对以任何方式呈现的敌意都满不在乎，他有时像飞蛾赴火一样，往这些敌意上扑，不把自己烧成灰绝不罢休。在不同的场合，他带着厌恶的表情吹嘘，有几个女人喜欢他又粗又长的玩意儿，把它当宝贝，请他吃饭喝酒，还给他钱用，只要他和她们睡觉就行，可他一点也不满意，"像他妈的舂石碓窝"。他从不当着众人的面提朱惜粮，但人人都感觉出来了，只有朱惜粮是他的女人，他永生难忘。他不爱回家，就是怕想起伤心事。

没人想得出来，二台子的人在哪里对不起他。他们认为，他之所以自暴自弃，完全是他"一身懒肉"，是他自己不成材，是他蛮横的性格害了他。而且说起来，侯十一自己也是这么看的。"我是个烂人。"他说。

半夜三更，有人从梦中醒来，会听见越过田野，穿过竹林，高亢尖厉而又清晰的叫骂声："我把你们的妈日了！"不用辨别也知道是那个喝醉了酒的烂人，这让他们难受，让他们生气，也让他们伤心，但没有人愿意挺身而出，去堵住烂人的嘴巴。

让他们想不通的是，这个烂人居然有几个忠实的追随者，无论他在哪里出现，他们都会像闻到气味的臭虫一样冒出来，眼巴巴地盼望着，等着他做出人意料的举动。他们陪他喝酒，陪他摆龙门阵。摆得越高兴，喝掉的酒越多。喝得越多，谈话越离谱。

这年冬天，二台子人终于松了口气。何安秀家办洗梁酒，侯十一去踩梁，被何安秀赶出楚米。时局动荡不安，小儿子得怪病，家畜无故死亡。何安秀认为这是老房子的大梁日久变脏之故。把大梁拆下来，请木匠用刨子推掉陈年烟垢再架上去，洗掉大梁上的霉斑，等于洗掉霉运。也有人认为这不过是为了把这几年送出去的礼金收回来，没别的由头，只好办洗梁酒。何安秀没有请侯十一，他随响器班的同行们去混饭吃，管家没认出这是几年前被他当叫花子赶跑的唢呐匠。酒足饭饱后在同行们的怂恿下踩梁。他吹着两支唢呐，在大梁上走了两个来回，第二次走到中间，看见何安秀又胖又白的女人在堂屋和另外几个娘儿们哈哈大笑，他把唢呐夹在胳膊下，掏出家伙朝她们撒尿，尿不多，主要是为了引起她们注意，他问她们看没看见过大鸡巴，想不想要。

何安秀正在陪亲戚喝酒，钻进卧室取出火枪，朝走到梁头的侯十一开枪。一声巨响，子弹擦着侯十一的面颊飞了过去。何安秀咒骂着，叫管家快把装火药的牛角拿来。侯十一在同行的掩护下逃之夭夭。何安秀放出狠话，从现在起，只要碰到侯十一，他手里的火枪会自动叫他的名字，像老子叫儿子一样。这支火枪，他会像打狗棍一样随身携带。

第
七
章

天旋地转

在一个小镇上用罢午饭，中巴车钻
出蛛网般的电线和灰砖红砖建筑，进入
面积狭长的乡坝，稻田和玉米地的形状
也和建筑一样极不规则，山上的树也东
一片西一片，没有自然和人为界线。小
镇上的人说二台子确实朝那里走，翻过
一个山岭后，下去不远就是，但他们不
知道那里有姓关的人。无所谓，不过是
随便聊聊。兴致勃勃地坐到车上后，连
紧张得皱巴巴的二哥也眉开眼笑。

坡度越来越大，弯道越来越多，刚
刚路过的小村庄被抛到身后。紫红色的
泥土让他们想起电视上见过的西藏高
原，但很快又变成黄色的泥土，或者光

滑的石灰岩。石头中间长着松树杉树柏树槐树女贞杜鹃和荆棘，杂
乱无章但郁郁葱葱。种玉米或烤烟的土地不但小也很陡，他们怀疑
能否站得住人，想到滚下去的严重后果，不由自主地抓紧脚指头。
中巴车仍然在爬坡在转弯，远处的风景看过一遍还可再看一遍。

大学生突然的咋呼吓了所有人一跳。

"四舅，快停车，我要拍照。"

中巴车靠边停下。这是悬崖上的公路，他们站在公路上，离
路肩还有一米就不敢再向前。护栏还没装好。一只脚踮脚站着，
身体后仰，另外一只脚屈膝打弯，若有不测立即向后倾倒。身体
和山坡平行，目光被向下拉弯，狭长的坝子里似有个吸力极强的
黑洞。并非深渊峡谷，山坡尽头是宁静的村庄，但又陡又长的山
坡让人恐惧，仿佛放个汤圆都能滚到山底下去。有谁迈出半步就
会立即被制止，恨不得有根尾巴，好拴在身后树上。可惜既没树
又没尾巴。背心发凉，老人心里闪过谋杀亲夫的村戏，年轻人则
想到被打入地狱的卡通人。坡上没有树也没草，只有黄土和摇摇
欲坠的石头。这是一条新修的盘山公路。远远看去，房子变小了，
一个黑色的东西在移动，盯着看了一阵才认出那是小汽车。不过
还有炊烟，有成片的稻田。再往前，是一座平缓的山，像趴在那
里的绿色大虫。绿色大虫上面飘着一缕丝状白云，两个女孩看到
白云后大呼小叫，用尖叫声代替一切形容词。

"没想到奶奶的老家这么美，我一定要发朋友圈。"大学生说。

"壮观。"前校长说。

老大宣布他明年要带"快三刀"来，但没人听见。祂说，大，

142

这就对了嘛。

坐到车上后，老四关上车门，但他迟迟不发动汽车。他妻子问他怎么了，他尴尬得说不出话来，身体微微发抖。他像被迫做他做不到的事的孩子一样轻声说：

"太险了，我不敢开。"

开到半山腰他都没有害怕，越爬越高，无意中看了一眼对面的山，心里开始发虚。大学生那一声叫停也把他吓了一跳，待到下车看不见来路也看不见去路，只知道还要转弯还要爬坡向上，他再也控制不住自己。别人拍照时他没下车，趴在方向盘上以便让自己冷静下来。他抬起头时，感觉天旋地转。

妻子说："你休息会儿。"

"还有多远？要不我们步行。"大姐说。

"还有七公里呢大姨。"大学生说。

前校长说："确实险，我也没见过这么险的路，我看只有找本地师傅，请他帮我们开进去。"

老四下车捡了两块石头垫住后轮，边拍手边告诉车里人，他先走，到前面去等他们，他妻子进退两难，其实没人责怪他和她。大学生笑着率先下车："这么好的风景我还没看够，正好。"二妹忍不住提醒："不要太靠边。"他举起手比了个 OK。

路面其实不算窄，目估十二米，但就是害怕并且越来越怕，为什么呢？走了两分钟，身体不再打抖，头脑也清醒了许多。原以为越接近母亲的故乡，会离她越来越近，可实际上感觉相反，离家越近，娘的气息越弱。三哥对堂叔态度的改变让他吃惊，以前那么厌恶他、嫌他，现在却说我们对他有误解。他把三哥的转变简单地归结为知识分子的狡猾。堂叔那是在陪母亲聊天吗？屁，全是逗老太太高兴的甜言蜜语，是为了向她借钱。公路转了那么多弯，他一个弯也转不过来。他难过得泪眼模糊。

其他人等了差不多四十分钟，失望之际等来一辆小货车。满载成捆的茶枝，高出车厢一大截，松松垮垮摇摇晃晃，仿佛一个指头都能把它推翻。简单交流后，货车司机答应帮忙。坐到驾驶座上，他谦虚地笑着说："还从来没开过这么高档的车呢。"沉着地发动，起步，前进不到两米突然熄火并倒退，年轻人吓得尖声叫唤，上了年纪的人也吓出一身冷汗。老三问："师傅你到底行不行？"货车司机扭头回答："不要急，还不熟，这车。"再次起步，慢慢向前，匀速前进，麻利转弯。货车司机不无得意地回头笑着说："比我那辆破车好开多了。"老三急忙制止："师傅你不要回头看，专心开车。"货车司机不以为然："我跑过的路比这个险得多。"也不管蹩脚的普通话别人是否听懂，但他抑制不住对外乡人的好奇，他们来二台子做什么？这种好奇让他感到快乐。他说他拉的是苦丁茶枝，在山脚买来，拉回去捋下叶子蒸熟晒干再卖掉。生茶枝五角钱一斤，干茶叶六块一斤，四斤晒一斤，"赚不了什么钱，搞起好玩"。老三觉得他不是二台子人，加上人又年轻，大概二十出头，因此不想向他打听姓关的人家。翻过山岭后在一个大转弯看见老四，他说，谢谢师傅啦，现在可以让他来开啦。他说"要得要得"，像在说"舀得舀得"。车停在老四身后，老四回头看了看，说他还想走。小货车司机说，还是坐车吧，还很远。老四犹豫了一会儿钻了进来。一脸天真又谦虚的表情，像被允许重新加入游戏的小孩。

公路沿半山向下，弯道没那么多，有也是大懒弯。小货车司机说，以前骑自行车，从上面下来捏刹车都捏痛才能骑到底，回去呢，得车骑人，推着走不如扛着走。眼看要下到谷底，却又斜向爬坡，两分钟后，车在山坳上停下来。小货车司机告诉他们，前面就是二台子。

老三问给多少钱，他说要什么钱呀帮个小忙。"你得坐车回去呀。""你不用管，到处都是我朋友，我喊个人骑摩托来送我。"他说着已经拨通电话，用本地话和朋友聊起来。他下车时，车上的人都说了谢谢，不管他听没听见，他们真心感谢他。

"我们怎么办？"

老三说："找个人家打听，尤其是有老人的人家。"

从老家出来直到高速公路结束，大姐是领队，从昨天开始，老三自然而然成了领队。他们不得不承认，他比他们确实见多识广，更有解决问题的能力。缠着绷带挂在脖子上的手对于接管领导权起到顺水推舟的效果。

站在山坳上，分不清东西南北。大学生用手机罗盘定位也没用，前面的槽状坝子既不是东西向也不是南北向，它是弯曲的。山也如此，往哪边拐海拔多高很随意。山坳下面的阶梯形旱地里有核桃树和苦丁茶，还有稀疏的苞谷，似乎到底种什么很为难或者无关紧要。对面半崖下有个岩洞，像一只饱满的大眼睛。岩洞之下几十米是稻田，从这里开始以水田为主，直到远出视野。几公里外有个小寨子，黑瓦房在阳光下像黑色斑块。这里一切都是那么慢，仿佛可以静止不动：停在空中的蜻蜓，寂静的稻田，没有车辆的公路，无声无息的阳光，山顶上一动不动的白云。

往下开了一公路，公路边上有三户人家，其他人待在车上，前校长前去叩门打听。第一家没人，第二家也没有，第三家有个中年妇女在晒南瓜片。她听不懂校长的话，谦虚又尴尬地笑着。不是听不懂他的语言，而是他的话让她感到莫名其妙。她不知道灵牌，也没听说过祠堂，这里也没人家姓关。她嫁到这里已经二十七年。

揣着疑惑行驶了两公里，右手山弯里有四栋木瓦房，中巴车可以开进院坝。第一家没人，柱子上的对联纸已经变白，只有字迹周围还有一点红色。旁边一栋房子更陈旧，对联反倒新一些。另外两栋，椽子檩子已经腐烂，瓦片随时有可能坠落。不见一只鸡也不见猫和狗，院子边上有几百棵桂花树，胸径如成人大腿，树冠呈球形。一只锦鸡在里面觅食，漂亮的羽毛在光线不足的树丛里发亮。大学生举起手机拍照，把它吓得躲了起来，他不想放弃，轻声说不要怕不要怕。它不可能不怕，人类对它的伤害记忆犹新。它钻出桂树林，飞到了山坡上。回到主路上，老三感叹：真正的天堂是那些失去后，再也找不回来的地方。

今天早上起程时，大哥对着灵牌说：娘，今天去你老家，你好好给我们指路哈。每次停下，大姐都要丢剪成圆形的纸钱。本应过桥和十字路口都丢，奈何车窗不能打开。连问几个人都没问出任何与他们有关的信息，不禁开始怀疑，是不是走错了地方。

暂寄在香火头和灵牌里的母亲没给他们任何暗示。

太阳偏西，蜻蜓越飞越低也越来越多，自由自在的飞翔在他们眼里没有任何诗意，只有杂乱和莫名其妙，对他们焦急的心情犹如火上浇油。二嫂总是不停地埋怨，谁也不接她的话，跟她说话是最大的负担。二哥一直没下车，在车上守着香火，尽职尽责让他更舒服。中巴车停在一户人家的院子里，院子与马路相连。这户人家只有一个刚放学的小女孩，她不知道妈妈在哪里干活，只知道现在可以玩游戏，进屋后再也没出来。有人建议回镇上去，明天再来或者去派出所，去镇政府寻找线索。这时拴在灵牌上的红线掉了下来，除了祂没人看见。他们只看见空中不懈地穿梭的蜻蜓。

越来越清凉的风中，一位老太太从竹林里走出来。二妹首先看见，她眯着眼睛，两根手指搭在前额上。阳光像带着电荷一样比刚才明亮，所有人都以焕然一新的心情期盼着老人。刚开始的刹那，好几个人不由自主地想，那是母亲显灵。他们的肺呼吸到带稻花香味的空气才放下心来，这是一个实实在在的老太太，非常矮小，就像年纪越大，大地对她的吸引力越强。她离他们两百米远，拄着一根超过她身高的竹竿，干净的水泥路在梯田中间起伏。

除了大哥二哥，其他人带着好奇和偷看答案的心情迎了上去。老三走得慢，但他非常自信，觉得只有他才知道如何与老人交谈。走在他前面的人似乎也意识到这一点，走到一半时慢下来，让他走在最前面。

"老人家，你去哪里呀？"老三以最慢的语速上前问候。

"我去老幺家，我去给他看屋，他卖茶枝去了。"

她要给他关鸡，还要给他喂猪。

"我想向你打听个人。"老三捋一下头发。老人听得很认真，无法完全听懂。

"你们从哪里来的呀？"

"从河北。"

老人不知道河北在哪里，但她已经被遥不可及的距离震得摇晃了一下，把老三从脚到头重看了一遍，仿佛这是对远方百试不爽的丈量之法。

"你们的娘是不是叫关配？"

这下轮到老三摇晃，这正是母亲的大名。他像通上电但电流过于强大似的视觉和听觉都有点模糊，有多少年没人提母亲的名字了？这并不令人伤感，只是有点突然，像深不可测的表情一样切进来，顿时让他手足无措。原本不指望的折断的翅膀一下愈合并飞向未知的地方，寻找潜伏者陷入僵局时却又收到联络信号。他突然明白，死去的母亲不是烟消云散而是轻松地游走在另外一个地方，比她在世时更开心更自在。不在灵牌上也不在香火里，在既远又近凡人看不见摸不着的空间。年轻一代只知道她是外婆，是奶奶，从没意识到她也应该有自己的名字。他们从三舅的反应看出有重大事件发生，这事件远非路途中的龌龊和欢笑可比，他们感受着别样的成熟和丰富。

老太太带着高深莫测的表情笑了笑。

"白鹤年年来，她一次也没回来过，我们都以为……她是辛未年的哈？比我大两岁。"

这是另外一套他们无法理解的话语系统，但这不重要。老三把来二台子的目的又说了一遍，他要找关家祠堂。

老太太说今年茶枝比去年便宜，利须须没搞头。老三的穿着有点像公家人，她没忘记见缝插针地为小儿子叫屈，这是大集体打下的烙印，叫得好有利须须那么点补助。但这不能完全怪她，因为祠堂在大集体时拆掉后至今没有恢复。以前人死了灵牌都要进祠堂，男的进自己家的祠堂，女的进男人的祠堂，不能进自己娘家祠堂，除非从来没嫁过人。老太太顾左右而言他，好多话只说一半。她是故意的，但老三完全理解。他不理解的是他从没听说过的风俗。母亲在她老家并没和什么人结婚，即使有祠堂，她的灵牌也不能进去。她只能随他们的父亲。但她清醒叮嘱过，一定要把灵牌送回去。

老三的尴尬无法用任何理论来抵消。无比熟悉的母亲，怎么可能有他们完全不知道的生活。当他看到旁边水渠里的鸭子时，有种可怜巴巴的委屈。浮在水上的鸭子如此优雅，只有它们自己才知道双脚一刻也没停止划动。母亲隐瞒了她的个人史，这比祠堂被拆更让他难过。如果从竹林里冒出一个同母异父兄弟，他该如何调整自己的心情。老太太绕来绕去，犹豫不决地指出关配在二台子没有出过客。出客的意思是嫁人。她犹豫不决是拿不准有没有必要说这么多。老三误以为还有什么让她不可说，说不得。平时听说谁离婚再婚，他都不以为意，现代社会嘛，有什么稀奇的。可想到自己的母亲有可能曾经另外有一个家庭，他怎么也觉得别扭。

山影像幕布一样越来越大越来越暗，不习惯山区的人感到压抑，同时还担心有一场他们不想看的戏要开演。老太太比刚才更加瘦小，随时有可能像鸟一样飞进夜幕。他忍不住想叫她鸟老太。她听力极好，老远有狗叫猪叫她都知道是谁家的狗在叫猪在叫，而这一切仿佛是因为她正在变成一只鸟或者本来就是一只鸟，瘦弱的身体里原本藏着黑色的翅膀，要黑夜来临才能打开。

大姐和二妹建议明天再来，今天先回镇上休息。老三不置可否。老太太得知他们要走，热情地邀请他们去她家，老幺的鸡和猪可以暂时不管，去家里煮饭给他们吃。一边感慨"这么远的客客呀"，一边为站了这么久没请他们进屋道歉："光顾说话去了，老糊涂啰，老糊涂啰，哈哈。"

没有人不怀疑老太太的热情，但一点也不想吃她煮的饭，莫名其妙地担心她煮的饭不适合他们，或者至少不卫生。他们礼貌地告辞回到车上。老四说晚上开车他一点不怕，车灯照出去像凿开一条隧道，这让他感觉安全。

关祖潜

关祖潜身材修长，衣着讲究，举手投足显出一股清气。与人相处，满脸谦和温顺，二台子最粗鲁的人，见到他也会生起恭敬心。十三岁那年娶了个大七岁的女人，几年过去，他和女人只生了一个女儿。像那些天生不爱种庄稼的人，他对生儿育女也没有兴趣。虽然才二十一岁，但所有人都料定他的一生将顺顺利利，寿终正寝。在路上碰到二台子人，不管大人小孩，都会礼先让路。但他从不和人聊天，让人觉得他既是二台子人，又不是。到底是谁，无人去想，繁重的劳作压迫着他们，对与己无关的事情很少去想。和他交流最多的是韩先生和练可白。他喊韩先生叔，"叔"这个音从他嘴里溜出来，梭得像老鼠一样快，声音介于"索"和"耸"之间，低调而亲切。别人怕蛇、怕狗、怕老鼠。他最怕的是猫。他十个月时，父母还在，有人送来一只漂亮的小黑猫。母亲把小猫抱给他看，他还不会说话，但恐惧的表情谁都看得出来，惊恐万状心胆俱裂。三岁时随母亲走亲戚，一只衰毛纷飞的老猫把他吓得面如死灰。其他人哈哈大笑，他钻进母亲怀里不敢下地。从那以后，有猫的人家都不去。好客的亲戚请他去做客，不是说有什么好吃的，而是声明家里没养猫。

那些爱猫的人对此很不理解甚至颇有微词。这天关祖潜没去楚米镇，抱着孔雀在屋后的山坡寻找白蚁。在坝子里干活的人见韩先生往关祖潜家走，一边打招呼一边围过去，像平时一样，见到韩先生总要和他聊几句。他是他们的先知。有人问关祖潜前世是不是老鼠。韩先生问："你怕蛇吗？""怕。""蛇也喜欢吃老鼠，那你的前世也是老鼠啰？""这倒也是，关祖潜除了怕猫，一点也不怕蛇。""依我看，既然有前世，那就不止一个前世，既然有百千万个前世，我们前世一定做过牛做过马，当过蛇当过老鼠，当过我们自己都不知道的众生。所以每个人身上都有点牛脾气，有时像驴一样犟，像耗子一样喜欢囤粮，像蛇一样阴冷，像母鸡一样喜欢自夸。""我们前世就没当过人吗？""当过。你见过水中的蜉蝣吗？朝生暮死，它们前世就是人，喜欢杀生的人。""其他的呢？比如猴子、羊。""轻躁不安的人，是猴子投胎来的。鹿、麋、麂，是前世喜欢让人惊慌、恐怖的人；有好的自己吃，不好的给别人，来世变猪或者偷油婆；贪图别人力气的人，来世变大象。前世净说别人坏话的，这世当哑巴。"

天上下起小雨，立即就把大家驱散。韩先生找练可白要蓖麻种子，他要让儿子在荒地里种蓖麻。其实他对种不种蓖麻一点也不感兴趣。自从白瓷碗交给练可白，白瓷碗像一块巨大的磁铁石，无论他走在哪里，总是忍不住朝关祖潜家看上几眼。忍不住时找借口去坐一会儿，随便聊点什么再离开。感受到白瓷碗安然无恙才踏实。

走进院子，关祖潜正好从山坡上回来。韩先生问他为什么没去楚米镇，他说孔雀瘦了，他得给它多吃点白蚁。

"只吃白蚁吗？"

"也吃谷子、苞谷、小鱼虾，还有黄泡、大脚菇、一些野果，但这些都不如白蚁。"

韩先生觉得关祖潜有些异样，细看却又看不出什么。

"楚米最近有什么传闻？"

"还是那些，我也好几天没去了。"

关祖潜没说实话。

最近半年，楚米发生的大事可不少。先是楚米镇兴黔麻棉公司老板的儿子从遵义回来，带来了他女朋友和一辆自行车。从遵义到楚米没有公路，他们扛着自行车翻山越岭，走了四天四夜。楚米镇只有一条两百多米长的小街，加上勉强可以当马路的官道，加起来也只有三公里。麻棉公司老板的儿子从这头骑到那头，再从那头骑回来，来回只要几分钟。但他出尽风头，看骑自行车的人比过年过节看烟火的人还多，他们一看就是一天，嘴和身体随着自行车歪来扭去，比骑在车上的人还卖力。年轻人的心被自行车碾得发烫。和麻棉公司老板关系好，或者有点亲戚关系的，有权凑近摸一摸，其他人只能怀着难过的自尊远远地观看。他们不叫它自行车，叫它洋马儿。据说不吃草的洋马儿来自英国，麻棉老板的儿子在重庆花掉半书包银元从刘湘的副官手里买过来。这不过是猜测，意思是极贵，到底值多少钱没人知道。

关祖潜看见它后，最受不了的是洋马儿的铃铛声，麻棉公司老板的儿子每拉一下铃铛，他的双腿都会难为情地战栗。他十三岁结婚，但洋马儿的铃声带给他的快感绝无仅有。第一天，他站在一个地方，一动不动地看，直至人家收车。回家后感到头晕，想睡觉，却怎么也睡不着。脑袋发烫，仿佛洋马儿把他脑子当成马路，叮叮当当地奔跑。他也想去买一辆，有人说，连重庆也没有卖的，要上海才有。他怀着对遥远的上海的崇敬，觉得自己永远不可能去那么远的地方。何况重庆正在打仗，刘湘的副官正是因为带着不方便才转手的。不过，最主要的，是财权在练可白手里，父亲临终时交代，有大的花销练可白说了算，练可白的意见就是他的意见。买孔雀时练可白就不高兴，决不可能给钱让他买洋马儿。

　　关祖潜在楚米镇看了七天，别的人看一天两天就不再看了，"看又看不饱，是什么虫虫朽什么木头，做自己的活路去吧。"关祖潜被自行车的铃铛声刺激得像魔怔了，他可以不吃不喝，可以站在一个地方看上两个时辰不挪窝。到了第八天，他打定主意，要向麻棉厂老板的儿子求情，把自行车借他学一学，如果能学会，说不定他也会买一辆。他觉得他已经显摆了七天了，没有人再看稀奇了……他和他没什么交情，但二台子的麻和丝，他家可是最大的供应商。别人家的土地少，不敢种经济作物，他家光是麻田就二十亩。他在家里磨蹭了一天，才找到送给洋马儿主人的礼物。"这东西行的，他应该喜欢的。"他笑了。他找到的是三支锦鸡羽毛，又长又漂亮。

　　如何把求情的话说漂亮点婉转点，他又磨蹭了半天。他感觉他不是为了向麻棉公司老板的儿子求情，他是在向洋马儿的铃声求情，这铃声有点像传说中的女妖，妖娆温柔缠绵曼妙，泼辣干脆热情风骚。是她让他低下头，不是自行车的主人。骑上去，亲自拉响铃铛，想到这里他就浑身激动。

　　到了楚米镇，街上很清静，和平时没什么两样，但他预感到不好的状况，金木水火土缺了一项，一种不周全的感觉吞噬着他。

　　到茶馆打听，得知洋马儿的主人带着女朋友到遵义去了。他已在遵义谋得一个职务，带着女朋友和自行车赶回去走马上任。

　　关祖潜失望透顶。明知人家不是故意的，但他觉得自己被戏弄甚至被侮辱，三支锦鸡毛像从自己屁股上拔下来的。

他没有回家，他在街上闲逛，寻找自行车留在楚米镇的铃铛声。楚米名为镇，地处山区，并不具有城市特点，生活方式和周边乡村区别不大，熄灯很早，挂在街边的由区政府出资的洋油灯笼只点一个小时。谚语说，熄了灯笼还在街上逛的人，不是强盗就是死了丈母娘。其他人家的灯都熄了，只有官店的灯还亮着。团总和他的朋友在里面喝酒。团总年轻，脾气大，他不是为了喝酒，是为了喝完酒拍着肚皮放狠话：龟儿子，谨防老子放他一排搁起。有时还会掏出盒子炮，甩手朝天打枪。街上的人听见枪声心里嘀咕，发什么神经呀。没听见枪声，又莫名其妙地担心，怕他来更邪门的。他的盒子炮总是随身带着，和他本人一样来路不明。他当过土匪，在川军司令熊克武手下当过连长。半年前来到楚米镇，成了团总。

关祖潜哪里也不去，把麻棉公司老板家的猪圈、牛圈、鸡圈、马厩凡是关养牲的门，通通打开，像释放囚犯一样把所有牲畜放掉。

麻棉公司只有两台织布机，十几个工人，产品不用出本县就能卖掉。女眷是附近乡村财主的女儿，闻不惯麻棉厂的气味，和其他女人一样喜欢养牛养猪，否则感觉家里不热闹，不圆全，不周正。厂房和猪圈并排，各三间，以正房为中心，以毛竹和杉树皮搭就的偏厦，原本都是厂房，没有资本再置办几台机器，空下一半正好让老板娘养猪和牛。

猪牛并不认为自己是囚犯，它们只是不想自己做主，走到街后面的庄稼地就停下来，想吃就吃点，不想吃就踩它几脚。天亮后主人找来，它们却又改变了想法，觉得还是外面自由。把它们哄骗回去费了不少工夫，女主人为了赶回"挨刀砍的"水牯牛摔断腿，在床上躺了几个月，医疗和请人侍候花费不少，为了节省，勉强能下地就强撑着干活，旧伤复发，成了瘸腿老板娘。麻棉公司老板当时报了官，团总吃请后，每天在楚米街上拍打着再也装不下油水的肚子宣布：龟儿，莫以为老子不晓得是哪个，老子清楚得很，早晚有一天，给你龟儿子来个对穿对过。对穿对过，指的是子弹从身体一边进去，从另一边出来。

团总为了还麻棉公司"一个公道"，不断向其勒索，麻棉公司老板不得已，以机器作抵押借钱送给他。哪知仅过了半个月，团总因"包庇种烟、贩烟、吸烟"被省禁烟总办郎云程批捕处决。团总被枪决后，债主上门讨债，声称不还钱就搬机器。这个债主是团总暗示给麻棉公司老板的，他醒悟过来，一头紧逼一头挖坑，逼他往坑里跳。团总从没想过要还他公道，不过是趁机打劫。

瘸腿老板娘想不通，跳水自杀。看到团总虚张声势地拍打肚皮，要把某人弄个对眼穿时，关祖潜既后悔又害怕，如果认真追查，是可以查出来的。团总被处决后，他并不轻松。他不知道麻棉公司老板一家的变故和自己有多大关系，但他深知，一定有关系。自己背上了因果，永远脱不了干系。瘸腿老板娘死后，老板带着一家子搬离楚米镇，从此不知去向。而他，再也不敢去楚米镇，整天给孔雀挖白蚁。

　　韩先生回到家，仍然在想关祖潜哪里不对。进屋时，看见灶膛里冒出一股青烟，他一下明白，他从关祖潜眼里看到的是一缕绿光。这缕光稍纵即逝，而他手里正抱着孔雀，这是一只绿孔雀，孔雀鲜活灵性的绿遮蔽了关祖潜眼里的绿。韩先生觉得这缕光不好，不吉祥，但接下来将发生什么，却又无法预测。老伴在做魔芋豆腐，叫他走开点。说会法术的人看不得，看了豆腐凝不起，将散成一泡汤。二台子人做黄豆豆腐和魔芋豆腐都不让他看，他刚入行那年，一个新媳妇做豆腐，他帮忙递了下水瓢，豆腐没做成，从此名声在外，凡做豆腐都要跑到屋外看有无他的身影，若有须请他拐弯去别处，做好了再来。他们说他眼睛有毒。他把蓖麻种交给儿子，儿子惊讶地问他干什么。待明白让他种，他骄傲地说，他三年前就种了一大片，还第一个学会用蓖麻叶养蚕。儿子十八岁那年，他把铧口摆在儿子面前，郑重其事地指着铧尾把，像皇帝交权给太子一样把耕种的大权交给儿子。从那以后概不过问，以免像有些人家那样，两父子为怎么种和种什么翻脸。儿子现在四十出头，是一个务实的庄稼人。父子之间交流日益困难，韩先生被孤独地丢在一边。但全家人，包括他自己都觉得这很正常。家里人觉得他的视力和记忆都在衰退，常常把活人和死人混为一谈。有一次他竟说，他已经死在狮子山那个大嘴巴洞里。

　　关祖潜眼里那缕绿光到底代表什么，他睁着眼睛琢磨到天亮。天黑前，他把关祖潜的生年月日时写在纸上，用天干地支推算，用推背图演绎，全都似是而非，论个大概没问题，具体到那缕绿光，却找不到对应的解释。家里那只最雄壮的公鸡打鸣打了半个小时，正准备停下，他一下从床上坐起，天啦，祖潜老弟的大限到了。老伴吓了一跳，以为他要飞出去。

第一缕炊烟穿过屋瓦时，练可白来了。

"韩先生麻烦你快去看一下。"练可白上气不接下气。

"好，我马上就来，你赶快回去。"他不问什么事，早已料定成竹在胸，让练可白一改对他的看法。

韩先生起床后，吩咐儿子准备祭幛、鞭炮。儿子问哪个死了，他说不要问这么多，先准备好，反正用得着。儿子嘀咕，死了再准备也来得及。

来到关祖潜家，韩先生把桃木剑立在门口，侧耳倾听，四下里静悄悄的。韩先生一度怀疑自己是不是猜测有错。听了一会儿，发现全都竖着耳朵，木瓦房、树木、竹林、鸡鸭，全都竖着耳朵聆听。进屋后，看见关祖潜坐在水缸里，一家人围着他束手无策。

这是大户人家的石头水缸，长八尺宽三尺，可装三十担水。对于这个四口之家，这口水缸如同一个水窖。关祖潜坐在正中间，只有头露在水面上。韩先生叫他起来，他白了他一眼，不认识似的。练可白说，关祖潜半夜听见孔雀叫，怕有黄鼠狼。走到关孔雀的笼子面前，看见笼子上三只猫，不知道是家猫还是野猫，六只发光的眼睛定定地看着他。练可白听见他惊恐的呼救声。"就像有人勒住他的脖子，"练可白压低声音，"那三只猫，不晓得被他吓坏了，还是没把他当回事，它们一动不动，就那样看着他。我吼了一声，它们才跳下笼子逃走。"练可白把他扶进屋，以为他会好好睡觉，哪知早上起来一看，他躲在水缸里，怎么拉也拉不起来。

关祖潜的眼里没有绿光，只有惊恐和拒绝。韩先生说，还愣着干什么，快把水舀干。练可白用水桶，关祖潜的女人用木盆，女儿用葫芦瓢。女人和女儿一边舀一边哭，练可白开始还把水倒在屋子外面，后来直接倒屋子里。有水淹着，关祖潜一动不动，水舀干后，他忍不住全身打颤。韩先生把孔雀抱来塞在关祖潜怀里，在他耳边轻轻说："出来吧祖潜老弟，这里不是水晶宫。"

他们脱掉他的湿衣服，把他塞在床上，盖了五床被子。孔雀放在柜子上，让他们互相看得见。其他人去收拾水漫金山的厨房，熬黄糖姜汤水，韩先生留下来看守病人。屋子里没其他人，韩先生对关祖潜说：

"祖潜老弟，趁你现在还清醒，有什么吩咐只管讲。"

"叔，我的定码石在河沙坝。"关祖潜平静地说，仿佛什么也没发生。因为他躺着，韩先生坐着，从韩先生的角度看下去，他似乎正在笑。

"河沙坝哪个位置？"

"随便哪个位置。"

韩先生不解，河沙坝全是石头呀，但很快他就明白关祖潜的意思，只要埋在河沙坝，哪个位置都可以。

关祖潜拒绝喝姜汤，几个人连哄带灌。练可白说，喝了好好睡，睡一会儿就好了。女人和女儿的眼泪掉了不少进去，他强迫自己喝掉，刚躺下去，突然一下撑起来，"哗"的一下，把姜汤水喷出一丈远，"啪"的一声打在板壁上，水花四溅。练可白帮他拍打后背，这一点也减轻不了他的痛苦，他像大醉后痛不欲生一样呻吟，连带把胃里的残渣全部吐出来。折腾了半个时辰，终于精疲力竭，斜靠在床头上，脑袋像割掉藤蔓的瓜一样耷拉着，不时翻一下白眼。韩先生拔出桃木剑，在房间里挥舞，劈杀着看不见的邪祟和鬼魂。练可白和关祖潜的女人怀着感激之情在门口看着。韩先生知道这没什么用，这不过是作为道士，他不得不卖力表演。腾挪灵活，身形舒展，一点也不像七十多岁。为那些走夜路闯鬼或者发猪瘟牛瘟马瘟的人驱邪时，他深信桃木剑的威力，也相信确实有邪祟。"敬神如神在"是他挂在心头的箴言。今天不同，关祖潜没有遇邪，是他自己的大限已到。但他仍然一丝不苟，不曾偷工减料，煞有介事地庄严而肃穆。他希望屋檐童子能明白他的良苦用心，这个保护神有时小气，但韩先生从没轻视过它。关祖潜慢慢安静下来，大家都以为他只要好好睡一觉，就可万事大吉。但他从梦中直接进入谵妄状态，时而糊涂时而清醒地高声自语。"爹，我不跟你走，我要去另外一个地方，那是我该去的地方。""他们来了，来接我来了。""哈哈，来世也不能再见啦，见过这一世缘分已尽。"清醒时问韩先生："叔，今天是初几？"韩先生说："祖潜老弟，今天初七。"关祖潜说："好，很好。"对于那个未知的世界，他似乎很有把握，甚至向往。到下午，他似乎大有好转，不吵不闹，安静地躺着，不时把手举在眼前翻看，手背手掌仔细看，像在看一个水晶球。练可白叫韩先生回去休息，有事他再去叫他。韩先生摆了摆手，叫他不要管。这个职业必须刻板而清苦，没有变通的余地，不能有丝毫厌倦。夜晚来临，关祖潜的女人送来桐油灯，韩先生示意端走。这女人以为这是为了不影响丈夫睡觉，韩先生想的则是，阴魂都怕光，不能让前来引领关祖潜的阴魂受惊吓。对于应该起身的旅行者除了目送，别的事毫无意义。练可白给韩先生一床羊毛毯，这是关祖潜的父亲买来，参加乡试的路上使用，沿途有驿站和旅店，他说这叫晴带雨伞饱带干粮，万一风餐露宿，这张毯子既是屋顶也是被子。他生前和身后一次也没用过，生前没机会，身后成了一个纪念物。韩先生盖着毯子，渐渐抵挡不住疲倦，平时上床后很难入睡，今天却睡意难挡。在似睡非睡中，他看见关祖潜从床上跳下来，一丝不挂，像青蛙一样跳来跳去，像鱼一样游来游去，最后像女人一样翩翩起舞。韩先生发现他的阳物小得几乎看不见，雪白肌肤和柔软身体让他和真正的女人没什么区别，甚至比一般女人更婀娜、更标致。韩先生唯一感到困惑的是不知道这是他前生还是后世，不过他不想深究，因为任何人都有可能曾经是一条鱼或者来世成为鱼，也有可能前世为女人这世为男人。韩先生被孔雀烦躁的叫声惊醒，天已大亮，关祖潜赤身裸体躺在铺得平平展展的被子上，躯体已经冰凉。

由韩先生任掌坛师，送关祖潜"回老家"。从第一天开始，韩先生就不在状态，很多事不得不由大徒弟代替。念经、敲锣、打钹，人声鞭炮声，各种声音交织，韩先生只要坐在椅子上就开始打盹儿，每次都不长，但每次醒来都能接上刚才的话题。家人全都来帮忙，老伴鉴于两家关系特别大方。接待关家的亲戚，她更是热情周到。大家感觉她有什么事一直憋住不说，到了第三天，终于忍不住说了。她悄声说：

"硬是被他算准了哩，他算了一晚上，到天亮才算出来，说关老弟大限已到。"

她对韩先生佩服得五体投地。几十年过去，她现在才发现他是个奇人，爆发出从未有过的恋人般的崇拜，眼光和声音让家里人很不习惯。一向与父亲疏远、与母亲亲近的大儿子暗自担心，这变化与父亲无关，是母亲在生病，将她置于死地的大病。

清早出殡。清早把一颗种子埋下去，晚上他就能从地里长出来。晚上不确指当天晚上，某个机缘到来的晚上，死去的人就会复活。就像太阳东升西落一样，落下去一定会升起来，升起来一定会落下去，太阳还是那个太阳，一点没有变。

这不是他们关于生与死的想法，而是生与死的密码。因为掌握这个密码，所以从不恐惧死亡。

为了让死者在阴间有吃饭的碗，需将他平时常用的碗拿到棺材上打碎。大家都想看看，这只碗如何被打碎，看看碎片能飞多远，向哪个方向飞。碎片飞得越远，他转世的地方离二台子也越远。他们在某处看见某个人，感到似曾相识，他们会说，这个人前世是我们村的。面对陌生人恭敬有加，本村本寨的争吵起来不留情面，这是因为天下人都有可能是二台子人，而现在在一起的人终究会各散五方。远香近臭嘛。

关祖潜的女人拿出一个细瓷碗，递给手提锡杖的道士，这人把碗放在棺材上面，还没来得及打，碗自己滑下去摔成两半。这是从没遇到过的事情，无不怪自告奋勇打火碗的年轻道士做事毛手毛脚。问韩先生怎么办，要不要另外再拿一个碗来打。韩先生说，不用，只能打一只。

"他要在二台子转世？"有人问。

韩先生答非所问："你们看见的二台子只有一个，看不见的还有好几个。"

丧事结束后回到家中，韩先生责怪老伴：不要乱说。老伴很委屈，你那天晚上不是一直在给关老弟排八字吗？韩先生说：我没算出来。那你天亮时怎么说他大限到了？韩先生没回答。熄灯半天后发现老伴没睡着，他告诉她，他这样说是想起关祖潜生下来时那句话：这世二十一下世七。老伴提醒，这哪是他生下来时说的，是他学会说话时说的。韩先生不争辩也不解释。说了两个字：睡觉。

第八章

怀孕的窗纱

　　风把窗纱吹起来，胀鼓鼓的窗纱仿佛怀孕。他意识到自己正在以自己的偏见揣测母亲的隐私，立即打住。单凭母亲生活的时代都不可能比现代人更荒谬，即使有点什么，也一定是不得已而为之。他为自己看到同龄男子就臆测人家要和他攀同母异父兄弟感到羞愧。

　　他们在小镇上住了三天，吃过这里与众不同的豆花饭、砂锅饭、铜锅洋芋饭、腊肉蒸白苞谷饭。除了老三，其他人对这些饭赞不绝口。怎么安放母亲的灵牌陷入僵局，平时对吃什么不在意，现在更没胃口。他要求把香和灵牌放在他房间，大哥二哥没反对。既然已经来到母亲老家，他们已经完成他们的职责，乐于放权。大哥确实快乐，他给快三刀打电话时没回避，故意让大家知道他和她的关系，就像大家不知道似的。都在远方，对在家那边的人和事比平时有更多宽容和理解。

他呢，不是为了从灵牌或香火上获得启示，只是想离母亲更近一点。魂灵对物质的依附不可能比物质对物质的依附更强烈，没有任何根据，但他像相信自己有鼻子有眼睛有嘴巴一样相信自己的推测。

这三天里，只有老三一个人在忙碌，越是没事做的人越是都按捺不住想回家。派出所和镇政府没查到任何消息。一位在本地中学当过三十七年的语文老师，退休后致力于编写本地文化志的冯老师也无法提供有用的材料。在同一所学校当同科老师，退休后很难成为朋友，如有例外，那是惺惺相惜。教同科又不在一个学校，则像两块磁铁，工作时距离越远，见面后距离越近。冯老师有一辆"宝路达"电动轿车，车没上牌照，人没考驾照，但老三不得不仰仗冯老师，他不仅是最好的向导，还是最愿意和他交流的人。"都是我的学生，上班的摆摊的种地的男的女的，都有可能教过，教过他父母他爷爷奶奶，或者他本人，他们不会告我开无牌车。"冯老师自豪地笑着说。

冯老师带他去镇政府找人，陪他去二台子。经鸟老太指引，他找到了外祖父的墓。墓碑上子女只有一个。孝女：满妹。冯老师解释说，这说明你外公去世时你母亲年幼，还没取名字。当地人生下孩子后一般不急于取名，用一个"满"字称呼，意思是满意、圆满、心满意足。一方面告诉自己应该满意，另一方面告诉鬼神这样很圆满，请不要惦记。生下第二个孩子，第一个才会取名，第二个孩子继续叫"满"，以此类推，最后一个叫满。晚辈称老幺满叔、满孃，是一种很亲切的称呼。鸟老太证实，关配就是满妹，她没有别的兄弟姊妹，连侄子侄女也没有。

老三觉得外祖父的墓没什么特别之处，但冯老师指出它与众不同。一条东西走向的山脉像沉睡中的大虫，趴在山脉中部的拖山均匀地分布在山脉两侧。冯老师说，住家或埋坟一般选择在两个拖山之间，以圈椅形地势为最佳。外祖父的坟在拖山一侧小河边，坟后不到两丈就是山脊，能看见大半个天空。

"我能说实话不？"冯老师终于忍不住，脸上流露出心虚又真诚的表情。

"请讲，但说无妨。"

"你外公的坟埋在这里，你看，"他指了指坟后地形，"没有背山，这是望空啊，对后人不好。"

老三想起曾有传言他要当教育局副局长，最终没当成，难道是这原因？

"但这恰恰是它的过人之处，你想，他过世那些年，如果后人大发，恰恰是大难。哈哈，不能往下说了。"

冯老师和他一起点香、点烛、烧纸，他的手不方便。那个当上副局长后来当局长的人进去了，他来之前才知道。火光映红了他的脸。几十年无人来扫墓，坟上长满了荆竹和老鼠刺，还有一棵树桩，大树被砍掉后才长出荆竹和老鼠刺。外公怕是要变成蛐蛆才能逃过它们的缠绕和吮吸。如果他已逃走,这个土堆就不存在望空与否了吧。肉身只能化成泥土,不可能化成任何活物,逃不掉呀。他甩了甩手,燃烧着的纸钱被风吹到他手指上,烫了他一下,外公似不同意他的想法。忙转移话题:

"给我外公选墓地的先生,是外公仇人呢,还是外公的朋友?"

"这地方有个特别的风俗,墓地大多自己看,生前看,看好了埋一块定码石。'破四旧'那年,定码石被挖出来,挂在各人的脖子上。批斗会后各人拿锤子敲烂。从那以后,没人埋定码石。我准备把这事放在《楚米镇文化志》习俗文化一章里,专门用一个章节来写。我有定码石的照片,在电脑上,回去后发给你。"

"谢谢,文化志出版后给我寄一本,我买。"

"买什么呀,给我个地址就行了。"

烧完香,两人爬到坟后山脊上,所站之处形同马鞍。这马只有大半个,拖山浑圆的下半部是马臀,马头钻到主山里去了,马脖子似是而非。两个小矮人无法骑这高头大马,只能像万事通和害羞鬼一样手搭凉棚眺望。肥沃的田坝豁然展开,坝子中间的稻田最宽,归向山弯后逐渐变成梯田,越来越弯越来越窄两头越来越尖,直至不能做田,变成无需灌溉的坡地。坡地之上是林地,更陡,石头更多。公路自东向西,在田坝里时隐时现。田坝边缘的木瓦房变矮了,越远越矮小,为寂静的田坝画龙点睛般地存在。远山上一片明亮的空白,明亮得有些不真实。与明亮空白对应的是白云,白云的形状和移动速度难以揣摩,与如如不动的大地比起来,既自由又不以自由为意。冯老师来了句"天做棋盘星做子,谁人敢下"。老三会意，对答"地为琵琶路为弦，哪个能弹"。两人相视一笑，友情又增进了一步。

去逗留堡的路上，冯老师带他去看定码石，他曾在当地人的帮助下在河边见到过一块，正是照片上的原物。费了点劲才找到，被疯长的芦苇遮住。篮球般大小，一块方形的石灰岩。一面刻"池涌金莲"，一面刻人名。老三问为什么不拿回家，冯老师说这种东西阴气重，最好不要放在家里。老三不怕，抱到河里洗干净后放到车上。他要把它带回河北。

逗留堡就在河边，往上游开了三公里就到。三户人家，朝向三个不同的方向，背靠小山包。山区房子只能依山而建，无法坐北朝南。三栋房子后面是梨树林，梨还没成熟，老三摘了一个，怀着试探的心情吃下去，觉得味道不错。最让他激动的是树上的白鹤，他盯着它们看，看出母亲年少时的身影，但看不出她为什么离开这里。三户人家只有一户有人在，一个四十出头的女人和两个孩子，她热情地带他们看老房子所在位置，现在一半是玉米地，一半是大梨树。她不知道房子何时消失，也不知道何人曾在这里住过。她和丈夫修房子时在地里撬过石板，拆过一口石水缸，还捡到过两枚银元。另外两家也撬过，她家来撬时已经不多。夫家原先在河对面住，两口子打工存了些钱才来到这里修房子。

老三在树林里徒劳地寻找，除了白鹤甩到他头上的鸟粪一无所获。冯老师跟在他后面，把无论去哪里都随身携带的大笔记本顶在头上，鸟粪甩在笔记本上有种肉唧唧的响声，像情绪低落的鼓手敲鼓。他的笔记本比老三那个还要大。从梨树林里出来后到附近人家访问，没有人听说过母亲的名字，只知道那片梨树曾被全部砍掉，现在的树有后来移栽，也有从树桩生长出来的次生苗。

太阳即将落山，他们结束了访问。老三不承认宝山空回，主要是时间太紧，否则还可发现更多东西。正准备离开，鸟老太的小儿子来请他们去家里吃饭，电摩托上挂着一箱啤酒。早上来二台子，老三给鸟老太家送了一箱牛奶。他觉得这么点礼物不值得人家热情招待，不想去。鸟老太的小儿子五十岁，被拒绝后不知道如何是好，既失望又无话可说。冯老师说，还是去吧，现在谁也不会穷得吃不起饭，去听老太太摆下龙门阵，说不定能搜集到意外的素材。

他们在鸟老太家待到很晚才回楚米镇，冯老师没从鸟老太这里获得新的素材，老三也没找得新的线索。鸟老太嫁到二台子时十八岁，丈夫十二岁，她念念不忘的是生活的艰难。结婚没多久公公婆婆去世，丈夫是长子，重担实际上是她在挑，给别人薅一天草才换得麻雀蛋那么大一块石盐。她见过关配，和她没什么交往，主要原因不是两家离得远，而是身份不同。她是富家小姐，她是需拼命全家才能活着的赤贫婆。她对她记忆深刻，是听说她家的猪从不用喂猪草，只喂梨和粮食。"比我们这些人还吃得好。"老三说，应该不是梨，是做过梨膏糖的梨渣。他和兄弟姐妹靠母亲做梨膏糖度过贫寒的童年，梨不要说猪不能吃，连人也不准吃，要全部做成梨膏糖。

他们坐在院子里，为了不招惹蚊子没有点灯，月光扫到院子里时，苦蒿已经燃尽不再冒烟。鸟老太的小儿子是一个沉默的勤快人，吃完饭就回去，要去检查稻田是否缺水。重活白天做，轻活留到晚上做。永远闲不住，如果给他一块毛巾让他把月亮擦干净，他也会毫不犹豫地爬天上去擦月亮。鸟老太心疼地责怪儿媳不应该进城带孙子，一去好几年，只有小儿子一个人干活。小儿子哪怕八十岁，在她眼里也是小儿子。

夜风像猫一样轻捷。朦胧中看不到彼此的眼神，只能看到彼此说话的嘴。老三尽量让老太太讲和母亲有关的故事。不过，鸟老太趁光线暗淡变成了小姑娘，一路蹦蹦跳跳，怀兜里有一支左轮手枪，只装了一粒子弹，连她自己也不知道她打的是不是空枪。她的话有时需要冯老师转述，这就更容易让话题中断。话题中断后，院子里顿时安静得只剩耳朵里的嗡嗡声，鬼魅在竹林里菜园里在他们身后晃悠，鸟老太突然一个呵欠都把老三吓一跳。

回到楚米后，他无法入睡。把手放在"怀孕"的窗纱上，舒服地体会着风的力量和温柔。娘，你能不能指点指点？小时候，见到娘就喊，年纪越大喊得越少，娘去世后习惯称母亲。现在，他像委屈的孩子一样喊娘。不知哪天才能回去，没有人愿意留下来陪他，又不说破，而是假惺惺地说听从安排。又不是在单位，谁安排谁呀。平时谁也不听从谁安排，遇到事情说这种话似很低调，其实是一种家丑不外扬。几个年轻人必须尽快回去，要上学，还没退休的要上班，这也不难理解。二嫂说不回去也可以，只是有点担心果园。大哥已经得到快三刀的许诺，同意来他家陪伴过一阵，他恨不得马上飞回去。他给她买了件土里土气的衣服，就像这么土的衣服在老家买不到似的。当别人建议他回去再买，他说这是心意。礼物越远越珍贵。老三女人说，既然没地方放，那不如带回去。她没说灵牌，但都知道她说的是灵牌。因为对神秘世界的尊重和畏惧不敢说出这两个字。其实好几个人的想法一样，但都不敢这样说。老三乜了她一眼。这是母亲的遗愿，岂能违背。有人提议在二台子买块墓地埋灵牌，这应该算魂归故里。买墓地、请先生做法事不但要花一大笔钱，程序又复杂，非三五天不可，而他们明天就想回去。

他长叹一声："娘。"

区　长

楚米这个地名与八百媳妇国有关。元朝成宗大德五年，右丞刘深上书，成宗皇帝继位以来无半寸武功，会被他人轻视，他自告奋勇，要求带兵攻打八百媳妇国，以此"开边"，扬成宗皇帝武威。八百媳妇国包括现在的泰国北部、缅甸东北部。泰国清迈，史称兰那泰。兰那泰的意思是百万稻田。刘深以为南人一向没有战斗力，自己伸出手，那个软柿子会乖乖落到他手上。是年亲率大兵从云南出发，"取道顺元，远冒烟瘴，未战，士卒死者已十七八"。刘深为了补充兵源和筹措军饷，向当地部族首领下死命令，完不成任务以军法论处。贵州土司蛇节不买账，和云南土司宋隆齐联手反叛，侵占元朝土地千余里，把刘深包围在森林茂密十万大山中。朝廷急命刘二霸总督各军，由湖广起兵，前往西南搭救刘深，收复失地。从湖南湖北运来的军粮堆在乡坝里，堆成一座米山，当地人大为震惊，雪白的大米让他们浑身发软，这可是让他们奉若神明的大米。乡坝以前叫冬青坪，从此改名楚米坪。有集市后叫楚米镇，楚米两字的意义已无人知晓，亦无人追究。

楚米在元朝时被当作烟瘴之地，实际上自秦汉以来，就有僰人、苗人、汉人、土家、布依等民族在此休养生息，由于人烟稀少，他们各自选择水源和土壤肥沃的地方耕种，互不干涉侵犯。外人很少涉足，总以为大山丛中只有野兽和瘴气。

黔北的山，因为树木葱郁而显得饱满。平地和水源丰富的地方筑成水田种稻子，缺水的缓坡种苞谷高粱或小麦。修整水田根据地貌和水势，逢高取土，逢洼填平，整出的水田因此大小不一，并且奇形怪状，田埂没有一条是直的，稻田形状没有两块相同，顺山弯、几道拐、簸箕田、月牙丘、堵水田、大心田、烂眼泡是稻田的模样，也是稻田的名字。坝子里的水田最大也只有两亩半，半山坡上则有可能只有两尺宽，栽七八窝秧苗，耕田时站不下一头牛，只能用钉耙推耙，把泥推拉捣烂后插秧。人站在田中间不动，钉耙所到之处即是稻田的边界。春天水田犁好，注满明晃晃的田水，很漂亮。本地人不觉得好看，也不觉得难看，只知道必须把它耕种好才有饭吃。秋天挞谷，一块块稻田重新显露出来，收割到一半时，剩下一半谷黄洋溢着热烈的秋景，也好看。本地人仍然不觉得好看或者不好看，只觉得累。爬坡上坎累，毒辣的太阳晒着累，沉重的湿稻谷让人累。

楚米人喜欢水。水井里的水、水塘里的水、河水，无不暗含神秘力量或物质，这物质在他们的思维里是一股气，看不见摸不着，但法力无边。既可让万物生成，也可毁坏一切。除了茅坑，他们从不敢朝任何一种水里吐口水，也不会拿它们开玩笑。正月初一到十五凡挑第一担水，都要给水井烧香，感谢清澈的水慈悲润泽，使他们免遭饥渴和疾病侵扰，同时期盼自己的脑子也像井水一样明澈清亮，千万不要发昏。水塘和溪流的灌溉，是收成的保证。他们认为，这是水把法力赋予了水稻，要不然，稻子怎么会长得那么好呢？一条小溪从山涧流出，或者沿山脚绕行，或者从乡坝里穿过去，汩汩流水吉祥而安静，秧鸡偶尔一声轻啼，或者啄木鸟嘣嘣的啄木声，寂静的山区顿时显出一种悠远，一种安宁。

因为总是寂静，以至人们相信夜晚能听见天人说话。他们从小就爱仰望星空，直到须发皆白也没见过天人，但一代又一代，从不怀疑星夜的神秘和天人的存在。也从不怀疑自己和天上某颗星宿的对应关系。

同时他们还相信地下有龙。他们不把蚯蚓叫地龙，蚯蚓就是蚯蚓，想象中的龙变化无穷，在岩土中游走自如，或地动山摇，或悄然无声，人类看不见它，它却知道谁是好人坏人。

楚米的地底下是空的。地下溶洞纵横交错，这些溶洞从未安静，它们一直在延伸，就像一条龙在不断开掘，掏挖。人们通过数以百计的天坑感知它的存在和发展。为了耕地方便，人们把不深的天坑填平。深度太深那种只好不去管它。每年都有新的天坑产生。雨季到来，有些天坑往地面冒水，有些天坑往地下消水，有些先消水然后再冒水，冒几个小时后重又消水。仿佛确实有龙在下面，是它巨大的身躯，把地下水挤了出来。有时候，地下水能射出两三丈高。浑黄的水喷出来再落下去，妖娆地变幻着，每时每刻，形状都不一样。巨龙离开后，地下溶洞一下空旷，浑水急忙往地下钻，追随龙去了远方。洪水泛滥时，某些地方还可见到一片亮亮煞煞的白光，虔诚的楚米人认为，这是龙珠射出的光芒。龙珠价值连城，福大命大者才能占为己有，福薄的人连看都不应该看。他们深信自己福薄命浅，只配小心翼翼地活着。

新的天坑产生前没任何预兆，田坝里，某片圆桌大小的土地，不动声色地缓慢旋转，越转越快，带着谷荐和水草，发出尖厉的啸声，几个小时后，这块地落下去了，变成一个直径数丈的天坑。有的深达百米，有的下落到两三米后停住。有房屋落下去，有石头落下去，有猪牛落下去。有树木旋转着落下去，有的树在天坑里还能继续生长，有的则落进深坑后不知去向。

洪水在地下溶洞发出的声音，通过天坑传上来，大地颤动，声音洪亮、高亢。他们心惊胆战地说，这是龙在叫唤呢。

有个人为了弄清楚米下面的溶洞的真面目，背了三个月的干粮，以三尺六长的铁棍做路杖，从道竹坝全家洞钻进去，从湾丘田摸鱼洞钻出来。进去时是个二十岁的小伙子，出来时成了白胡子老汉。干粮吃光了就吃泥巴，吃手臂上的肉，啃做路杖的铁棍。三尺六长的铁棍被他啃得只剩三寸长。他一进去就迷路了，虽然在地下行走了几十年，对溶洞的分布和走向仍然没搞清楚。这个故事和龙的存在一样，信者恒信，不信者觉得他们可怜。恒信者让故事越来越丰满可信，不信者在孤独中看不惯任何人，包括自己。

二台子位于楚米镇西南，再往西被横亘的山梁挡住，山梁过去不再有坝子，只有越抬越高直到抬举成大娄山的山体和山脉。山体里面也有溶洞，但大多是干洞，是死洞，更深更诡秘，像不能再生育但事事皆知的老太婆空荡荡的肚皮。楚米地底下纵横交错的洞是湿洞，有水有泥浆有动静，总是生机勃勃。

烂眼塘一到春季就像一锅快煮熟的黑米粥，不停地突突地冒泡。连续下两天大雨，会从某个地方喷水。二台子人深信，烂眼塘下面住着一条小龙，它冬天打盹，春天醒来。二台子的雨水跟老天无关，是小龙使法从东海呼唤来的，呼唤来雨顺便喷淋大地，给二台子的收成提供了保障。有时雨水太大冲毁庄稼也得到他们原谅，是条小龙嘛，呼风唤雨没有经验。二台子人不敢惹它生气，不时往烂眼塘扔祭品，他们吃什么就往里面扔什么，从不考虑小龙的口味跟他们是否相同。大灾大难要扔，小灾小难也要扔。头痛扔猪头羊头鸡头，脚痛扔猪脚羊脚狗脚，肚子痛扔鸡蛋或米糕。想家业兴旺扔方方正正的刀头肉，谁不希望家发业旺呢，年年扔，正月天天都有人往里扔刀头肉。求子扔猪儿粑，求雨扔大米或黄豆。韩先生的堂兄有一次扔下一头活猪，说什么也不求，别人怎么问也问不出来。过了两年才传出来，他求的是母子平安。在此之前，他的头房二房女人都死于难产，有人告诉他这是母猪鬼作祟。扔活猪这年，娶了第三个女人。一年后，儿子出生，又过了一年，生了第二个儿子，秘密这才从他家里传出来。不过连他自己也不知道，这到底是扔活猪的功劳，还是新娶的女人的功劳。

笃信不移，但不能说破，说破了不灵。不敢明目张胆大白天扔，要扔也只有晚上悄悄朝里扔。有不信邪的，发现有人扔猪头或猪脚，悄悄用钩子钩起来，炖来吃了，居然也无灾无病。这样做当然让人看不起，只有自暴自弃的人才去捡供口。

让二台子人感到迷惑的除了烂眼塘，还有侯十一。这天一个上街卖棕绳的人回到二台子，说看见侯十一了，他现在是第三区区长。第三区就是楚米镇，政府将名头改来改去，当地人仍然固执地坚持叫它楚米。问他看清楚没，说看清楚了。他们说那一定是相貌相同的人。他说不可能，绝不会看错。问他打招呼没，他说打什么招呼呀，人家现在是区长。有人说，侯十一都当区长，二台子的猪都可以当区长，山上的猴子都可以当区长。最后一致认为卖棕绳的人造谣。"有些人啦，几十岁了还喜欢造谣。"当另一种说法传开时，这个卖棕绳的人气得想揍人。他的女人和侯十一的母亲有一点亲戚关系，于是有人得出结论："哈哈，他以为侯十一当区长，一定会赏个热屁给他吃，哈哈。"卖棕绳的人听见后不想骂人，想怎么死比较好，既不能死得太难受，又要让人知道他是被冤枉不得不死，以死证明他没造谣。几天后，肖长子救了他一命。

肖长子家的小地名叫锅底凼，门前一片稻田，十种九不收，这些稻田沿一个铁锅似的地形回环，锅底有一个暗洞，多余的水钻进去，不知去了何方。每年四月八大雨，四周洪水涌到这里，满满一锅，要半个月才能消尽。稻秧重新露出水面，死去大半，没有死的又有大半抱空穗结瘪壳。肖长子不喜欢种地喜欢打猎，和他爷爷买的地大有关系。

这天，肖长子翻林越泽，从早上追到晚上一无所获，上山时遇到一只野兔，他没开枪，叫它滚远点，他对它没兴趣。他要一头野山羊或者野猪。不是为了肉多，是为了解心头之气。黄昏时精疲力尽沮丧透顶，边走边咒骂。骂侯十一不顾老乡情面，让他失去保董和自卫团团长职务，重新变成锅底凼一介农夫。

二台子人这才知道侯十一真的当上了区长，还知道他来到楚米后，三区四区合并，政府人员裁撤，四区的职员只能自寻出路，三区概不接收。

这让二台子所有正直、顺天植福的人感到难以接受，也像看到母牛下猪崽一样惊诧。由此产生的挫败感前所未有，怎么会如此荒谬。卖棕绳的人以为大家要给他平反，给他一句肯定，可没人再提这事，仿佛这事不值一提。他们更愿意议论侯十一是如何当上区长的。他不可能有当大官的亲戚，那么只有一条路，花钱买。买个官来当很正常，虽然没有明码标价，但人人都知道只要有钱，想当县长都没问题。他的钱从何而来，花了多少钱，一时间甚嚣尘上，想象力史无前例地达到高峰。这是颠倒黑白的怒火，也是嫉妒之火，憎恶之火。烈火之后，心灵裹上一层灰，来生落入人道、畜生道、修罗道，也将满脸抑郁、戾气充塞。转世入饿鬼道，则对世道衔悲茹恨嚼穿龈血。但没人忍得住，全都不高兴。反倒是一个老太太说"应该叫他把我那只鸡还给我"，惹笑所有人。侯十一参军回来时，她送过一只母鸡。她不过是说说，既不会真要他还鸡，也不会恼恨他一夜之间发达，她对谁都无怨无恨。

忍受着受挫的苦涩默默地活着，"耕读传家久，诗书济世长"被打得粉碎（虽然从没想过参加考试，很多人只读过两年私塾，但柱子上必须有这副对联），只有四时田园不废聊作安慰。日子一天天过着，仍然是那个卖棕绳的人，棕绳卖掉后围人堆看打架，钱被扒手摸走。扒手、小偷在楚米都叫扒老二。他报警后，侯十一亲自带人抓扒老二。保警抓到这个扒老二后，侯十一亲自鞭打，打完问他愿意游街还是运垃圾，他选择把垃圾运到郊外。卖棕绳的知道大家对侯十一的看法，回到二台子什么也没说。哪知不用他说，"打扒老二"这种事，历来是乡镇场上不可或缺的好戏，鞭打和游街是历来就有的戏码，运垃圾则是别出心裁。没有推车，扒老二只能用箢篼提，走在路上别人嫌垃圾脏，朝他吐口水，笑他没看黄历，栽在新区长手里。故事在二台子进一步演绎，侯十一越来越与众不同，也越来越正直，卖棕绳的本来就是配角，形象越来越模糊，最后连配角也没保住，变成卖地瓜卖豆腐卖鸡蛋的人，就是与他无关。

在侯十一，这不过是恶作剧，可二台子有人觉得他"还是顾惜家乡人""只是不爱说话""其实心里有数"。最爱说这话的是甲长。

甲长孔令安一直想找个机会拜访侯十一，像下级拜访上级一样。这天他特别用水桶装了两条鲤鱼，以便提到楚米还是活鱼。虽然是甲长，其实很少来区公所。侯区长还在睡，他站在门口直到他醒来，直到他醒来后蹲在门口刷完牙才结结巴巴地开口。牙粉的香味让他感到陌生而又惊奇，二台子没人刷牙，买不起牙粉牙刷，只能任凭牙结石和牙齿一起苍黄结斑。

侯十一看了看甲长，他的年纪本来就比甲长小，两相比较，甲长显得更加苍老。他健壮、魁梧的身材，和干瘦的甲长也形成鲜明的对比。年幼时多次见过面，现在老得难以认出来。但青年时期留存脑子里的印象毕竟比成人后记住的东西牢靠，侯十一眨了眨眼睛，终于认出来这人是乡亲。他甩了甩漱口缸和牙刷上的水，黝黑的脸上露出一丝笑容。已经开始冒胡须的下巴和一律向右的锃亮的头发，带着一种拒人千里之外的神情。

"你是……孔令安吧？"

"是的，是的，是我。"甲长孔令安大喜过望。他说："你记性真好。说起来，我们还有点亲戚关系哩，不晓得你知道不……"甲长觉得不应该攀亲，绕了几个弯的亲戚有什么意思呢，他试着改换话题："我是代表二台子的乡亲来请你的……你能回到家乡当区长，我们太高兴了。我家山银坳的二姑婆和你婆是表姐妹。她们都去世了，你肯定记不得了。你有好多年没回二台子了吧？二台子还没出过你这么大的官长哩，大家都想看看你，没什么好吃的，请你回去走走看看。"

侯十一甩干手上的水，不冷不热地说："要去的，晓得的。"对他送去的鱼，叫他直接送到厨房去，连句客气话也没说。

但他并没回来，当区长已小半年，一次也没有回过二台子。二台子有点难过和难堪，检索原因，认为侯十一记仇，因为朱惜粮的死对他们怀有成见。他们因此责备道：

"你对我们有意见，可你爹妈埋在二台子呀。你可以不来看我们，你不可能把爹妈的坟都忘了吧。再说，你女人又不是我们害死的，自己纵到烂眼塘里头，能怪哪个？"

"算了吧，巴结他做什么，他当他的区长，我们教我们的牛屁股。"

在各自的地里干活，手脚不空嘴有空，不时远远地聊两句，家长里短无所不谈，没有中心，最初的话题像火种，足可引燃他们对生活乃至命运的看法。侯十一这个名字磨破了他们嘴角，但谈兴不减。心里都巴望着他回二台子来看看，但同时又鄙视自己怎么会有这种想法，为自己不知从何处冒出来的巴结达官贵人念头感到羞耻。有人说他这是光宗耀祖，有出息。有人有点酸也有点嫉妒，说人生三节草，不知哪节好。也有人坚持最初的看法，他算什么东西？一个唢呐匠都当上区长，今后我们只要听他吹喇叭？一个并不认识侯十一、关祖潜去世那年嫁到二台子的年轻女子说："既然是二台子的人当区长，怎么也该给大家点好处呀，胳膊不可能往外拐呀。"她的话立即遭到年纪稍长的叔伯兄长的呵斥，像呵斥投敌卖国者一样。另一个了解侯十一的女人说："他的好处倒是有，不晓得你敢不敢要。"说罢和几个心知肚明的人一起哈哈大笑。年轻女子搞清缘由后回敬道："是你自己想要吧，想了几十年了，现在没给你送回来，晚上睡不着吧。"两人对骂，收工时才停火。

野草和庄稼滋滋生长，全然不管人间悲喜。在蜻蜓都难耐的一个午后，死寂的空气被一匹白马撞开。干燥的房屋嘎啦作响，所有人汗如雨下。没有人看见侯十一，不知道他何时走进的二台子，只知道一个骑马的人从他们的梦里走出来，站在烂眼塘边上。像树桩一样立着，马像品读一样啃着二台子的滋味，东一口西一口啃草，离开主人已经有一段距离。一个老太婆冲他吼道："你放的什么马呀，不跟在它屁股后面，不怕它糟蹋庄稼呀。"老太婆朝他挥了挥镰刀。侯十一似乎没听懂她的话，或许不在意，没有动，仍然看着烂眼塘。

韩先生在屋后的竹林下歇凉，他把竹林清扫得非常干净，热风穿过竹林，被冰凉的竹子降温，再吹到身上，既凉爽又温柔。他一边搓草绳，一边将上午割来的叶子烟捆在绳子上。孙儿将两张叶子烟背靠背递给他。为了留住孙儿，他得将简单的故事讲得像绕绳子一样绕来绕去。

"很久很久以前……"

"爷爷，又是很久以前。"

"哈哈，好嘛，很久很久以后，二台子的山都变成平地，一眼可以望见楚米镇。有一个人来到二台子，他要找他前世埋下的定码石。那一世，他去了外乡，死在外面。他活了一世又一世，想起他的定码石，找啊找啊，全世界都找遍了都没找到，过了一头大水牛身上的毛那么多世，他终于来到二台子。"

"找它干什么，定码石很值钱吗？"

"乖孙，你呀，就知道钱，世上有很多东西，虽然不值钱，但有钱也买不到。"

睡韩先生脚边的看家狗突然起身，绕过竹林冲向院子。韩先生凭狗叫声、家人招呼声知道来者是谁，并知道来意。他用泥土搓了搓手上的烟油，叫孙子去给奶奶说，他上山采药去了。

甲长孔令安本想邀请二台子头面人物来陪贵客，韩先生说身体不适，练可白说没空，只有已经八十高龄的前任甲长答应。孔令安心里骂他们装屁眼痛，降低档次请来肖长子和经常出远门的木匠和石匠，还有那个卖棕绳的，有了这五个人，加上他自己，勉强凑成一桌。

侯十一坐下后，肖长子试图抢先恭维两句，可嘴里冒出来的居然是"狗日的，我三枪都没打死它"。连他自己也感到吃惊，他说的是一头野猪。侯十一看了他一眼，他下意识地闭嘴，并把放在膝盖上的双手夹在两腿中间。甲长用眼神无声地命令他们多说好听的话，可他们不知道哪些话才适合这个与自己格格不入的人。他们平时在乡村宴席上都可以坐上席，但侯十一往屋里一坐，他们成了十足的土包子，既亲热又虚假，他们平时的尊贵成了地上的尘埃。

喝的是嫩苞谷酒，这是二台子最好的酒。侯十一没怎么喝，几个头面人物已经把脸喝红了脑子喝麻了。他们都知道，这种酒喝多了，一会儿脑子里会像打锣一样"咣咣"响，脑袋瓜里像做道场。但还是一碗接一碗，将进酒，杯莫停。平时难得喝上一次，心头想少喝点，肚子里的酒虫不答应。他们评判酒的好坏，是燃烧的速度，第一口下去，口腔和食管都像着火一样，满脸皱巴巴的，全是苦和辣，是被火烧痛后的兴奋，每条皱纹都无比生动，眯着眼睛互相鼓励：好酒，这龟儿好，喝。抢着讲话，你打断我我打断你，那些话像肚子里滚烫的子弹，喉咙像枪管，不把它们射出来不足以打败苦酒率领的千军万马。

说了哪些话，喝了多少酒，侯十一什么时候走的，全都模模糊糊。第二天，脑子里的锣停了，浑身难受，和侯十一同桌吃饭喝酒产生的荣耀大大抵消了难受。如果这是一种牺牲，是非常光荣的，如果这是一种享受，也可勉强承受。那种享受不起的哀叹是各自有命，是不用责怪任何人的。他们对侯十一的评价是英武、帅气，不爱说话，但没什么架子。口音有股县城味，听上去有点别扭，有点洋气，交谈一阵后才能回到二台子口音上来。和他交谈过的人很兴奋，很感慨，说他没忘本。他们都为二台子出了这样一个人自豪，上了年纪的老妈妈们抹着泪感叹，要是他父母还在就好喽，要是朱惜粮和两个孩子没有死就好喽，仿佛只要活着就没有哀愁。

所有人以为他一时半会儿不会再来二台子，至少在下一个清明节之前不会来。出乎所有人预料，仅仅过了四天，侯十一再次来到二台子，并且径直去了韩先生家。他给韩先生的礼物是一块红糖，这块红糖远远比一腿猪肉贵重。猪肉二台子常见，红糖则稀有，大多数人一辈子也没吃过。侯十一彬彬有礼，请韩先生帮忙说合，他要买关祖潜的房子和部分土地，要请韩先生帮他写房契和地契，因为他不识字。关祖潜的房子确实空着，练可白搬到逗留堡去了。韩先生没有犹豫，当即答应帮忙。空房子没人住朽得快，而这栋大房子一般人又买不起。侯十一买下来，把家安在二台子，对深爱家乡的人是莫大的安慰。弯刀对着瓢切菜，两得其便。

房子买下来后，花了半个月时间请人打扫，重新布置神龛。很多人以为他要办酒，虽是旧房子，但房子易主，办个酒收礼说得过去。可他没办，只把韩先生、练可白和甲长孔令安请到家。他请他们来不是为了宣布从现在起这户人家姓侯。而是郑重其事地问他们，他能不能把烂眼塘买下来。他把酒倒好后盯着酒碗，仿佛烂眼塘尽收眼底。

孔令安惊呼："卖什么呀？烂眼塘自古以来就无主，谁卖，怎么卖？"

"那么，怎样才能成为我的呢？"

"你要烂眼塘干什么呢，养鱼？养鱼只能养乌棒，可你养大了也没法捉呀。"孔令安从实用出发，暗想别看他当区长，对兴旺家业完全不懂。

"做什么你不用管，我只问怎么才能算是我的。"简直就像犟孩子，喜欢的玩具非要到手不可。

"哈，你要你拿去，随便你做什么都行，没人斤绊你。你要是能把它背走更好，我们全都会感谢你。"

斤绊即干涉，翻斤斗使绊。侯十一征询地望着韩先生和练可白，在不知道侯十一的用意前，两人不敢贸然同意，但确实如孔令安所说，这烂眼塘他要能背走，背走了也许更好。这泡烂屎，不知要了多少人性命。韩先生故意问：

"侯区长，这桌子上的菜是用来看的呀，还是用来吃？"

"喔喔喔，吃吃吃，我不会招呼客人，你们各人家吃嘛。"

两个月后，稻谷收割完毕，稻田空下来，众人才知道侯十一空前绝后的打算。他带了一大笔钱，凡是愿意来干活的，不管他是哪里人，只要能把烂眼塘的淤泥背到其他稻田里，就可找他的管事领钱。

淤泥可以做肥料，已事先征得田主同意。他们答应可以等上十天半月，等淤泥清理干净了，再翻耕板田种小季。

二台子人知道侯十一为了寻找朱惜粮的尸骨。他们也想知道烂眼塘下面到底有什么，何况干活还有钱，全都踊跃参与。上了年纪的人担心把烂眼塘的小龙赶走，二台子从此变成一个苦巴巴没有灵气的地方。拿这话问韩先生，韩先生说："龙和神都爱干净，不会待在烂眼泡这种地方，那里面只有孤魂野鬼。"

"那不是把孤魂野鬼放出来了吗？"

"它们来去自如。"

空气里飘荡着复杂的气味和各种声音，泥腥味草腥味鱼腥味饭菜味烟草味汗味咸味。说话声笑骂声歌声牛叫声羊叫声，声音高高低低，就像风吹过芦苇梢。全家齐上阵的人，不得不把牛羊也带来，一边运泥一边放牧。从没见过世面的牛羊像人一样抑制不住兴奋，其中一只叫唤，其他跟着叫唤，表情丰富：你们是从天上来的吗？

也不是全都愿意来挣这份钱，练可白和韩先生就没来，平时干什么仍然干什么。来得最远的是黄家坝的一个泥瓦匠，他听说侯区长是为了挖出烂眼塘的金银财宝。

越靠近岸边干结的程度越重，站在上面和站在稻田里一样稳当，往中间走，有一种软软的有如站在老棉絮上的感觉。但表皮不能踩破，踩破会冒出泥浆。像喝粥一样，他们从边缘舀起，浓羹似的烂泥散出一股怪味，刚开始像烂草味，慢慢能闻出一股焦煤味和鱼腥味。泼在地上，风干后像生漆一样光亮黝黑，能照见天光云影。他们相信味道越复杂，肥力越大。人粪比猪粪肥田，猪粪比牛粪肥田。但人粪比猪粪臭，猪粪又比牛粪臭。烂眼塘的稀泥介于猪粪与牛粪之间。

开始几天各自为阵，一个人把泥挖起来，一个人背出去。泥越挖越稀，运送的距离越来越远。侯十一亲自担任指挥长，把男劳力分成四十八个组，四十八架笨重的栗木梯子从四十八个地方伸进烂眼塘，由站在梯子上的人把稀泥舀进木桶，女人站在岸上，老人站在田埂上，像传砖递瓦一样，一个传一个倒进坝子里的稻田。一个人走进烂眼塘是死门，近千人进行蚕食，它只能任人宰割，像放了血的老母猪一样没脾气。他们自喻为蚂蚁，"只要蜂拥而上，连蟒蛇都不敢惹"。

泥浆掀开，有人捉到乌棒鱼，泥浆像熬了三天三夜的粥一样稠，乌棒鱼行动迟缓，很好捉，把铲污泥的洋铲往它们附近一铲就舀起来。其中一条八斤半。天啦，二台子人惊呼，以为它们死绝了，再也不会有了，没想到还活着。这么大的乌棒鱼他们从没见过。挖泥的人把乌棒之王献给侯十一，三尺长，背脊发黄，苍老的眼神鄙夷不屑见惯不惊，仿佛早已明白这是它活着的倒数第一年。侯十一没吃它，回家养在腌猪潲水的扁桶里，还贴心地往里倒了几桶腥臭乌泥。二台子没人吃这种鱼，其他保甲来的人想要就拿走，他们不心疼，他们捉到后要么放掉，要么送人。外人没看出他们脸上神秘的笑容，还以为他们舍不得猪油。煮乌棒鱼最好放猪油，并且要比煮其他东西多放一点才好吃。二台子的人不吃是怕乌棒鱼吃过死在烂眼塘里的死牛烂马，还有人的遗体，何况乌棒鱼有可能是他们转世，吃掉它们，自己体内有可能有两个灵魂。

同时舀上来的，还有各种骨头，最大的能看出是牛腿骨，小块的分辨不清。往稻田里倒烂泥的是上了年纪的庄稼人，他们尊重稻田，不会把烂泥往一个地方倒，像倒牛粪一样铺平。第一块骨头从桶里倒出来后，一个老人建议，把骨头捡到田埂上，等把烂眼塘的泥浆舀干净后，统一拿到山坡上去埋掉。不管它是人骨还是兽骨，都是侮辱不得的。这个建议立即得到响应，谁都不想得罪一个与己无关的灵魂而倒霉。其他保甲的人也都知道了区长女人的故事，都希望舀出一具完整的人骨，让区长的心得到安慰。再捉到乌棒鱼，外村人也不再提回家，将其交给组长，组长交给区长。但接下来舀到的乌棒鱼非常少，后面几天一条也没看见。他们暗自期盼，如果能舀到衣服就好了，同时他们又知道这种可能性很小，这么多年，烂眼塘有什么东西沤不烂呢？别说人和衣服，铁锅铜锅沤上几年，也经不起乌泥中小嘴似的细菌和生物的浸咬。

侯十一在第一块骨头前蹲了很久，有个老人家提醒，这一定是羊腿骨，凭他几十年的经验绝不会认错。侯十一感激地点了点头，还是蹲了很久。

挖乌泥的人像考古工作者一样，不管舀出什么都兴奋，都要研究一番。藏在泥浆里的东西太神奇，充满了意外和惊喜。有原木，有木头架，有树根，有石磨，有瓷片瓦片。泥浆越来越少，泥塘壁上冒泡，循着气泡把泥浆刮干净，石壁上渗出麻线粗细的清水，像一串珠子滚动，人们恍然大悟，终于知道烂眼塘为什么永不干枯。细细的水流淌进乌泥，稍一搅拌就不知去向。有人似有所悟，只是不能把悟到的东西说出来，更不能用它观照自己的生活。消失的永远不如埋在泥浆中的实物让他们激动。

有人捡到一个陶盆，完整无缺，冲洗干净后，盆底有三个字：田维新。一个叫田应忠的老汉捧着陶盆哭了。田维新是他爷爷，这个陶盆他小时候见过，现在睹物思人，想起童年情景，想起咸、同年间被暴民杀死的爷爷。可它是怎么来到这里的呢？盆底的名字是墨汁写上去的，居然还在，并没淡去多少。如果不是藏在烂眼塘，也许早就摔坏了。如果不是这么多人把烂眼塘翻了个底朝天，他永远不可能见到它。老头子激动得一会儿抹泪一会儿嘻嘻笑，他一生的欢乐和痛苦都能在这个陶盆里找到。

搬运十三天，烂眼塘被彻底掏空，一个深达十层楼的大坑。烂泥铺满了附近所有稻田，淤泥在阳光下闪着黑光，站在山坡上，会误以为这是一个巨大的露天采矿场。

似乎并不神秘，似乎比想象的更神秘。烂眼塘不再让人兴奋，也不再让人恐惧，卑劣和残酷的吞噬不再起作用。就像被摧毁的帝国君王，他的话不再有威力，别人也不再味同嚼蜡地重复，口是心非地称颂，半夜起来誉抄。连最胆小的人也敢走到坑底感受井底之蛙的安全与幸福。

结束前一天开始下雨，雨不大，持续时间特别长。没被烂泥亵渎过的雨水积聚在烂眼塘底部，像泉水一样干净。烂泥的腥臭每天醒来都能闻到，洗漱完毕后再闻，气味仿佛已经消失殆尽。中午阳光暴晒后，浓烈的腥味增加了焦煳味，并且无孔不入，连牛羊都不想吃草，睁着贝母似的大眼睛，厌烦地扇着耳朵。这种气味直到翻种三年才渐渐消失。不过也有人说从没消失，大家只是习惯了这种气味，不能再把它从其他气味中分辨出来。

侯十一把潲水桶里的鱼放回烂眼塘，放进去时说，我把泥浆舀干净都找不到你，你回去吧。仿佛它就是朱惜粮。和乌棒鱼待了这么多天，无论喂什么它都不吃，他不敢再留它。当天晚上，有人听见烂眼塘传来哭声，是一个男人的哭声。听见的人说，是侯十一在哭朱惜粮。"背时的朱惜粮，你在哪里哟？"烂眼塘不再是一只烂眼，是一只天眼，空洞无物却又深不可测。

第
九
章

母
亲
讲
故
事

　　"娘。""娘唉。""娘。"

　　这是哪里呀？他怀着恐惧和希望感受着陌生环境，为了珍惜这个场景，不要像梦境突然醒来不见，他连呼吸也降到最低限度，柔弱地垂下眼帘以示顺从，耷拉在额头上的头发也不敢用指头去薅，这可是下意识地做了几十年的习惯性动作。不停地默念"娘、娘、娘"。不是心碎或悲伤甚至也不是思念，而是为了让自己像修行者一样制心一处、一心不乱。

　　没有风也没有灯光，只有类似山涧峡谷清幽的白光，这光既不是来自月亮，也不是来自树木的投影，而是来自看不见的银板的反射。说银板反射也是一种猜测和比喻，它或许来自无边无际的虚空。这光看上去若有若无，在它的照见下却比白天看得远。这是指引夜行者的光，让迷途变归途的光，它们有初生明月的瑞光白毫，也有落日余晖的惆怅溟蒙。由于找不到恰当的词汇描述他看到的场景，他劝自己专注于眼前，像浮在水面上的鸭子一样任由本能划水，用不着思考为什么划水。

流水潺潺波光粼粼。这当然是一条河，鱼在啄水里的石头，当他看到石头上有名字，立即理解了鱼全神贯注的动作，那不是啄，是想把它带走。河边大树高耸入云，大鸟像影子一样飞起或落下，无声无息。然后是一栋石头房子，房子结实得像堡垒，石头和石头互相抬举、咬合，之所以有坍塌不是咬合不够，而是用力过猛。他坐在房子里，墙壁没有阻挡他的目光，让他轻松地看见了河与树林，看见鱼和鸟。房间里的陈设从没见过，全都既熟悉又喜欢，就像完全是照他的意愿安排。如果它们能说话，它们一定会说，这是我们的家，也是你的家。他看到另一个年轻的自己，年轻得脸上绒毛像镀过金一样发亮，好奇地抚摸三抽桌，把抽屉打开又关上，抽屉里的秘密只有他一个人感兴趣。看不出这是前世的自己还是来世的自己，他们似乎可以同时出现。抽屉每一次打开，他都能看到其中一世的自己，有时是少年，有时是中年，有时为男有时为女，有时一闪而过，比蜉蝣的寿命还短。这是他一个人的万花筒。他让那个感兴趣的少年玩他的抽屉，他必须像侦探一样搞清楚母亲为什么离开，又为什么要在死后归来。不是因为好奇，而是因为责任。老四提出来，如果其他人回去，他可以留下来陪三哥。他没有立即反对，内心想的是这与他人无关，他希望自己一个人完成。

鸟老太的声音不需要转述，他听得清清楚楚，既而发现这不是鸟老太，这是母亲，是娘。娘就是鸟老太，鸟老太就是娘。娘并非专为说给他听，所以不管先后顺序，想到哪里讲到哪里，或者讲到哪里想到哪里。他突然明白她晚年的自言自语，那些颠三倒四不知所云的碎片其实是关键词，是缝补衣服的针线，将它们用在她现在的讲述里顿时天衣无缝。母亲的声音直接传给他，像一束白毫光钻进脑门和胸口，他既能听见也能看见，屋里翻抽屉的少年看不见也听不见。

"你要是晓得，一个人看见河里全是鱼又不去捉它，那不是折磨，那是要把人逼疯。太阳又好，我不认识这是什么鱼，满河都是，还不时跳起来，把水拍得噼叭响。我从没下过河，但这天像着魔一样，拿了个背篓就去捉鱼。水不深，最深齐肚子，没料到水的力气那么大，背篓按下去不难，难的是提起来，等我费劲巴拉地提起来，一条鱼也没有，早跑光了。站着还行，坐在水里一下就会被冲走，我被冲走好几回。刚开始有点怕，后来发现没什么危险，胆子越来越大，一滚到水里就忍不住笑，越笑越要滚到水里去。我这辈子再也没有这么笑过，尽管被呛了好几口水，还是大笑不止。什么时候浑身湿透我不知道，只知道背篓被冲走了，我一条鱼也没捉到，我站的地方不再有一条鱼。

"爬到岸上，我知道会有麻烦，回家得经过几块稻田，一小片杉树林。我藏在树林里，想看看我妈在哪里，以便趁她不在家赶紧换衣服。一个人影也没见到，关门闭户的，灶房上面也没冒烟。我蹑手蹑脚走进院子，刚走上阶沿，堂屋大门突然打开。我们家最可怕的房间不是连窗户也没有的后房圈，而是连楼板也没有的堂屋，不能在里面大声说话，更不能哈哈大笑，不能背对着神龛走路，不能骑门槛，不能说死，不能说没得。假如正好有人问你爹呢，我不能说他死了，只能说我爹老了。他们都知道他老了，所以不会有人问，我只是打个比方。这些禁忌不是一次性教给我，是吃饭闲聊时，过年过节烧纸时，叫我去堂屋拿东西时，像教狗狗到哪里吃饭拉屎一样教我，有时是新的，有时是重复，我永远不知道堂屋里禁忌到底有多少。但我知道，堂屋大门突然打开，这不是禁忌，这是要给我上刑罚。猪牛羊哪怕从没看见过杀刀，看见杀刀后也知道那意味着什么。我当时也一样。我妈叫我进去，她声音不大，甚至也不凶，但我乖乖走了进去。进去后她立即关上大门。我宁愿她挖个坑把我活埋都不要关大门，大门一关，就不光是她一个要给我上刑罚，而是所有的老祖宗都要给我上刑罚。我觉得不公平，你是大人，用不着喊那么多看不见的大人一起来给我上刑罚。她还没开始打我就哭起来，不是因为怕痛，是因为委屈。她专门准备了一根荆竹枝，比筷子还细，弹性非常好，抽空气，可以抽出嗡嗡声。打人伤不到骨头，也打不破皮，但立马从皮肉里拱出一条又肥又红的蚯蚓。这种打法不晓得是哪个发明的，二台子的人全都会。我挨了第一鞭，第二鞭被人挡住了。我一进来就看见他靠板壁坐着，我以为他也会一起打我，没料到他把我稳在中间，围着我转，让我妈围着他转，荆竹枝全都打在他的腿上。他一边说，该打，好好打，一边不准鞭子落在我腿上。我妈下手狠，打得他跳起脚走。但他没有躲，仍然说该打。好在我妈转的圈大，转了几圈转累了，哭着说'姑娘家家的，怎么这么没教养，羞死人了，羞死先人了'。丢下我去厨房喝水。我牵着他的衣服，以前叫他练伯伯，有时叫练管家，从这以后，我叫他爹。我换好衣服，坐在床上发呆。坐了一阵，我妈叫我去扯如意草。这草我认得，匍匐在灌木上，节上有须。扯回来后，我拿给我妈，她眼睛一瞪，给我干什么，给你爹拿去。他在屋后梨树林，这是他最爱去的地方。我把如意草递给他，他说不用。他挽起裤腿，说已经擦过了。腿上的红蚯蚓变成绿蚯蚓。放下裤腿后对我笑了一下。这一笑，让我再也忍不住，眼泪汩汩滚出来，他轻轻拍我的肩膀说没事，我喊了声爹，这下轮到他哭，笑着哭。欣慰又辛酸，高兴又心碎。我走投无路时，想起他笑着哭的模样，我就什么也不怕。

"以前我不觉得那白鹤有什么好，它们总在树上，粪便想甩就甩，我特别怕进梨树林，哪怕他专门为我准备了一个斗笠。现在不一样了，我有事无事都喜欢去，我发现他特别喜欢我喊他爹，在树林里见不到他就喊，比喊我亲爹还喊得多。亲爹的模样越来越模糊，我只记得他抱孔雀的次数远比抱我的次数多。白鹤胆小，特别怕人，不怕我和我爹。爹教我给梨树放水，教我做梨膏糖，我对这两件事不很上心，上心的是收集羽毛给爹做衣服。

"这是我一生中最欢喜的日子，不用做针线，不读书，除了不和他去楚米卖梨膏糖，爹干什么我干什么。爹曾给我请过一个先生，还叫同村一个女孩来陪我，在家里读书。那个女孩学得不好要挨打，我学得不好她也要挨打，读了两年，她坚决不再来。

"新的烦恼是从一块米花糖开始的。那天逗留堡来了好几个人，到晚上我才知道他们要在我们家'请神'。我又想看又怕看，当那个平时骑枣红马、腰上别枪的人眼里冒冷光，像鬼影一样时大时小，一会儿像被炸雷定住一样一动不动，一会儿又像急于藏身一样移动，嘴里还叽里咕噜，那张和铜锅一样颜色的脸上同时煮着酸甜苦辣喜怒哀乐，百味俱全，我也像飘了起来，不知道自己在哪里。'请神'结束后，这个人像从水里捞起来的溺水者，不仅浑身是水，还茫然四顾，想搞清楚自己到底在阴间还是阳间。我妈和我给他们做夜宵，醪糟汤圆，新做的米花糖。别人家的米花糖只有苔糖和蜂糖，我们家多一味梨膏糖。这不是我们故意让它与众不同，而是我们家梨膏糖太多。多得找不到堆处。梨子又多又不好保存，只好做成梨膏糖。卖不掉的梨膏糖开始发酵，只好用来喂猪。我爹田地不宽，但用梨膏糖喂猪，这比他有百亩田地还十恶不赦。那天晚上，有个人吃米花糖吃得太多，险些把肚皮撑破，他爷爷笑他饿鬼投胎。我爹从村里请来一个太婆，太婆会打通杆。孩子吃嗝食或者吃多了，她用一块不知捅过多少孩子喉咙、油光锃亮一尺三长的竹片从嘴巴捅进去，很快就能治好。别人笑他都没事，我一笑他，他就来打我。我知道他不敢真打，但我还是撒腿就跑。我比他大两岁，他追不上我，捧着吃撑的大肚子，跑快了肚子痛。院子边上整整齐齐地码着干柴，这是爹赶在白鹤没来的深秋从梨树上修掉的枝丫。绕了两圈追不上，他不服气，低着头说，今天不揍你这个婆娘一顿，怕你不晓得锅儿是铁铸的。婆娘！他居然说出这两个字，我感到无比愤怒，我直直地走出去，趁他抬起头的瞬间狠狠扇了他一巴掌，他愣在那里，像木桩顶个大瓜。我钻进房间，浑身像蜘蛛爬一样厌恶。

"我不知道是我那一巴掌提醒了他们，还是他们早有预谋。'请神'没过多久，他们家媒婆到我们家提亲。我妈没告诉我，我爹忍了两天，在梨树下带着复杂的心情说'这是好事'，就像心爱的东西要被夺走，他带着装得不像的喜悦说：'你长大了。'我并非一头雾水，谁都知道那个自以为是、用马尾兜拢住头发的人的名言：'只要是我想吃的媒膀（髈），没有吃不成的。'她走进我家院子时，不中用的大白鹅平时见到陌生人就嘎嘎扑上去，这天却像施了魔法一样，摇摆着大屁股佯装眼瞎。认出来人后感觉血管中血液翻滚，却无能为力，像羊看见羊贩子。她和我妈说了些什么我想知道又怕知道，两天来坐立不安，不敢主动打听。

"凭什么说我长大了呀，我才十六岁。想起被我扇了一巴掌的人，我就觉得难受，不光长相丑，还蠢头蠢脑。'爹，我哪里也不去，我想一辈子给你们洗衣煮饭。'爹不看我，也不说话，继续薅他的鸟粪，这是种庄稼最好的肥料。我跺脚离开，准备去叫我妈，把那些破东西还给人家。爹在我背后叹了口气，'在我们这一方，没有比他更合适的人家了'。'爹，你的棉衣还没做好呢。''不要紧，慢慢做。这才开始，要办事还得两年，至少一年。'这和被卖掉有什么区别？我坐在河中间礁石上，看着水中扭曲的倒影，既心碎又冒火，这时如果涨大水，我是不会离开的，让它把我冲走好了。

　　"白鹤在逗留堡只住半年，端午节前后离开。春天一来，树林里就生羊肚菌，白鹤在时不好采，不是被鸟踩烂就是被鸟粪打脏。它们离开后，可以好好采两轮。爹要建一个烘房，用来烘羊肚菌。他和他父亲来帮忙。我从妈叫我帮她做饭看出异样，她发自脏腑的笑我一点也不想看。平时有人来做客，她不冷不热，如果有不喜欢的客人，她还会在厨房摔盆子摔碗。这天，她的脚步比平时轻了不少，头发用芭蕉油抿过。刚结出来的头番茄子，照长得最好看的摘。爹从楚米带回来的佐料，被她全部翻出来精心搭配。她挖了两把刺竹笋，叫我把它们剥好。叮嘱我把老的掐掉，我剥完后交给她，她不满意，每一根又掐掉半寸不要。我抗议，她瞪了我一眼，'还不是为你好'。又不是给我吃，怎么是为我好。当呆鹅兴奋地拍打翅膀、被爹赶得到处乱跑时，我在灶前爨火，扭头从灶房板缝看见了两个人，刹那间，我的额头像生铁一样梆硬，喉咙像吹火筒着火冒烟。只用那么一瞥，我就知道今天非同寻常。妈发现我变了脸色，以为我害臊。我不仅害臊，还有落入陷阱的恐惧。我不帮妈干活了，气冲冲地钻进闺房，我有权生气，我觉得。歪在床上睡着后，我看见一条大鱼向我扑来，它无手无脚，但力气很大，压得我不能动弹。不过，最讨厌的是它银白的肚皮和流涎的大嘴巴。

　　"建了三天，土墙打好了，第四天来了更多人，要给烘房架棚盖草。这三天我没都去灶房吃饭，平时也不能上桌但可以在灶房吃。我等所有人都走了再去吃，不光是没胃口，也不想见到任何人。第四天，我从后门绕出去，到河边去洗衣服。河滩泥浆里，到处是白鹤的羽毛，这是白鹤离开前嫌热脱掉的衣裳，往常也有，但没这么多。泥浆被晒干失去黏性，羽毛自由自在飘在空中。我要是一只白鹤多好。大概是嫉妒白鹤可以离开，河水可以离开，羽毛可以离开，用力过猛，又胡思乱想，捶衣片几次打在石梁上，手疼得发麻。小时候，我哭闹时妈最爱说，要朽啊要朽啊。现在，我感觉我真的在朽，也愿意朽。

"黄昏降临，我木阴木实地端着衣服回家。走到一排柏树前面，一股花椒般的麻感汹涌地从头到脚，给我来了个兜头盖脸泼透全身。柏树林下有口水井，他挑着杉木水桶来挑水。谁也没料到会突然相遇，我走左边他走左边，我走右边他走右边。我抬起头，狠狠地看他一眼，只见他满脸通红大汗淋漓，比我还尴尬。我生气地原地不动，他双手紧紧把住水桶提梁，从边上绕了过去。大半年不见，已经长高了。我没有回头，径直回家晾衣服。不知为什么，晾好衣服后我没回房间，我来到灶房帮妈爨火。从这以后，我们只见过三次面，两家离得远，我又不爱出门，见面机会很少。不过，其实，也可以说一次也没见过，三次都是他发现我后，远远地绕道而行，看不见表情，但那副慌张的样子我太熟悉。我好像不再那么讨厌他，他大可不必绕道，难道我还会打他巴掌。

"但是我错了。二台子既没人来唱戏，又没条件划龙舟，每年正月唱花灯就成了大事。正月初一给祖先上供后，堂屋大门关上，等唱花灯的人来开，叫开财门。不能自己开，自己开钱财向外流。感觉像是唱花灯的为了赚几个利市钱设的计策，可谁不喜欢'远看青山雾沉沉，近看主家大财门。请把元宝接进去，白进金来夜进银'的唱词呢。挨家挨户唱，年轻人跟进跟出，演唐二和幺妹的人让他们羡慕，说唱的故事耳熟能详但百听不厌。主人家也乐于招待，钱财往热闹的地方钻，越热闹越好。我妈从不让我去看花灯，不准看热闹，说'姑娘家家的'，凡是她认为我不可做的事，就用'姑娘家家的'一句话取消我的权利。过了差不多四十年，我才明白她其实还有一层意思：即使家道中落，也不应该把自己和吃了上顿愁下顿的人混为一谈。花灯艺人正月初二开始扎灯，初六晚上开唱，元宵节子时散灯。第一家和最后一家非常重要，需要提前定好，得是当地有名望的人家。我爷爷在世时无人敢争第一，他给的利市钱一定超过所有人。这年十五散灯选定逗留堡，这是我们家在这里第一次获此殊荣。爹特别高兴，妈也一改不好客的冷淡，初十就开始张罗夜宵。预计五十人，她得按六十人准备。我们家连碗筷都没这么多。花灯到哪家先派人提前送灯，主人家要接灯，相当于送住和接信。送灯的人来到逗留堡，说还有一炷香工夫到我家。我妈叫我放下手头的事情，去自己房间做针线。我低头不说话。爹说，在自己家，就让她看吧，端夜宵还得她帮忙。妈勉为其难，轻声说了句'姑娘家家的'，很无奈。我对花灯谈不上好奇，但叫我一个人关在屋子里，太让人心酸。花灯队进屋后，我像木头人一样倒茶，上爆米花，不笑也不说话。直到班头将盘灯、扫财门、迎灯、参神等仪式做完，唐二和幺妹开始逗趣，我才竖起耳朵，听这两个男人装扮的一男一女装疯卖傻。唐二：你看这野鸭子的花灯，可好？／幺妹：等等，那是鸳鸯。/唐二：哟，这小麻雀也不错。/幺妹：等等，那是比翼鸟。/唐二：这芙蓉花也挺好看嘛。/幺妹：那是并蒂莲。/唐二：还有这盘扣。/幺妹：那是同心结，你到底长没长脑子。/唐二：嘿嘿，就是长了脑子才问嘛。没几个人笑，他们听过的遍数太多了，有人今晚上就已听过四五遍。我想笑又不敢笑。唐二和幺妹似早有所料，或者花灯队早有准备。他们演了一个新的，唐二变成跛子，幺妹变成瞎子。唐二唱'贫不择妻、寒不择衣、慌不择路、饥不择食'，悲腔悲调净让人难受。但接下来，却用两个残疾男女来逗笑众人。我听得大气不敢出，同时觉得这样不好，残疾又不是他们的错。刚才一半人在院子里吃东西闲聊，现在全都拥在大门口，两边侧门也堵得严严实实。堂屋里除了敲锣打鼓和帮腔的可以坐，没法再安板凳，当我看到扫财门时舞大刀的大汉此时大声帮腔，唐二和幺妹越演越得意，我不顾别人胳肢窝的汗臭，步步为营从几个人的腋下挤了出去。厨房是搬到逗留堡时搭的偏房，板缝大，老远就听见一个有点熟悉的声音说，起止六十，我看没有一百也有八十个人。我放慢脚步，在厨房外面只看一眼就认出来，是他妈。他爹妈在厨房帮忙。我们家有什么事不用通知，他们像长了顺风耳一样，总会及时出现。她的声音我只听过几次，每次听到都像枝叶被撅断一枝，莫名慌乱传遍全身。我转身回避。他不会也来了吧？要是他挤在大门口看唐二和幺妹，应该拿锥子锥他屁股。我既不想回房间，也不敢下河，黑猫猫的，天又冷。树林散发着芳香，但我不想到树林里去，白鹤一到晚上就像老太婆一样唠叨，咯喔、咯啊。它们怕冷才来到这里，来了又不满意。也许不是不满意，只是不满足。他来逗留堡的次数比他爹妈多。头番茄子、头番南瓜，不管刚长出什么，都要叫他送来。如果早上的阳光能挖几勺下来，他妈也会叫人送来。这对他是一种煎熬，路上被人看见，会开他玩笑，终于背到逗留堡，如果没人在家，菩萨保佑，放在厨房门口就走。可大多数时候都有人在家，他不得不用涩嘎嘎的嗓子问候我爹或我妈，被强留下来吃饭，我不上桌，但我知道只要没人问话，他就什么也不说，眼睛只看离他最近的那个菜。我们偶尔四目相对，他的嘴巴很傻，眼睛很亮。今天要是单独碰到他，我要告诉他，不想来可以不来，半路上把东西悄悄丢掉就行了，用不着受那份罪。我已经走到院子外面，月光被灰云遮住，但仍然可以不用照亮就能行走。离喧嚣的锣鼓越远耳朵越舒服。前面是梯田，冬季种罂粟，夏季才种水稻。我正准备找个地方坐下，离河边不远的地方闪着火光，我首先想到鬼火，被吓了一跳，冒出一阵冷汗，才想到这个季节不会有鬼火。定睛看，有几个人跳来跳去，还听见说话声。明白了，这是在偷青。正月间，任何人都可以偷青，不过一般只有年轻人才喜欢。地里任何东西都可以采摘而不会受到指摘，偷青能给采摘者和被采者带来好运，每种只偷一样。萝卜代表彩头，青葱意指聪明，生菜是生财，好大蒜是好打算。青不能带进屋也不能过夜，只能当晚野炊。我小时候参加过，最近几年妈不准。今晚上遇着了，想也没想就跑过去。哪知他在这里，我犹豫了一下，镇定下来后走过去，另外三个是本地少年，他们挤眉弄眼地看他，他假装没看见我。我说，这么香，我还以为谁家铁锅落到茅坑里去了。这是羡慕别人家饭菜香的玩笑话。他们不光有带把的铜锅，还有油渣和猪油，偷来的青已经洗干净。我得自己去偷一份。他们把铜锅从火上端下来，等我洗好后加入。我偷来大蒜和'彩头'，'彩头'没煮，生吃。也许是把清凉的夜风煮进去了，比在家里煮得香。其中一个说，只有四个碗，你们两口子用一个哈。我瞪他一眼，'那么大个碗都塞不住你的嘴'。他哈哈一笑，'他和你不是两口子，难道他和铜锅是两口子'。我挥手抽他，他灵巧地跳开，错打在他旁边突然抬起头的人下巴上。我很难堪。其他人更来劲，'两口子打架不计仇，晚上照样睡一头'。我和他们追打，他也一起打。笑是真的，打是假的。他一点也不傻，指挥我围追堵截，在三个人的屁股上各踢了一脚。

"我们把铜锅里煮的东西吃得精光，连汤都不剩。听见锣鼓声，那是花灯队要到河边来化灯，我们急忙用土把火盖熄，然后拿起铜锅躲到罂粟田后堡坎下面，没什么遮挡，我们屏息静气一动不动，伪装成一块石头。不是怕被看见，是不想现在就回去。花灯队做完法事后离开，我们仍然坐在原地，草上的露水已经被我们的衣服吸干，不用再装，可以放心说话。他给我们唱《祝英调》：三月桃花开，闲言两丢开，听我唱本祝英台，山伯山伯放友来。英台女化男，攻书在尼山，她与山伯同桌案，共读共读二三年。那三个从没上过学的少年也安静下来，被贫寒看住的人不喜欢送孩子上学。但他们依然被他深深地吸引，他那稚嫩的唱腔掏空了他们曾经听过的所有故事。唱道'山伯叫贤弟，闲话少说些，我的病儿从此起，各自各自回家去'。我眼里噙满泪水，不知不觉抓住他衣服下摆。"

白　鹤

　　让练可白搬到逗留堡，是韩先生的主意。关祖潜死后，韩先生建议练可白承担起应有的责任，照顾好关祖潜的未亡人，说白了让他娶关祖潜的寡妻。这个女人还年轻，而五十出头的练可白从没结过婚。如果他不娶她，让她带着女儿改嫁，关祖潜将彻底被人遗忘。韩先生首先打消练可白的顾虑："只要你同意，其他事情我来办。"韩先生让老伴给关祖潜的寡妻递话搭桥，她说她听叔和叔娘安排。同在一个屋檐下，除了因为女人不能上桌吃饭不在一起，其他事情都需两人商量。但要捅破这层窗户纸，还非得外人帮忙不可。练可白毕竟不是主人，住在老房子里有压力，韩先生建议他搬到逗留堡，那是关家的谷仓。关家田地最宽时，设三处谷仓储存粮食，到关祖潜这一代，另外两处谷仓废弃不用。安葬关祖潜，又卖了几亩水田，粮食收进屋，老房子谷仓装满后所剩无几。两边说妥，由韩先生张罗，摆了几桌席，给两个人披红挂绿，相当于给练可白与关祖潜的未亡人颁发执照，从此结为合法夫妻。韩先生亲自贴对联：再续前缘春日丽，重调琴瑟韵尤谐。

　　逗留堡有三间粮仓，可改成三间瓦房，但没有圈舍，牲畜只能养在老房子。田地租给别人种，家里不养牛，只养猪和鸡鸭。侯十一买房子时，练可白希望牲畜仍然圈养在这边，圈舍修好后再赶过去。侯十一说，不行不行，韩先生你得加一条，他不能在别处修圈舍，他必须每天来这里喂猪，好打开所有门，让房子透气。练可白当时很感激，时间久了才发现自己上当了。天晴还好，天冷又下雨，要从逗留堡来煮猪食很受罪，小路泥泞不堪，每走一步都被胶泥诅咒，有时还会被它不顾羞耻地强行拉进怀抱。猪养大后不再买小猪崽，鸡早就被偷光，最后只剩下那只越来越抑郁的孔雀。它像年过半百看透世事得过且过的中年人，尾巴半开不开，连它自己也忘了为什么要开屏，开给谁看。练可白从来就不喜欢它，莫名其妙地觉得它喜欢装模作样。正不知道怎么办，有一天侯十一回来，把它宰来炖青枫菌。得知练可白不再养猪，他请他十天来开一次门，他给工钱。练可白把这事交给女人，自己再也没来过。女人经常忘记时间，门闭久了，打开时一股怪味扑来，她常常故意忘记这事，有时去了也不开门。她不喜欢老房子。

练可白喜欢逗留堡。逗留堡在田坝中央，一座高不过十丈的圆形山丘。清澈的余梁河远道而来，将逗留堡搂在怀里，日日夜夜，时而欢笑时而哭泣，哗哗啦啦叮叮咚咚咕咕淙淙涓涓潺潺，被苦难揉弄但从未屈服，难免弄错韵脚但从没停止歌唱，被肮脏的灰尘诬陷被大山的倒影恐吓并无数次徘徊才有这短暂的缠绵。逗留堡不种庄稼，只有一片百年前栽下的梨树。练可白搬到逗留堡后，入冬时来了千余只白鹤，它们在树顶上歇息，以余梁河及稻田里的鱼虾为生。为了不惊扰白鹤，练可白不养狗也不养猫，只养鹅。文人喜欢将白鹤与白鹅放在一起以便讽刺鹅的笨重，赞美白鹤的轻盈，它们其实是近亲，鹅看家护院的责任心和能力其实不亚于狗。

练可白将梨做成梨膏糖卖给楚米糕点铺。做多了卖不掉，大部分梨倒田里沤肥。家家户户有果树，于是水果代表土气，糖食糕点代表洋气，水果别称水砣砣，用水砣砣送人没有洋气东西搭配，有羞弄他人之嫌让人不爽。庄稼里手说起梨膏糖，会忍不住含讥带讽，说有些人啦，游手好闲惯了，闻不惯泥巴气气。庄稼汉种地时穿最烂的衣服，像鱼在水里一样自在，不怕撕破也不怕弄脏，走亲戚和去楚米才穿新衣服，穿上新衣服就像肋下有刺，举手投足变成另外一个人，刚毅木讷小心翼翼言迟口钝，因过分讲究礼节而不自然。练可白有意和他们作对似的，一身白，像个白衣道长。连鞋子也雪白，用露了七个夜晚充分吸收过月光的麻丝编织的草鞋。稻草做的草鞋走起来咕嘎响，麻丝草鞋走起来无声无息。

田坝里燠热难当，梨树林里阴凉可人。每天清晨和黄昏，会有一个白色的影子在里面晃动。村里人见怪不怪，知道那是练可白。他们说他在跳猴戏，不说他在打猴拳。因为在他们看来，跳个戏还有人看，还可以讨两个喜钱。打拳一点意义也没有，拳头再硬没有石头硬，身影再快没子弹快。

十天半月去一次楚米，从逗留堡出来，穿过田埂迈上赶场小路，飘然而至，像一个白色的影子。除了衣服、裤子、鞋子都是白色，还有一把蒙白布的蒲扇。身上唯一的岔色，是挂在腰间的虎爪。虎爪焦黄色，短毛刚硬如刺，威风不减。在被农活逼得满脸苦相的人眼里，他的功劳不及稻草人。"稻草人见到麻雀还挥个手呢。"他们说。意思是练可白不爱打招呼，目中无人。

其他人只要你像钓大鱼一样把线甩出去，弯来绕去总能找到点亲戚关系，由此结成一张既有用又结实的网。练可白和任何人都扯不上亲戚关系，在路上相遇，他微笑着把路让给来人，除了简单的问候，没有多余的话可说。像鸭和鸡相遇，鸡点头，鸭摆尾，其实不是搭理，是在丈量对方的个头，通过个头确认自己是否平安无事。在家里也没多余的话可说，女人对他的看法和村里人一样。喜欢和他说话的是白鹤。女人暗中埋怨，说他是白鹤的爹，白鹤才是他的女人和儿女。在老房子他没和她行爱，她觉得他不自在很正常。关祖潜去世后，她是主子，而他仍然是管家。搬到逗留堡后，他依然什么也没做，就像完全不知道男女之间应该有这个事。她暗示过主动过，可他呢，像躲避狮子利爪的穿山甲一样将头和尾巴缩成一团，如果叫他滚，他可立即滚出去几丈远，并且不再回来。

白鹤年年来，像练可白一样恋上了这个地方。白鹤说，"咯啊，咯啊"，练可白说，"咯哦，咯哦"。白鹤说，"咯，咯，咯咯"。练可白说"咯咯咯，咯"。他送梨膏糖去楚米镇，其中一只白鹤送到七里桥。从楚米镇回来，这只白鹤到七里桥接他。这只白鹤和其他白鹤一样，大部分时间待在树顶上，飞下来觅食不会超过半小时。它们天生胆小，尤其害怕人和狗，眼梢里只要出现人和狗立即起飞。它们不怕练可白，另外一只送他时在他身旁的稻田之上翻飞，接他时站在他肩上，像骑在父亲肩上的孩子，咯咯咯叫个不停。逗留堡的人为此感到难为情，怕其他地方的人因此轻看他们，因为练可白好逸恶劳而说他们也游手好闲。练可白越是悠闲自在无所事事，他们越是感到尴尬和狼狈。

　　甲长孔令安邀请肖长子陪侯十一吃饭时，特地介绍肖长子当过保董和自卫团长。侯十一答应有机会考虑给他个事干，他回来掏烂眼塘，肖长子鞍前马后效力，烂眼塘等来一场大雨，变成蓄满清水的海子，肖长子也等来楚米警佐办公室和保安中队合并，改称警察所，肖长子应招成为警察，再次成为公家人。侯十一得知练可白不愿给老房子开门透风，把这事交给肖长子，肖长子满口答应，转身把这事交给堂弟的儿子两片两爹，许诺不管是警察所还是区公所，只要他们招人，他会想方设法把两片两爹弄进去。侯十一吃孔雀时，说这肉谈不上好吃，绵扯扯的好难得嚼。肖长子说，二台子最好吃的不是孔雀，而是白鹤，吃白鹤长生不老。侯十一问哪里有白鹤，肖长子干笑两声，一副愚不可及的样子。用两个指头慢慢地转着太阳穴。"就是不晓得有没有人敢去整。"看见侯十一鼓起眼睛，觉得吊胃口这种招数用在这里不恰当，忙说："你不用管，我弄到了给你送去。"

　　肖长子怕韩先生也怕练可白，知道练可白爱护白鹤如同儿女，还知道这事一旦让韩先生和其他人知道，会被他们指责，指责虽不在乎，毕竟难听。他告诫自己只能"智取"，不能打枪。当差间歇，他在余梁河边找了个埋伏点，一丛茂盛的水苏麻，把里面的干枝清理后像一个狗窝。他还用黄杨木做弓，用弹性十足的锤打得熟而又熟的牛脊筋做弦，用芦苇秆做了十支箭，箭头是锤成三角形的铁钉。一切准备就绪，他让两片两爹替他扛枪，他带弓箭，去河边伏击白鹤。两片两爹喜欢枪，肖长子平时不准他摸枪。这是一支三八式步枪，扛在肩上，冰凉的枪栓偶尔碰到腮帮子，他像和姑娘贴脸时碰到姑娘的耳环一样激动。不过在他看来，姑娘的耳环和枪栓是不能相提并论的，前者让他感到害羞甚至婆婆妈妈般地羞涩，后者让他血脉偾张力量倍增。这个十六岁的年轻人每个毛孔都藏着征服天下的雄心和自信。肖长子煞有介事地说，军人要像保护自己的眼睛一样保护好自己的枪，因为枪是军人的生命，任何情况下都不能丢掉，人在枪在，枪在人在。遇到非丢不可的情况，宁愿把枪砸烂也不能留给他人。两片两爹激动地想，我不砸，我要和敌人血战到底。

练可白在树林里铲鸟粪。鸟粪厚厚地铺在树下，像一张巨大的有黑白圆圈图案的毯子。练可白每隔一段时间就得把它们清理干净，否则梨树的根会因为肥力过旺被烧死。鸟粪夹杂着树叶，粪堆上除了腿细得像麻线的花褶伞菌，其他东西都不会生长。花褶伞菌又叫笑菌，吃了笑个不停，若过量直到笑死也停不下来。白鹤知道练可白疼它们，知道他把它们当亲人当孩子，但不知道不应该把粪甩到练可白头上。练可白把手绢四角打结，变成一个小布兜，当帽子戴在头上，看上去像个光头。从楚米到二台子，只有练可白舍得花钱买手绢，舍得用它擦汗揩鼻涕。一般只有结婚办酒席由主人家买来发给送礼的人。二台子的人习惯用衣襟揩汗，用鞋后跟擦攥完鼻涕的手指。他们赶场时捡到一块手绢，不管是谁掉的，不管它是否揩过鼻涕和汗水，都会兴高采烈地拿回来，洗干净后包刺莓，包瓜子，包米花，直至某天破烂或者不翼而飞。所有的手绢只有一个图案，沿四边印三条褐色线条，线条在四角相交处分别形成四个白色方块，九个深色方块，十二个褐色方块。从楚米到二台子，无不认为这二十五个方块是天底下最漂亮的图案。也正是因为这种统一性，谁丢的谁捡到无法查证。捡手绢者捡起手绢后念咒语：拐的当捡的，捡的当买的。念完坦然留下。

一只白鹤头也不抬，屁股一翘，准确无误地把鸟粪投射到练可白头上，带着热气的粪便隔着手绢很柔软地响了一声，刹那间平摊开来，像一张黑白相间的薄饼。练可白低头笑骂：

"狗日的硬是准。来呀，你有本事你再来一泡。"

他知道同一只鸟不可能接着甩下第二泡粪便，继续铲粪，将枝条间漏下的阳光一起铲走。和白鹤有关的事他都不让女人参与，把这当成他自己的私事，白鹤仿佛是他和另外一个女人生的孩子。对关祖潜的女儿网开一面，教她做梨膏糖，让她收集白鹤羽毛。小女孩并没因为他是继父就疏远他，恰恰相反，她从他这里得到的父爱比从亲生父亲那里得到的多得多。她准备用她收集的羽毛为他做一件棉衣，将棉花换成羽毛，练可白没拒绝也不特别期待。

肖长子在水苏麻窝里睡觉，两片两爹趴在外面石头上，架着空枪练习射击，肖长子答应捕到白鹤后，他会带他上山，让他朝他们遇到的野兔或者野猪开一枪。肖长子是个有耐性的人，叫两片两爹发现白鹤后不要站起来，也不要说话，用一根棍子把他捅醒，他扒开水苏麻射箭。白鹤警惕性太高，第一次射杀不成功，要等好几天它们才会再次在同一个地方落脚。肖长子希望利用献上白鹤当上警察所长。有小道消息说侯十一不喜欢现任所长，现任所长是副区长的小舅子，副区长鼓捣媒婆，要她撮合侯十一和小姨妹，他小姨妹喜欢的是糕点铺的少爷。肖长子告诉两片两爹，他不管他们谁喜欢谁，等他当上所长，他将让两片两爹去给他当跟班。两片两爹父母告诫两片两爹不要跟堂叔鬼混，"四十多岁的人还是光棍一条，就这样死了连个抬衣饭碗的人都没有"。两片两爹觉得父母这是嫉妒，懒得和他们争论，扛钩钩枪和扛步枪不在一个层面，对牛弹琴没意思。

一只白鹤降落在上游一块礁石上，机警地东张西望。两片两爹正准备捅肖长子，白鹤飞了起来，飞得不远，在另一块礁石落下。没过多久，另外三只白鹤飞来，在礁石上观察了一会儿后到河里觅食。两片两爹把肖长子捅醒时，两只白鹤一会儿扎进水中，一会儿抬头仰望，离他们越来越近，其中一只走到沙滩上。肖长子小声说，运气来了挡都挡不住。箭飞出去，射中沙滩上的白鹤。肖长子叫两片两爹快去捉，他搭箭射另外一只。两片两爹刚走两步，带箭的白鹤飞了起来，另外三只紧随其后。肖长子连射几箭都没射中，白鹤叫唤着越飞越远。

肖长子遗憾地责怪箭杆太轻，杀伤力不够。两片两爹说还是应该用枪。肖长子说你懂个锤子，要是能用枪，我根本不用跑到这里来。两片两爹捡了几片羽毛，用它拂脸拂耳朵，很舒服。他觉得肖长子应该射它脑袋。同时想，妈的，老子要是有子弹……他看不起肖长子拍侯十一马屁，"我要是"，我要是如何并不知道，憧憬未来，觉得自己决不会这么下贱。肖长子卷着叶子烟，心想等我当了所长，我要让福临门每天给我留个座位，老子不去也不准别人坐，那是我的专座，要最里面那个座位，陪我吃饭的人必须坐在我对面，炒回锅肉炒猪肝……狗日的副区长比区长狡猾，我得提醒他不要上他的当……老子要是当区长，他妈的，我㑚他妈的白鹤，居然射不死。

练可白扒完粪，准备去河里洗个澡。阳光明媚，气温并不高，没人下河洗澡。练可白要洗掉身上的鸟粪味，忍着冰凉去洗，把这当成锤炼意志。收集羽毛的女孩叫住他：“爹，这么多羽毛。”她指给他看。细碎的羽毛飘在空中，要顺光才能看见。练可白听见树林里痛苦的叫声，立即跑过去，受伤的白鹤在树下挣扎，想飞到树上去，显然是徒劳。插在身体上的箭摇摇欲坠，它越动伤口越大。练可白“咯咯咯”地安慰，想帮它把箭拔出来，可白鹤怕他，见他走过来，拼出最后的力气腾空而起，只飞了两丈远，一头栽到地上，颤抖着蠕动着直至抽搐咽气，翅膀松弛，那支箭耷拉在地上。练可白把白鹤抱在怀里，以老人和孩子才有的不顾雅观的方式痛哭，鼻涕眼泪把本来就脏的脸抹得更脏。他最难过的不是它的死，而是它受重伤后奋力扑腾却怎么也飞不起来的艰难，它很无奈但没有绝望，不知道绝望。它不知道绝望让他心如刀割。女孩跟着哭，边哭边悄悄拔毛，她想要所有的羽毛，但她不敢。练可白发现后没有发火，制止她的办法是立即挖坑把它埋掉。他没骂她不是基于她一心一意想用羽毛给他做棉衣，而是她毕竟还不懂事。

“回去吧。”他叹了口气，“回去帮你妈做饭，我去洗个澡就回来。”

练可白没料到会碰上肖长子和他的跟班。余梁河水浅，遇到山岩形成转弯塘才可游泳。平时在最近处洗洗即可，今天他想扎进深一点，从头到脚洗干净，洗去满怀悲伤。肖长子见练可白怒气冲冲，知道不可抵赖，不如索性耍横。

"你们在这里干什么？谁叫你们射杀白鹤？"练可白问，抑制不住全身发抖。

肖长子见练可白生气又害怕的样子，觉得这个老头不知什么地方有点滑稽。心里不觉轻视起来，脑袋里闪电似的想到站在练可白对面的应该当所长。他说：

"没人叫呀，我们自己来的。"

说着，拉着空弦，让弓弦发出悦耳的声音。这声音让练可白冷静下来，"叭"地撅断拦在头上的树枝，盯着肖长子：

"谁杀白鹤，这就是他的下场。"

"凭什么？白鹤又不是你家的，它们是野鸟。"肖长子不再拨弦。

"它们为什么没飞到你家屋后去？在我家屋后就是我家的。"

"怎么可能是你家的呢？你又没养过它们，它们自己飞来飞去，是大家的，人人有份，我打一只送区长难道要你同意？两片两爹不要怕，我们走。我今天不想和他啰唆。"

两片两爹犹豫不决，枪依然扛在肩上，比平时重了许多。

"想走？没那么容易。"

肖长子说："我不信你敢和我打架。"他把弓拿在手上，以防练可白突然袭击，还没明白怎么回事，弓已经到练可白手上。练可白往石头上狠狠砸，砸不烂，拿在手里用力一拉，扯断弓弦。肖长子以为他要用变长的弓背打他，急忙后退，一屁股把两片两参顶滚在地上，步枪掉到一边。练可白把弓丢进余梁河后捡枪，肖长子比他快了一步。肖长子拉枪栓，作势要开枪，练可白一步抢上前，左手抓住枪管，右手往肖长子腋下捅去，转瞬间枪来到他手里。肖长子急了，一个老鹰扑食抢上来，练可白一闪身让其扑空，反手轻拨，在背上只用三分力，肖长子站立不住，踉跄着跑出去，在欲稳不稳中跌下河。水不深，但他扑腾半天才站起来，连呛几口水。

"两片两参，你这狗日的，快把枪抢过来。"

两片两参刚才跌下去就没起来，坐在地上看两个大人打架。他心目中的英雄已经变成狗熊，这让他很失望。叫他夺枪，他不敢。练可白快如闪电的动作看得他眼花。肖长子水淋淋地爬到岸上，好几处受伤，本想忍住，手肘和膝盖都很疼，揉哪里都解不了痛，还是得揉。见两片两参发呆，他不无抱怨地命令："狗日的，快来帮我揉下痛。"疼痛缓解下来，好汉不吃眼前亏，他想。

"练管家，练大哥，我再也不来了，把枪还给我。"

"还枪可以，叫你们区长亲自来。"

"练大叔，我都服软了，你就不要为难我了嘛，大家都是二台子人，何必呢。"

练可白没理他，径直向转弯塘走去。

第十章　纯生活

在连绵起伏的大山里，在那些与世无争的地方，不会有任何引人注目的东西。一座山、一条河、一棵树，它们既不张扬也不隐瞒，因为存在而存在。在任何山顶上，都能看到比脚下的山更高的山，这不取决于海拔，这是视觉造成的错觉。驻留天边的云朵，并非真在天边。弯曲的河流有可能向西也有可能向北，从高处看下去很安静，其实从源头开始就喧声不断，有点惊慌，有点好奇。把双脚放进水中，冰凉会让人发痒。林中枯枝败叶杂陈，踩上去嚓嚓作响。当被踩断的枯枝突然像蛇头一样翘起，林中各种隐藏的声音蜂拥而来，钻进毛孔将汗液挤出来，恐慌与勃勃生机开始合唱，花草和树油的芳香比刚才更浓烈，浓烈得让人晕头转向。这就是黔北，一个向上怒张、身躯耸立的世界。

生命制造的骚动丰富多彩。往树林里走上五十米，就有上百种不同的植物。叶片纷呈，幽香从看不见的地方送来，渗透整个身心。以攻为守的九香虫喷射的毒液往往香得发臭，那点可怜巴巴的毒液其实是个屁。毒蛇当然有，它们总是躲得远远的，像修道者一样不喜打扰。没有一棵树木如何珍贵，也无所谓低贱。在甲壳虫在飞鸟在蝴蝶在走兽眼里，树与草一样平等。被雪或风摧折的树，树干上长出冻菌，大树已经死去、腐烂，却仍然要竖起那么多耳朵倾听春天的消息。倒下的树干，红色白色蓝色的菌子为它缀满宝石，仿佛为烈士戴上勋章。钻进腐木的虫子在树心里蠕动着，想要它重新站立起来，当它们发现自己无能为力，最后变成蛾子飞走，相信轮回，撒下蛾粉以示怀念。

山林里那么多动物，显然每天都有死亡，但死者最终死在哪里很少有人知道，它们对后事的安排比人还慎重。有些树虽拦腰折断，却长出更加茂盛的枝丫，将一大片地盘据为己有，其他小树纷纷躲开，权当它所应得。只有不知道缘由的小花小草在华盖般的树荫下纤细成线，簇拥着才不至倒下。有的树已经活了几千年，有的才几十年。这是一个不以年龄论尊卑的国度，同时也不管粗壮与否。树根的长短和走向是另一个世界，长短和走向与大树寿命有关，但命运自有安排，每一条根似乎都是大树自己能掌握的，而实际上，泥土和岩石早已为其作好部署。那些活了千年的大树，须经得起藤蔓的攀援。藤蔓向上向上，旋转旋转，嵌进树干，柔软的肢体任凭风吹雨打，树干折断，藤蔓也不会断，它们只要从某处分枝，爬上另外一棵大树甚至同时爬上几棵大树毫不费力。这其中蕴含的寓意非常古老，却从没停止上演。森林毕竟是树的世界，藤蔓再怎么擅长攀援，树木依然茂盛，并遵循大树制定的法则。

披着灰色大氅的毛冠鹿在石头上舔食盐分，听见另外一只在山上叫魂，顿时觉得咸味不够，跟着一起喊叫。蝴蝶在筛斑的阳光下翩跹飞舞，对毛冠鹿小题大做见怪不怪，像观音从长长的臂膀弹出净水，娇小的花朵频频点头。峡谷里，大鲵婴儿般的啼哭让众兽不齿，这里毕竟不是装神弄鬼之地，野猪的拱土声都比故弄玄虚更值得尊重。

森林如是人亦是。

大山丛中，石林茅屋隔溪声①。唐末才有零星人家，至明仍然荒野茫茫，官舍惟孤舍，人家无一家②。很少有外来者，泥泞与岑寂让人不堪忍受：客心何处切，夕照闪归鸦③。至明末清初，被开垦的山间盆地才有所增加。漫山遍野在冬季也翠绿青幽，令人憎恶的是没完没了的雨水，接连下三天是常事，常常没完没了，烦得让人忘记到底下了多久。雨不成丝，像刚孵出的蝌蚪一样，打在脸上滑腻而又冰凉，往脖子里钻，非要在你背心闹出呱呱声不可。它们既不密集又不没力气，像泼皮耍赖一样，一直下一直

---

① 为王阳明诗句。
②③ 为杨慎诗句。

下，下十天，下半个月，下一个多月，随便你咒骂或哀求。在雨中走一支烟距离可以不打伞，走上十里八里定会让你全身湿透。凡是挨过这种雨浇淋的人都知道有多烦。

有多少事情是在雨中完成的呢？开荒，伐木，打屋基，砌堡坎，修建堰塘、沟渠，一切按部就班。肉身来自泥土，但在变成泥土之前，雨是淋不垮的，又不是泥菩萨。平地用来耕种，在乱石和斜坡上开屋基，开好一个屋基要一年甚至三年。修建堰塘、沟渠则有可能需要十年八年，需要一代人两代人持续不断的努力。

能够生存下去的地方就是家园，并且从没停止对家园的改造。垦荒种上旱作，再理来水源，将旱地改成稻田。刚整成稻田叫土变田，在没有新的土变田产生之前，这个名字将一直使用，有时要用好几年，新的土变田产生，它才会有一个正式的名字。

稻田无论大小，都会有一个名字。面积最小的叫囊巴田，如果有比它更小的则叫细囊巴田。囊巴即最小。不仅用来给稻田取名，也代指猪牛羊和人中个头最小者。如果他说囊巴指拇痛，是小指头痛。从中原，从丘陵，从四川盆地来到这个地方落户后，身材魁伟者越来越少，适应山区行动灵活的小个头越来越多。身形高大行动迟缓者被讽为"大马瘫"，意指不仅人高马大，还像瘫子一样让人心焦。

明洪武十四年，明军平定云贵，大军所带战马极不适应崎岖山路，只好饲养当地小种马。个头最小的小种马比狗大不了多少，负重有限，但翻山越岭能力超强。

精悍短小的副产品，是自尊心极强。越自尊越不善交际，他要卖掉一只鸡，喊价多少最终一个子儿也不会让，任你口若悬河滔滔不绝，他只顾谦卑地笑着，犹豫不决地听着，再问能不能少点，回答你的仍然是最先那个价。他要向你买东西，在你面前可以一站几个钟头，直到你肯让价成交才离开。即使成交也不欢天喜地，总担心自己吃亏。实际上，确实以他们吃亏上当的次数最多。

大自然也总让他们吃亏，土质太薄，经常"被天收了"：天不下雨或者下个不停，相当于被老天收走，就是不给人吃。那些怒放的映山红，像洒在灌木丛中的鲜血，像在为小个子们鸣不平。艰辛并没因此让人沮丧，只要有财富可以追求，哪怕少得像蚊子脚上的油，也会激励人持续不断地探索。

经年以后，山间小坝子里出现四合院，高房大屋。田地里，天刚亮就响起男人干活的声音，他是一家之主，必须做出表率，让跟在身后的帮手不好意思偷懒。土地越来越肥沃，出产越来越多。暮色四合，有人围坐在烧疙兜火的屋子里摆谈祖上迁徙史，有人点起桐油灯，对捧在手里的书一次又一次点头、膜拜、理解、背诵。同时人也分出三六九等。比如某个山谷冉姓分高粱冉、疙兜冉和外来冉。高粱冉为土司一族，疙兜冉是平民，外来冉是为攀附而改姓冉。他姓改姓冉，很大程度是为了逃避土司的初夜权。

不再有无人问津的土地，森林和土地都有不同的主人，穷困和欢乐在十万大山丛中如波涛汹涌。

走夜路

薄暮冥冥，一人一骑像鬼魂一样行走在田坝或山谷里。这是侯十一，他有时天黑就出门，有时半夜才出门。从区公所后面的马厩出去，无声无息地游进清凉如水的夜幕中。枣红马被黑夜熏染成黑色，人的衣服裤子鞋子黑如炭灰，它们在黑夜里如同鬼魅。侯十一不想任何人知道他在黑夜里游荡。忽快忽慢忽高忽低忽大忽小忽来忽去忽隐忽现，仿佛一会进去一会出来，看见的人说那是从坟墓钻出来正在寻找替身的孤魂野鬼，山里人深信，被它看见不死也要大病一场。为了不让它看见，看见它的人瞄一眼立即连吐三泡口水，并赶快回屋闩上门，拉过被子捂上脑袋。有事非要出门不可，从公鸡冠上取血抹在额头上脸上，还要有人结伴壮胆，边走边用火把在面前晃，以便露出狰狞的面容。不是鬼怕狰狞，是希望它把自己当成同类忽略过去。

侯十一只在有萤火虫的夜晚出去，这反而增添了神秘感。他不寻找什么也不是失眠，他不过是为了让萤火虫看见自己。萤火虫是死去的人回来寻找放不下的人，它们的生命很短，是为了看一眼就走。死后阳气太弱，光亮有限，只能一闪一闪飞来飞去勉力寻找。他希望有一只萤火虫惦记他，它应该是所有萤火虫中最亮的那只，光彩夺目，他无法忘记她像火一样烫。往哪里走他并不知道，就连她是否变成萤火虫他都不知道，信马由缰，坐在马背上，马带他去哪里就去哪里，快天亮时再拨转马头。有时他趴在马背上睡过去，感觉比睡在床上安稳。马的脑袋比他脑袋大，反而不用思考也不纠结，有时顺着母马的气味，有时循着青草的芳香，有时顺着熟悉的大路。正是这样，他和马看到过常人没看到的事物：荒野里释放着绿光的磷火，黄鼠狼圆彪彪的眼睛，花豹眼里喷射出来的冰凉火焰。他们曾经看见过燃烧的树，一棵已经死掉的白蜡树。从树脚到高高的枝头，闪烁着数百万个移动的小光点。走近了才知道这是萤火虫，数不清的雌萤火虫附着在树枝上，摆出千百种妩媚姿态，逗引从四面八方前来赴会的如意郎君。雄萤火虫飞到白蜡树前，没有直接往树枝上扑，而是落到地上，然后沿着树干打起灯笼往上爬。仿佛气喘吁吁百折不挠是它们的爱情誓言。雌雄相遇后，两盏小灯笼更亮，以此宣告它们天造地设心心相印。他们看见过浩瀚的银河，从头顶划过的流星，看见过天门打开，天街繁华如画。看见野猪在田坝里大摇大摆出入，看见岩羊在山脊跳跃，看见鹭鸶迎着月光飞翔。还看见溪水欢快流淌，前浪后浪生死轮回永不停息。

有一次在灯盏堰，半夜扎纸人纸马的扎纸匠把他认出来了。扎纸匠在一块平地里扎灵房，没点灯，明亮的月光加上娴熟的技艺，用不着点灯。立在院子里的纸人纸马把他吓了一跳。这里没有人家呀。

"半夜三更的，你这是上哪里去公干呀？"扎纸匠坐在纸宫殿后面，他没看见人，以为撞见鬼了，"下马来喝碗茶再走嘛，再忙也不忙喝茶的工夫。"

"我不不不渴。"

"喝茶又不是因为渴，哪有渴才喝。把马拴在枇杷树上吧，免得它撞坏这些纸货。"

本应拨转马头狂奔，可如果真的是鬼，再快也没它快呀。犹豫着拴好马，撩开树枝走过去，看见扎纸匠面前有堆火，燃尽的牛粪不再冒烟。悬着的心放下一半。扎纸匠一手端起煨在火边的茶罐，一手拿起茶碗："我只有一个碗，不嫌弃吧？"说着涮了两次碗。"没有板凳，直接坐地上吧，草是干净的。"茶很酽，醇香。喝了两口，悬在半空的心终于落稳。他笑着说：

"我以为遇到鬼了，吓了我一跳。"

"也有可能，这些东西都是给鬼准备的嘛，如果它们提前来验货，你完全有可能看见它们。"

"你不怕吗？"

"我怕什么？我又没惹它们。"

"真的有吗？我是说……我没亲眼见过，不知道到底有没有。"

"你害怕就有，不害怕就没有。"

"这么说就是没有。"

"也不一定。"扎纸匠压低声音，"那年，何安秀何老爷家父亲过世，请了八个扎纸匠，我也是其中之一。最厉害的扎纸匠都被请去做功德林，大家暗中较劲，八仙过海各显神通，虽然最终分不出高低，但扎出来的纸货确实漂亮，我也大开眼界。纸货是回向给死者的功德，在生时有什么死后也要有什么，一件不少。有人扎了个仙女，不光漂亮，还活灵活现，仿佛吹口气它就能跟你说话。人死后，从阳间到阴间有一段路非常黑，要靠仙女引路，否则会掉进血污河，饮血污的水不能投胎。道场要做七天，我们只用四天就把功德林做好，功德林最后一天烧，道场做完才能烧。我们提前离开，都不是闲汉，要么去别处做功德林，要么回家种地。可烧功德林的时候，那个引路的纸姑娘不见了，到处找没找到。做道场灯火通明，没有人看见它离开。打听这仙女是谁扎的，八个扎纸匠，都说不是自己，最后也不晓得是哪个扎的。人死后，要把生时穿过的衣服盖过的被子拿去烧掉。给何老爷父亲烧被子，发现纸姑娘睡在床上。别人不知道怎么回事，何安秀的母亲一看就明白。她请看见的人不要声张，同时请道士给纸姑娘做道场，请扎纸匠给它扎功德林，把它送到何老爷父亲身边。何老爷的父亲，说起来也不容易，当年做桐油和丝绸生意，吃过的苦遇见的危险，比种庄稼的人多得多。有一年川南大灾荒，他在路上看见一个姑娘，气若游丝，他救了她，得知她全家人已死，把她带回楚米，想娶她做小老婆，她呢，只要能和他在一起做牛做马都愿意。先寄养在疙篼坝亲戚家，回来商量了再去接。何老爷母亲不反对男人娶小老婆，但她嫌她年纪小又弱不禁风，不能帮家里干活，要娶就娶个有劳力的，喂牛得犁喂马得骑，喂个什么都没用的来干什么呀。何安秀的父亲没办法，让她女扮男装，和他一起做生意。她很乐意，两人那真是比翼双飞情深意长。可惜好景不长，姑娘第二年染病死在路上。躺在何老爷床上的纸姑娘，相貌和没过门的二娘分毫不差，何老爷母亲一眼就认出来，并且知道这是何老爷的父亲把它抱到床上去的。死去的人看不见死去的人，也看不着活着的人，只看得见想看的人。何老爷父亲几十年来最想见的就是这个姑娘，死后终于见到，家里人为他的死伤心，他呢，高兴得像又回到了当年，而且确实回到了当年。"

我也要死了才能见到她？侯十一暗想。

扎纸匠仿佛读懂他的心思，笑着说："生就是死死就是生，向死而生。你相信我说的吗？"侯十一不敢说认识何安秀，点头说："我相信。""何老爷父亲把纸姑娘抱到床上去，你说他是鬼还是人？""既是鬼也是人。""是呀，形状不同而已，就像这个茶罐，是泥巴做的，变成茶罐后不再是泥巴，但打碎后又只能变成泥巴。""是这个道理。"扎纸匠用竹片从火堆里拨出几颗烧熟的岩巴豆，"荒山野岭没什么吃的，只有这个，吃吧，光喝茶刮油得很。""我不想吃。""你不相信我？""我相信你，但我不吃这个。"

他怀疑扎纸匠既是人也是鬼，疑点重重，还是不吃为好。他说，谢谢你的茶，我得回去了，再不回去鸡要叫了。他这是一语双关。扎纸匠真要是鬼，对公鸡的叫声会忌惮。

侯十一觉得，倒也谈不上害怕，如果能再次遇到，他乐于听他再讲，从事和死人有关的职业的人，总是比普通人更懂得如何看待生死。

夜游最远去过羊蹬，去过狮子山去过石径乡苟麻园。但一次也没去过二台子，他和枣红马都没有想过这是为什么，没想过为什么却又下意识地回避。

有一天，副区长决定利用赶场天，当众惩罚一个走村串寨的货郎。说是郎，其实已经五十出头，日晒雨淋，面相和七十岁的老人相差无几。货郎说，政府已经失去大半壁江山，富人要倒霉，穷人要翻身。类似传言和蝗虫一样多，人心早已惶惶。副区长不过是杀一儆百，叫大家不要慌，该干什么干什么，秩序不能乱。他请侯十一到时也讲几句。侯十一以头痛为由拒绝。他怕在人多场合讲话。三区四区没有合并之前，大事小事请师爷拿主意甚至直接出面。合并以后，大凡小事让副区长做主。他知道副区长经常想让他难堪，只要他坚持老王不见面，副区长也拿他没办法。副区长让货郎站在戏台上自己掌嘴。台下看热闹的人大多从他手里买过针头线脑，听过他稀奇古怪的荤故事，经常被他逗得哈哈大笑。看着他自己掌嘴，他们又一次哈哈大笑。荤故事笑完后回想起来还想笑，货郎掌嘴笑完后心里反倒发慌，他们也传播过货郎说过的"谣言"，人人都感觉到了不可阻挡的即将变天的气息。

副区长主持完掌嘴，回到商议室，要大家说说如何处置肖长子。在他这一派人眼里，肖长子是区长的人，侯十一必须参加。所长说，当警察连自己的枪都保不住，把警察所的脸都丢尽了，这样的人坚决不能留。副区长说，关键是得把枪找回来，警察所的枪本来就不够，拿钱都不好买。其他人故意东拉西扯，两边都不想得罪。侯十一说，怎么收拾他都行，我都没意见。他觉得无所谓，政府即将倒台的消息他听到了，摧枯拉朽势不可挡。到这份上讨论法办失责警察，就像将死之人商量下一顿吃什么。但所长不这样想，肖长子打白鹤是为了送给侯十一，侯十一现在撂边是为了摆脱干系。肖长子求过他，他叫他去求练可白，肖长子不敢。

他点燃一根纸烟，没有烟瘾，不过是为了冲淡空虚造成的不良情绪。当年离开楚米，他怀着满腔悲愤和伤感，何安秀提枪追他扬言见到他影子就开枪，他不恨他也不害怕。他不恨任何一个具体的人，只恨这块土地。出生入死回来，居然找不到心爱的人半点蛛丝马迹。从何安秀家逃跑，没有方向没有目的，昏天黑地乱撞，除了一支短火和一条命，别的什么都没有。衣食住行都是抢来的，死在哪里怎么死懒得管，只知道死是迟早的事。这与其说是自暴自弃不如说是唯一的反抗。大路小路走过，深山峡谷走过。在曲靖遇到一队运棺材的人，四个苦力抬棺材，一个苦力挑皮箩。丧主是个柔弱的年轻人，面色苍白，自称姓黄，别人叫他黄少爷。他说棺材里是他父亲，死在经商途中，他要把遗体运回老家，叶落归根入土为安。经过沾益天生坝，遇到一伙人拦路收过路费。侯十一被激怒，收别人的算了，遇到扶棺奔丧的也收，简直是丧尽天良。对方也有枪，但他不怕死，早就不把烂命当回事。收过路费的人被他镇住，没敢收。通过关卡后，黄少爷问他去哪里，他说去天边。从这天起结伴而行。棺材又薄又小，但非常重，黄少爷说为了防遗体腐烂，除了放盐还放了不少石膏，石膏吸水后会变重，每过两三天就得换苦力。离开曲靖后一路向北，取道昭通奔宜宾。侯十一没有想过在哪里分手，未来的行程不知道，走过的地名记不住。黄少爷从不跟棺材一起走，远远地跟着。侯十一发现他不时一个人恸哭，那是一种难以安慰的哭法，侯十一通常调脸离开，不看不听。他把这理解成一个没经过世事、家境优渥的少爷失去父亲的悲伤。性格孤僻，一起走了这么久也不愿敞开心扉。到盐津县后，侯十一决定和他分道扬镳。晚上住在城关客栈，和平时一样，侯十一和苦力住客栈，黄少爷在客栈外独自为父亲守夜。一路走来，没有一家客栈允许他把棺材带进去，远远地停放在离客栈百步远的空地上。一张草席一块羊毛毡，或坐或卧，雾染须发一夜白头。这天半夜，黄少爷把侯十一叫起来，声称有急事要办，请侯十一帮他看守棺材。侯十一理解他的孝心，不理解他煞有介事小题大做。深更半夜，难道有人来偷尸？黄少爷说，他怕猫呀狗呀什么的爬到棺材上去，他听说，什么动物爬到棺材上，死者就会变成什么动物。扯鸡巴卵淡。侯十一很想骂他一句。猫狗可以防，蚊子飞蛾虫虫怎么防，循着尸味来的飞蛾可不是一只，而是成群结队，难道死者要同时变成几百只飞蛾？不过，他最生气的是黄少爷不信任，他答应不睡觉，好好看守。黄少爷欲言又止，侯十一不想听，把脸调向一边。黄少爷扑通一声跪下："大哥，请你一定答应我。"侯十一无意中摸到一把锥子，"叭"的一下把左手钉在棺材上，"去吧，等你回来我再拔出来。"黄少爷挑起皮笒离开。锥子是朱惜粮的，他带她回到家，她连夜给他做了一双布鞋。出征回来，只找到这个和她唯一有关的东西。锥子穿过手掌时不是很痛，随着黄少爷离开越来越疼，这疼痛就像黄少爷专门留下的，让他一个人承受。他忍受着，希望他早点回来。手掌肿胀，疼痛往手臂上跑，往右半侧身体跑。只要稍微动一下，疼痛立即传遍全身，五个指头发麻，火辣辣地痛。一动不动是不可能的，蚊子叮脸上也不敢挥手去打，最后一击不能用力。单腿站立，双腿站立，像调换两个篮子里的鸡蛋一样调换双腿。恨时间过得太慢，恨黄少爷一去不回。回到楚米后，侯十一用棺材里的钱买区长当，用它掏烂眼塘，一点也不心疼，已经痛过了。现在，他感到虚飘，无法理解其他人暴风雨似的惊慌。那天晚上黄少爷一去不回，天亮后，同行的苦力来到棺材前，见黄少爷和皮箩都不见，对钉在棺材上的侯十一既不同情也不欣赏，反而责怪他愚蠢，说黄少爷这是要赖不付工钱，跑了。几个人咒骂着离去。侯十一又等了一个时辰才拔出锥子。客栈老板带人轰赶，叫他赶快把棺材带走，要么买地埋掉，要么丢到江里去。侯十一没钱买地，拖着棺材往江边走，棺材在鹅卵石铺就的官道上蹦跳、翻滚。快到江边时散开，里面不是尸体，是银元。他带上钱一路狂奔，至今不明白其中的缘由，但知道守口如瓶的重要。一朝醒来有人叫他区长自己也不习惯。虽不曾流露出忧虑，但总不踏实。对死仍然不恐惧，但对死后如何越来越担心。

侯十一连划了十几根火柴，不是为了点烟，是为了把火柴的小脑袋擦掉，让它变成光秃秃的木棍。轻轻划，一点点把火药磨掉，非常有耐心，把盒子里所有的火柴棍磨完后心满意足。天色已晚，屋子里一个人也没有，顿时觉得置身于某个听不见枪声的战壕，白天发生过什么，见过哪些人说过哪些话，声音和形象如此遥远。他把剩下的香烟捏碎，碎成细粉。不会再抽了，不是因为戒烟，而是不想做无意义的事情。

马来撞门时，他听见院子里有小孩在唱，"穷人要翻身，富人要倒霉"。他拉开门没看见人，连人影都没看到。给马喂了点草料，把厨子温在铁锅里的饭菜拿出来，没有胃口，但出于对粮食的尊重吃得一口不剩，吃完后也不知道吃过什么。觉得自己既不是穷人也不是富人，何时倒霉，倒霉到什么份上，他觉得一点也不重要，再怎么倒霉，也不会像自己经历过的那么惨，心爱的人连骨头渣都找不到。

走到田坝里，他没像平时那样信马由缰，而是拨转马头向二台子出发。

第十一章

虎爪

梦中惊醒，老三发现自己横躺在床上。纱窗皱巴巴地垂挂，生完孩子似的疲惫不堪。不过，最令他吃惊的是他看见一个人，像雕像一样一动不动。但他没立即起床，而是闭上眼睛继续睡，很快梦见自己将一辆车从教室似的车库开出，来到坑洼泥泞的村道上，把车抱出竹林，来到沙石路上，像骑扫帚一样骑上一根棍子，钥匙插进棍子头，棍子匀速抖动着向前飞奔，双脚居然可以离地，他很高兴。发现身后有人鬼鬼祟祟似要打劫，先发制人，抢起棍子和这人开战，突然发现他是比自己小得多的孩子，不是要抢劫，而是要送他一枚鸡蛋，没接住，鸡蛋摔碎。在梦中的年纪是二十四岁。醒来后仍怅然若失，仿佛吃掉那个鸡蛋就能回到二十多岁。

酒店房间的格局，是从一个会客厅进入四个房间，既是套房又不是套房。乡镇上似是而非的东西不少，房间很大，陈设很简单。昨晚窗纱饱满，是他没关房间门。其他房间住的是大哥二哥他们，像住在家里一样。回来时已是下半夜，怕关门声音影响他们，任其敞开。现在已是正午。头昏脑涨身体笨拙，他侧身看见那人戴了个青布遮脖帽，他怀疑自己在转生殿，如果这就是转生殿，那么转生时不是喝孟婆汤，而是头昏脑涨。他没理那个人，去卫生间洗漱。自己在旅社而不是转生殿，关于这点心知肚明，联想到生死，是因为那顶帽子让他感到讨厌，那顶帽子和日本兵戴过的很像。洗漱时给二妹发微信，问他们在哪里。洗漱好回到房间，特地朝会客厅看了一眼，空空荡荡，哪有什么人。二妹来电话，冯老师正带他们参观楚米小学。这所小学已成立一百多年，由光绪年间一个举人创办。"冯老师说他来接你。"他不想去，却回答说好的。二妹说，他们不能再待了，准备明天离开，今晚上回请冯老师一家。昨晚上老四已经在电话里说，他无论如何要留下来，母亲的灵牌没安放好，他决不回去。和租赁公司联系，租赁公司同意就地还车，但费用贵得惊人。他们想到一个好点子，雇两个司机把车开回去，比就地还车便宜得多。老四在电话里第一次像学生一样谦虚，"三哥，我听你的，你叫我做什么我做什么"。为了这句话，他将老四几十年来对他的冷漠和误解一笔勾销，想起他小时候的调皮捣蛋和拿起书就瞌睡的可笑模样，他为自己的坏脾气感到惭愧。老四不喜欢他，最主要原因正是他对他的严格要求，要他好好读书，而他宁愿干脏活重活也不愿读书，他对读书的痛恨和歪理邪说曾让他大发雷霆。他在笔记本上记下醒来后的感受，老四的变化不是出于他这几天的努力，而是他对母亲深深的怀念。他则越来越感到，以前根本不理解母亲，也没想过去理解，仿佛她作为他们的母亲不可能有其他生活。现在，系在灵牌上的魂让他着迷，并因此喜欢优美的景色和隐藏在大山深处的神秘。

会客厅茶几上摆着他收藏的定码石。他记得昨晚扛进来后放在地上，以免硌坏茶几，现在却像供奉神物一样靠着电视机。刚才不会是它显灵吧？虽然电视里面也有一块，这不过是镜子似的显示屏的窥物癖好。看房间时，二妹指出房间里连电视机都没有，房价应该打折。老板娘说，房间里不能放电视机，是因为房间里不能放镜子，镜子照见人睡觉不好。哪里不好她不知道，反正他们这一方没人在房间里放镜子。好吧，他想，你真有灵气我更愿意把你带回家。

这时房门推开，来人拿着两听啤酒和一顶帽子。喜气地坐到木沙发上，像进自己房间一样随便。他把其中一听递给老三，老三说早上不能喝酒。他哈哈笑，这哪里是酒，这是含了点酒精的水，喝了解渴，再说现在是中午不是早上。

"我在给人家捡瓦，八百块钱一面水，两面水加厢房两千，这个活路可以做，哈哈。听说有人在打听我祖祖，我从房子上梭了下来，中午的太阳晒人，遭尿不住。"

他的普通话像用啤酒煮饺子，好不好吃不重要，得有囫囵吞枣的自信。

"我觉得我们可能有关系，像亲戚但又不是亲戚。"这句更难说，像咬胶条一样咬出来。"我不是要和哪个攀亲戚，我们本来就不是亲戚。"他看了看定码石，"这个人我认识。大集体的时候，伙同另外一个人偷抽水机里的柴油，到一个煤矿劳教，后来转成正式工人，反倒搞好屎了。"

老三点了点头，让他继续说。

"我要说的是我爷爷。那年，我在杨家湾烧石灰，爷爷带信来，叫我马上回去。用丫丫柴烧石灰，才烧两天，要烧三天才行，虽然我们有四个人，但我不能走，我一走，有可能累死搬丫丫柴的弟兄伙。当时我还没从二台子搬走，我在石灰窑挨了一个晚上，天刚亮就往家跑。浑身发烫，像被烧伤的大猴子。那时候年轻，要是现在，怕倒在地上就起不来。我记得很清楚，到家是农村早饭熟的时候。爷爷躺在床上，叫我关上门，不许别的人在场。他把一个东西交给我，告诉我，二天（将来）有人来二台子，把这个东西还给他。说完，他轻松地笑了笑。那是我见过最轻松的笑。他是笑着走的，那东西捆绑了他一辈子，终于解脱了。再不放下，怕是过不了奈何桥。我没来得及问他，会是什么人来二台子。我慢慢猜，一定是远方人，近处用不着呀。"

"什么东西？"

"听我慢慢说嘛。我爷爷这辈子过得太苦了。"他眼里噙满泪水，"那几年，有人高兴，有人害怕，我爷爷和所有人都不同，不怕批斗会，怕见人。见到任何人都怕。能不出门就不出门，非出门不可，只走没有人那条路。本来往西，不得不往东，比正常多走几倍路程。多走路还不是最苦的，最苦的是绕了半天没绕过去，前面还是人。后来，不准各干各的，必须一起干活，他没法再遇到人就回避。如果是薅草，他以最快的速度往前薅，把其他人远远甩在后面。其他人巴心不得，边薅边聊天，下巴撑在锄把上，一聊就是半天，集体活路嘛，都是磨洋工哄鬼子的干活。开始那几年，爷爷想把那个东西藏到自己找不到的地方，你说得行不嘛，根本不可能，白天藏起，晚上掏出来看。全家都知道他有一个东西，但是都不知道是什么东西。谁要是想看，一定会被日映（咒骂），连问都不能问。尤其是我可怜的奶奶，为这个东西没少怄气。大集体结束那年，他四十多近五十，不再管别人笑不笑，用个包包装起，干活走亲戚都背在身上。我以为他死后要同它一起埋掉，他却把它交给了我。"

老三嫌他太啰唆，不想听，被他看出来后笑了笑："我不知道你是不是我爷爷说的那个人，所以我预先不能告诉你，要你看了才晓得。"

"请问你贵姓？"

"姓韩。"

老三不动声色，他已意识到，面前这个人确实是他要找的人。鸟老太告诉他，她隐约听说过，他母亲和韩先生家有关系。

"你爷爷是不是韩先生？"

"不是呀，"他像水牛笑尿一样笑起来，"韩先生是我爷爷的爷爷，爷爷的爷爷是个道士先生，有名得很。"

冯老师这时已到楼下，打电话叫他下去。他叫他上来，最新线索必须和他分享。冯老师认得这个中年人，粗看六十老者，其实还不到五十，记得这么准，是他上学时爱吃黄豆爱放屁。那个臭呀，像侵略者施放毒气。他的同学给他取了个绰号"毒气弹"。他笑了笑，赞叹冯老师记性好，他听一个卖打药的说养生，要多吃黄豆，少吃瓜子，吃瓜子吐瓜子皮会吐掉阳气，吃黄豆闭嘴嚼闭嘴咽，阳气往肚子里吞，"哪个晓得哟，这气不从嘴巴出就从下面出，根本包不住"。"哈哈，你娃不错，从小就知道养生。"老三把"毒气弹"的话简述给冯老师听，他也觉得此事重要。老三给大姐和二妹打电话，叫他们不要急于回去，有新情况。

"毒气弹"的家在杨家湾。别人出去打工，他哪里也不想去，把家搬到这里是为了烧砖烧瓦，他喜欢大火将土坯烧红烧透，土坯厚达四尺八，在大火的猛攻之下变红变透，"火能让石头变白，让泥土变红"。只烧了两年不准取土，只好改种苦丁茶、养蜜，蜂蜜里有苦丁茶花的香味。采茶叶割茶枝这些活他不喜欢，转给别人，去找一些别人不喜欢的事来做，砌灶，嫁接果树，阉猪阉牛，扫圈（用法术驱除猪瘟）。他最得意的手艺是安胎神，请来胎神，让怀孕的女人把孩子生在最佳时日，可现在没人找他，人家生孩子上医院，不要他这个只会安胎神不会接生的人帮忙。

老四和二妹、大姐听说老三找到重要线索，租车赶来。"毒气弹"为这么多人围着他转兴奋不已。大姐将梨膏糖分一半带来，另一半决定给冯老师。那一大沓钱，还没想到怎么送出去。

公路一会儿上一会儿下，往坡上走时，几个北方人觉得要走到天上去，往下行驶，让他们感到失重般的坠落。经过一条又陡又窄绕来绕去的水泥路后，山坳两边的悬崖仿佛正向他们压来，"毒气弹"却高兴地宣称：到了。

这是一个被茂密森林围绕的山寨，只有"毒气弹"一家。他女人正在用竹扫帚打蜻蜓和黄蜂，它们喜欢吃蜜蜂。蜻蜓飞在空中轻飘飘，速度也不快，蜜蜂却不是它对手，一旦被它用细铁丝般的脚爪抱住，飞在空中就会被它吃掉。"毒气弹"吩咐老婆赶快烧水泡茶，他自己忙着摆桌子凳子。老三不敢催他。众人都坐好后，他把那个神秘的东西捧了出来。

相当于两个并排烟盒大小厚薄的牛皮盒子，背带也是牛皮。"毒气弹"强调，这是爷爷自己做的。他无声地笑着，把里面的东西拿出来。外面是一块蜡染的青布，里面是一块发黄的手帕。最里面的东西平放在小方桌上，是一个虎爪。毛色刚硬焦黄，或许是干缩了，比成人手掌略小。是从脚掌上剥下来而不是砍下来，因此只有锋利的爪子，没有掌骨。

老三和他的兄弟姐妹除了好奇，没别的感受。直到老四在手帕一角发现一个"關"字。兄弟姐妹的头碰在一起，蚕豆大小的"關"字把他们震住了，定在蜜蜂的嗡嗡声中一言不发，连心跳也被止住。或者说，他们成了被蜻蜓捉住的小蜜蜂，思维和身体不能动弹。小字用白色丝线缝在发黄的白布上，不容易发现，加上时间久远发皱跑纱，老四顶在指头上才认出来。他不认识这个字，三哥看了告诉他是"关"字繁体。万分惊喜被他们熟悉的情爱观减去八千分，十足神秘感被手帕的陈旧减去八足。尤其是大姐，她为父亲抱不平。仿佛母亲没嫁给父亲前应该像玻璃一样干净透明，否则就是不忠。二妹则意识到，母亲一生对父亲不冷不热的原因就在这里，父母和自己一样，几乎从来没有过爱情，她为父母感到难过，也为自己感到难过。"關"字已衍化为不安、神经官能症、迷惘和对她们平淡人生的打击。老四还没领略到这张手帕意味着什么，向"毒气弹"打听蜂蜜多少钱一斤。老三恼火他不合时宜，一脸严肃地问"毒气弹"，爷爷去世时说过什么没有。

"说过什么，我都告诉你了呀。"

"那你听说过什么没有呢，比如他年轻时候。"

"听说过，说他年轻时和一个姑娘好，没好成，好像是人家不同意。不过，这事大家都知道，他们知道的比我更多。"

"爷爷去世多久了？"

"我算算……二十三年了。那年我在杨家湾，就是对面那座山上烧石灰。六月二十八，有人带信叫我回去。我第二天早上才回到家，他把这个东西交给我，叫我还给来要它的人。我还记得他的表情，很高兴我这个长孙及时赶回来。他和我父亲关系不怎么好……"

老三打断他："你知道这虎爪是谁给他的吗？"

"我哪里知道，要知道早还给他了呀。"

虎爪已被核桃橘子瓜子芝麻饼和泡在塑料杯里的苦丁茶格格不入地围在中间，没有人去动零食也没人端茶。"毒气弹"热情地介绍苦丁茶的好处，作用堪比仙丹，看不懂客人情绪似的没心没肺。永恒而又深邃的蓝天无动于衷，竹篱墙上慈悲的花朵也不能给他们任何提示，蜜蜂勤劳的嗡嗡声显得无比冷漠。"毒气弹"的女人也不爱说话，这个家的话承包给了"毒气弹"一个人。

老三拿起虎爪，像要从中找到另外一个字似的看了又看，字是没有的，他只看到了老虎弯曲利爪的温柔和毛发的刚硬。手帕也认真看了看，也没找到别的字。

老四和"毒气弹"聊天，两人岁数相近，只相差七个月，以此为契机越聊越开心。老四突然想起一件事，那年，他买了两个呼啦圈送回家，准备给二妹一个，给当时的老婆一个。进屋后看见母亲一个人坐在椅子上哭，他吓了一跳，轻轻叫了声娘。母亲看见他后笑了笑，问他吃饭没有。他问她哭什么，她说，谁哭了？"我明明看见她在哭，她却不承认，我一直觉得很奇怪。"他认真回忆得出结论，母亲不知道为什么哭那天，正是"毒气弹"的爷爷去世那天。"原来我娘真是这个地方的人。"

老三看到虎爪的瞬间就已肯定这只虎爪和母亲有关，他曾听她无意中提起，何时何地却怎么也想不起来。大姐和二妹则强调她们从来没听说过。兄妹四人一致认为这不重要，重要的是怎么办，母亲的灵牌又不可能供在虎爪上。老三说回镇上去商量，现在就走，虎爪仍然留在这里，等他搞清楚它和母亲的关系再说。"毒气弹"急得跳了起来："不吃饭就走？朝廷召你去当驸马也没这么急呀，冯老师你说，这要是传出去，我这也太没面子了呀。"

拜　师

走进韩先生的院子，上下寅时交替，连鸡鸭都没醒来。看家狗被惊醒后很不乐意，突然冲到侯十一面前，作势要咬。侯十一侧步跳开，垂直向下一拳打在狗背上。要不是韩先生的狗，这一拳可打断它的脊梁。只用了三分力，打掉狗的怒气。狗不会复仇，但会害怕。迂回跳到阶沿上，耸着肩狂吠，客人如果执意上前，它将不惜决一死战。韩先生出声："行了，回你的窝去。"连说两遍，看家狗的脖子软下来，像发表结束语一样又叫了几声才离开。韩先生起得早，丑时与寅时交更即起。有人说他起这么早是为了夜观天象，其实是年纪大了睡不着。千病万病，老了才是病。一上岁数，就像和醒神签了约，只允许他睡两个时辰，时间一到非把人喊醒不可。坐在躺椅上却又总是打盹，似睡非睡，想着的人和事越久远，身体越轻。侯十一把马拴在橙子树上，走到韩先生面前，跪下，瓮声瓮气地说：

"我要拜你为师。"

"你要学什么？"

"学走阴。"

"喊，学这些没用的东西做什么。"

在二台子，没有一个人相信人死后彻底消失。在他们看来，一个人死了，死掉的不过是躯体，就像冰块变成了水，水变成气，形象消失了，本性永远不灭。气变成云，云变成雨和雪花，落到地上又变成水或者冰。人亦如是，这在他们不是相信，而是亲眼目睹亲身经历。为了做到来世再生为人，他们在即将死去的人嘴里放上九片雀舌。

每年春天，阳雀开叫之前，二台子人将采下的茶叶制好放在神龛上，以备家里有人突然离去。阳雀叫声一旦在山上响起，采回来的茶叶就失去了灵性。他们把这种茶叶叫雀舌。后来有人把明前茶通通叫作雀舌，还以此为招牌满天下推销，把二台子的传统一下搅乱，羞于说雀舌两个字，改叫亡魂茶。二台子人因此对死亡没有太多难受和悲伤，某人死了，他们说他熟了。犹如果实和庄稼，熟透了代表这一生结束，躯壳没有了，种子还在。每一个人都有一颗不灭的种子。但只有一颗，没有多余的。正因为如此，才没有人敢把坏事做绝，也不敢胡吃海喝把保管种子的资粮耗尽。

落气时嘴里含了亡魂茶的人，走到奈何桥上，不会因为口渴去喝孟婆的忘魂汤。不喝忘魂汤，那些再来人世的人就会记得前世的事情。不是所有的人再生都可以来二台子，有人会去天堂享福，有人会去变鬼吓人，有人会沦落为畜生，有人会当飞禽走兽，说不清楚要过多少世才能重新见到二台子。要想知道前世今生，只有请人走阴，亲自到阴间去走一遭。

"先生，对别人有用的东西对自己也许无用，对别人无用的对自己也许有用，有用无用，全看对什么人，不是看所学的东西。"

这话出乎韩先生预料，一怔之后坐直。

侯十一也不管韩先生是否答应，连叩了三个头，说："我去准备拜师礼。"马蹄踢打在石头上的声音，就像他已经得救。

韩先生躺下去，继续打盹。他刚才做了一个梦，师父问他白瓷碗在哪里，他说在家里，可以马上找出来给师父看，还没找到，被看家狗的叫声打断。

寅时不开光，卯时亮堂堂。天灰蒙蒙的，韩先生一激灵坐起来，恨不得现在就去问练可白，白瓷碗在哪里。有多少次想问他没去问，是以免引起练可白不快，对他不放心。交给他保管时，觉得二台子没有比他更可靠的人，交给他后却总是担心，他是不是收藏得好好的。强迫自己重新躺下，听着看家狗喉咙一连串的咕咕声，身体沉重，把躺椅压得吱嘎响。

那年，他去恭水看望师父，那时还没安排他春糯米。陈老大刚死不久，韩先生向师父请教，喊魂时遇到星座、月夜、雨夜、黑夜、雪夜有何不同。他专指的是为死人喊魂。葬后三日天黑后，由道士率孝子喊魂，以期亡人魂魄归来，嘱托其债务和企盼之事，以便孝子为其了断。师父说没什么区别，魂魄不怕冷不怕热不怕雨不怕黑，唯一怕强光，它不再有样子，既不再有人的样子也不是其他东西的样子，有时像一股风，有时像一个影子，有时什么也没有，阴悄悄来阴悄悄去，活人觉察不到，狗和公鸡才能觉察得到。生死相望，对在世时的记忆每想一次消耗一次，直至什么也记不得，对死后所见所闻却越来越痴劲。不过，对在生的事情也不是完全能消化变成鬼屁，有时会像打摆子一样出来夺一下。陈老大家鸡蛋卡死的孙子，师父走阴时发现，孙子前生在县衙当差，嘴特别碎，包不住话，和他关系要好的师爷正好相反，经常告诫他祸从口出，县太爷不喜欢听的话绝对不能说，实在忍不住宁愿说假话也不可说真话。两人相继过世，嘴碎的这个投胎到陈老大家，师爷挑剔，一直没找到好的去处。这孩子出生后老是哭，陈家贴过多次"天黄地绿，小儿夜哭，君子念过，睡到日出"，没什么用，仍然惊夜。他哭的是前生没敢说出来的话。师爷的魂魄为了寻找好的去处满世界流窜，听见他无所顾忌的哭声，钻进母鸡肚子，把那个蛋塞进他嘴里。那是一个软蛋，老朋友本意不是要他死，只是请他闭嘴，魂魄和在世的人不一样，做事不知道后果，只顾及眼前。被鸡蛋卡死后再来人世，不敢说出来的话再也记不得，彻底遗忘。

想起师父孤清模样，韩先生始终内疚，觉得没尽到应尽的责任。其他师兄弟觉得只有他一个人得到师父真传，这本是天分不同，但他们不会责怪天分，而是责怪师父偏心。和师兄弟们越来越生分，而几个徒弟的悟性和他们的师叔师伯差不了多少，这让他感到孤单甚至有点难堪。他对师父传给他的白瓷碗无比珍惜，正是源于这种落寞和寂寥。韩先生并不因此就喜欢待在家里。他特别不喜欢鸡，尤其是母鸡。可老伴和儿媳非养不可，她们对母鸡下蛋的赞叹远超过其他家畜下崽。家里人起床之前，韩先生走到屋后。眼里的景物像镜子里的影像，见而未见，脑子里阴阳交替因果轮回似已勘破却总是功亏一篑。不再像年轻时一样对风水感兴趣，他站在竹林里，不想任何人看见他。

他想好了，带孙子一起去，以给喉咙不好的老伴买梨膏糖为由，不经意间问问练可白，白瓷碗是不是还在。倒不是为了死后有饭碗吃饭，而是担心没有这个碗，到了阴间找不到师父。白瓷碗是信物是通行证。看家狗和孙子来到他面前，"公，你在哪里呀，我到处找都找不到。吃饭啦"。孙子脆生生的叫声让他浑身舒服、发麻。他摸了摸他的头，眼里突然盈满泪水，仿佛读到千里之外送来的家信。

吃早饭时，一个年轻人来找韩先生去给他出主意。年轻人来自石坎乡，他两岁的儿子去年生病发烧，灌他药不吃，却说起让全家人震惊的话。他指着爷爷说："以前你打我，现在轮到我来打你。"他说他前世是家里那头牛，爷爷耕地时打得太凶。而他之所以变牛，曾是爷爷的父亲，死后舍不得离开这个家。可当时这家没女人怀孕，只有一头母牛刚怀上崽，他只好变成一头牛，没料到转世为牛后儿子不认识老子，抽打起来下得了手，特别是老了拖不动犁，经常被打得皮开肉绽。当牛死后再次投生这个家，不再是舍不得，而是心怀怨恨。家里以为他退烧后不再胡说，没想到这一年来他越说越多，全都对得上。做父亲那一世，临死前借过别人一支打纸钱的圆凿没还，果然在厢房杂物堆里找到。有些事说不得，说出来后他这个做父亲的没脸见人，"过都过去的事，忘记为好，没必要再说。人家放了雀舌才记得住前世的事，他没有放也记得住，真是无法"。

韩先生老伴忍不住问："他为什么没放？"

年轻人说："他前世是牛呀。这头牛特别温顺，老了没舍得杀了吃肉，卖给楚米来的牛贩子。"

韩先生不接他的话，热情地请他上桌一起吃饭。年轻人说他吃过了。"吃过了也可以再吃呀，上一坎吃一碗，上一坡吃一锅。""韩先生，你太仁义了，你们一家人都仁义。不过，我想知道有没有办法让他忘记前生的事？你不告诉我，饭吃到嘴都落不到肚子里去。"韩先生说："有办法，先吃饭，雷公不打吃饭人，碰到了不要客气。"韩先生告诉他，唯一的办法是用红鲤鱼熬汤给他喝，逢五逢十喝，连喝三个月。"先生能不能帮忙念下经、作下法？""放心吧，我会的。"

年轻人感激不尽，告辞后在二台子买了一只母鸡给韩先生送来。韩先生没给他好脸色：

"抱这个来干什么呀？怎么能抱这个来呀，快给我抱走。"

"我我我……我不能什么也不给呀。"

"快抱走，不抱走你的事我可不管了。"

年轻人以为母鸡会破坏韩先生法术，带着理解和敬佩离去，韩先生的老伴在厨房嘀咕："不晓得哪股筋胀，送上门的东西都不要。"韩先生进来要开水，正好听见，气得发抖，下巴上不多的几根胡须突然一下变长了："做人能不讲仁义吗？""人讲仁义，母鸡不用讲仁义呀。""想要人家母鸡，算什么仁义。"

韩先生生闷气，没心情去逗留堡，把法铃、铙钹、引磬、铜鼓拿出来，用丝瓜瓢擦掉铜绿。擦下的铜绿装一个小瓷杯里，可治疗梅毒。有没有效果不知道，反正每隔几年，会有从大地方来的人专程来二台子讨要。道士先生的道行越高，铜绿的效果越好。刚把这些法器擦亮收好，侯十一撞进院子。把马拴在橙子树上，取下包袱，韩先生的孙子好奇地看着他，他给他一块干壳饼，叫他去把爷爷奶奶叫来。韩先生从屋里出来，侯十一说：

"师父，你和师母坐好，我好给你们磕头。"

"哎呀，哪个答应你了？"

"刚刚答应的呀。"

"刚刚？"

"我说师父，请你和师母坐好，我好给你们磕头，你说哎呀。哎呀，你这不是答应了吗？"

很少露出笑容的韩先生被逗笑了。

"平生第一次遇到有你这么拜师的。好，今天收下你这个关门弟子。"

韩先生和老伴坐在堂屋椅子上，侯十一磕头，奉上礼物。有给师父师母做衣服的布料，师父师母一人一双皮鞋，一封黄糖，一盒糕点，银元封在红纸里。师父多一顶皮帽。拜完师父师母，还要拜道教三清：玉清元始天尊、上清灵宝天尊、太清道德天尊。一炁流行，三尊应化。涵光默默，不言而运行四时。正色空空，无极而化生三界。

韩先生心情大好，太阳偏西，走到逗留堡有可能天黑，还是决定马上就去。他甚至想，说不定把碗拿回来，交给新收的徒弟保管更可靠。他看出来了，这个徒弟只学走阴，别的一概不学，但他比之前的徒弟更虔诚，其他人拜他为师，主要是想学个手艺赚钱，这种手艺最大的问题是不可能天天做，碰到了才做，但怎么也比种地松活。同时还可得到比其他匠人稍高一点的尊重，算半个文化人。侯十一学走阴不一定用来赚钱，也不会给别人走阴，他想自己到阴间看看，只为自己走阴。韩先生的师父当初撵龙脉也不为自己，龙穴不是每个人都有福报享受，命薄者住穷山恶水反而延年益寿。师父被龙脉的神秘所吸引，置终身残疾于不顾，这让韩先生感慨，并且深信只有这样的师父才是有真本事的师父。侯十一问他能不能陪师父一起去，韩先生说："要去可以，不过你得给人家道歉，我知道白鹤不是你杀的，但我听说他是为了送给你。"侯十一说："好，我给他道歉。从现在起，师父叫我做什么，我就做什么。""白鹤代表长寿，杀死一只白鹤，这地方的人就要少活一岁。""也包括师父吗？""当然包括。还包括你，包括他父母，他自己。""肖长子这个狗日的，他欠大了，看他怎么还？"

孙子在前，侯十一在后，韩先生走中间。孙子蹦蹦跳跳，韩先生仍然是标志性碎步快走，侯十一大步慢走。有人远远看见，说他们像走在戏台上，一看就知道谁是谁。

"师父，去阴间的路远吗？"

"不远也不近，不好用世间的远近来比拟。"

"去阴间有门吗？"

"有，无形无象，只为死人和走阴的人打开。活着的人每天都从前门过，看不见这道门罢了。"

"是因为阳气太重吗？"

"不是，是时候未到。时候一到自然现前。"

"一进去就是阴间？"

"有时一进去就是，有时要经过很长一条甬道。"

"有光吗？我是说需要打亮吗？"

"没有光，靠自己心光照亮。"

"像做梦一样？"

"像做梦，但完全不同。梦里的事情醒来就忘，即使不忘过一阵也忘。走阴看到的东西一辈子也忘不了。"

"能看见所有死去的人，还是只能看见一部分？"

"投胎转世的看不见，正在投胎的才能看见。"

"人死后好久投胎？"

"这不一定，根据各人的命数，有的几天，有的几年、几十年，几百年的都有。不过那里的时间和我们不一样，说几天几年也不准确。"

"我们常说世间上，世上，可我觉得世间有很多，并不是我们看到的才是世间。"

"你可以这样去想，我们并不存在于某个世上，因为我们所见所闻都是假象，是一种暂时、一种方便。打个比方，吃叶子烟时，看见烟冒出来，这烟在这之前就应该在，只不过不是我们看见的样子，否则没有来源。火把烟点燃不过是把它请出来。它从烟杆上消失了不见了，其实并非不见，变成我们看不见的东西罢了。"

侯十一想到朱惜粮："师父，可不可以这样说？我们出门时，看见天上有一块云，非常好看，现在不见了，不知去向，其实它并没有消失，而是变成我们看不见的东西。如果变成雨，落到地上，从水井流出来，或者被庄稼吸收，我们喝掉吃掉，然后漏掉，再变成气变成水。所以看似消失，其实根本不存在消失或不消失。"

韩先生停下碎步："我也这样想。"他觉得应该另外准备一只碗，以便传给侯十一。对别的徒弟，他从来没有这种想法。

当他郑重地把侯十一介绍给练可白，就像练可白不认识这人似的不冷不热。韩先生说："练管家，天有眼，地有眼，人人都有一双眼；天也翻，地也翻，贫者一万留八千，富者一万留二三。你晓得这是哪个说的不，是刘伯温啦，说的就是现在，马上要现了。你我看不到，我这关门弟子能看到。"练可白说："你说得倒明不白的，我听不懂。"韩先生笑了笑，"我们的生活习惯，是无论炒什么菜都放一点辣椒，谁要是不放辣椒放狗屎，谁也不会吃这种菜。可如果放狗屎的人不光是厨子，还可以提走我们肩上这个砂罐，你就不得不捏着鼻子吃下去"。练可白问："要是宁愿不要砂罐也不吃呢？"韩先生说："刘伯温已经说过了。"

练可白请客人在院子里喝茶，这时从屋后蹿出一只鹅，个头很大，一摇一跛地走来，速度极快，谁也没有在意。鹅离侯十一越来越近，离他还有两步远时，仰起的头和脖子降下来，脖子和头一下拉直，如林冲的勾魂枪，变换之快迅雷不及掩耳。刹那间，除了嘴前后一样粗，鹅毛紧紧裹在脖子上，身体则像发射炮弹的炮座，把全身每根筋的力量输送到脖子和脖子上的羽毛，一道雪白的亮光贴地一闪，"砰"的一声。侯十一大叫一声，不是痛，是被吓了一大跳。鹅嘴戳中侯十一的小腿，和棍子打上去的声音一样，力量之大出人意料。疼痛紧随而来，他感觉到流血了，想掀开裤子察看，鹅不给他时间，就像复仇者不用解释，只知道顽强地袭击仇人。这次张开翅膀，没有飞起来，只做展翅欲飞状，两腿踮起，瞄准侯十一的脑袋。这次响声有点怪，既像"空"的一声，又像"嘣"的一声。脑袋对痛的反应比腿快，侯十一再次大叫一声，脚上的痛和脑袋上的痛上蹿下跳，痛得他"啊啊啊"单腿直跳。练可白挥手赶鹅，鹅绕过他，去啄侯十一的眼睛。练可白的女人正在煮饭，她女儿正在整理新收集的羽毛，听见异样的叫声后，纷纷从屋子里跑出来，加上韩先生和孙儿，大家一起赶鹅，还形成一个弧形将侯十一与鹅分开。鹅不以为意，摇晃着身躯，见缝插针不依不饶大有不把侯十一啄死决不罢休的架势。有一次从韩先生胯下将头伸出去，韩先生下意识地夹紧双腿，但鹅比他更快，戳中侯十一后头和脖子贴面缩回，韩先生空膝头相碰哭笑不得。它还会声东击西，脖子一弯从练可白腋下钻过去，练可白又是拍打又是抬腿，它一闪身绕到另外一边，去戳侯十一的屁股。它的脑袋虽然小，但它的灵魂镶嵌在里面，不像人，虽然觉得自己有灵魂，却从来不知道藏于何处。练可白觉得行了，可以了，不能太过分，虽然他也不喜欢这个人，但不得不一边轰赶一边呵斥。鹅不听劝告，又啄了侯十一一下。练可白手提板凳，犹豫着要不要一板凳打死它算了。女主人看出这一点后假装轰赶同时防备练可白真将板凳打出来。鹅这时大声叫唤，似在说你们不要管，不关你们的事，请不要拦着我。它这一叫把憋在身体里的气放跑不少，动作顿时迟缓下来，力气也小了许多，只剩下继续攻击的毅力。韩先生说侯十一，你走吧你先走，它这么恨你，一定是有原因的，你快离开这里。练可白过意不去，真心留侯十一吃饭，一边道歉一边将板凳换成吓唬老鹰的响槁，用响槁打鹅不至于把它打死。侯十一一瘸一拐地从菜园中间走出去，既尴尬又难过，他不恨鹅，但讨厌它没完没了，感觉孤苦伶仃，被抛弃，还有羞愧和丢人现眼，就像当年回到家找不到朱惜粮一丝一毫痕迹那样。凭着蛮勇，他不可能打不过一只鹅，但即使把这只鹅宰掉，也无法去除作为仇恨对象所遭受的嘲弄。韩先生让孙子陪他回去，孙子不想去，做客明明有好吃的，他已经闻到腊肉的香味，练可白给他一块梨膏糖，小家伙带着吃亏的心情追上去，用一根棍子推着侯十一，表面上是在帮他，其实是狡猾地表达他的不满。

侯十一越过余梁河，鹅不再叫唤，嘴壳上翅膀上都有血。女主人抹着眼泪进屋做饭。

"这样也好。"重新坐下后，韩先生喝了一口有鹅毛气味的茶，对练可白说，"至少可以让他明白，走阴是和看得见看不见的前世今生众生打交道，别说一只鹅，就连一只蚂蚁也有其因缘和劫数。"

"早知道，我应该把这只鹅关起来。"练可白说，"不过，关起这只鹅，啄他的也许是另外一只公鸡，或者那只拖儿带崽的母鸡。"

"是呀，有这种可能。"

"他的脾气比以前好多了。打完仗回来那年，张家院子一条狗咬他，没咬着，不过是替主人打下响声，他哪管这些，像生毛货一样扑过去，狗要是不跑，被咬的反倒有可能是狗。狗往山上跑，他往山上追，追了几山几岔才停下来。从那以后，二台子的狗见到他都害怕。"

"他呀，以前就是个孽障。有一次他看见一只野兔，悄悄走过去，凑近兔子耳朵突然大叫一声，兔子吓得一蹦三尺高，摔下去四脚朝天。不过，人是可以改变的，要不然就不是人嘛。要一个人改变，最好的办法是读书，其次是做手艺，这两样都做不到，多出去走走，古人说读万卷书，不如行万里路。"

"现在他既然是你徒弟，但愿他好好悔过，从此变成一个好人。今天要不是遇到这一出，我其实想问他，晓不晓得肖长子杀死过一只白鹤，是为他杀的。家里养的鸡鸭可以吃，猫和狗不可以吃。山上的野物那么多，野羊野兔可以吃，猴子不可以吃。白鹤既不是野物，也不是家养，是神物。神物他们也敢吃，难道不怕遭天诛。"

"怕的人会很害怕，不怕的什么也不怕。福祸无门，唯人自招。"

"你听说了吗？说富人要倒霉，穷人要翻身。"

"我听说了。"

"要倒霉的人的祸都是自己招来的吗？"

"是啊。但不一定是这一世招来的，人有好多世说不清楚，这世为人，上一世不一定，有可能是畜生，有可能是野兽。是为人时招来的，还是为兽时招来的，没人知道，总之有一世已经埋下祸根，无论他这一世做多少好事，都是躲不过的，因果不昧嘛。不同的是他现世招的福多，他可以不用怕，就像有钱人遇到意外，他比一般人有本钱，解决起来可以沉着一点，方便一点。这个话里的穷人，不是说现在那些没钱的人，说的是生生世世招福比招祸多的人。每一根草，因为藏在种子里的因缘，加上今生遇到的雨水和泥巴才能长成一棵草。狗是这样，猫是这样，人也是这样。"

"那么，刚才鹅啄他，我就不应该拦，更不应该日映它，这是他们之间的因缘，我不应该多管闲事。我要是打了鹅，反倒是我和它结下恶缘。"

"鹅不能打，它啄人也要拦，看到人打架都要劝架，何况畜生啄人。不劝是无缘，劝是结善缘。看到了也不劝，来世变没手没脚的动物，比如蛇或者鱼。"

"说起来，我差点和你这徒弟结上一辈子解不开的恶缘。关祖潜家有棵青梅，你应该见过。那年，他大概十来岁，梅子还没熟就去摘，我吼他，嘴哪里这么馋，他说，不是我嘴馋，我替你尝熟了没有，我日映他，他拖来一根竹竿，把树上的果子和树叶都打下来。我看见后气不过，捡起一块石头朝他打过去，拳头那么大一块石头呀，打在他脑壳上，打不死也要打憨，幸好从耳边擦过去，当时觉得打死就打死了，无所谓，后来越想越害怕，现在看他活得好好的，我心头的石头总算落地，要不然，临死怕都会想着他。韩先生，吃饭啦。"

用一根白鹤羽毛扫着下巴的女儿在门口喊韩伯伯，喊爹吃饭，声音脆得像雨点打在新瓦上。

第
十
二
章

鸟
老
太

"毒气弹"把鸟老太接来。鸟老太
不能坐车，坐两分钟都会晕车。晕车会
要她的命，不仅呕吐，马路、房子、床
还在她眼里移来移去，要三天才能停下
来。"毒气弹"挑了一对矮肩箩筐，一
头放石头，另一头放鸟老太。她坐在小
板凳上，害羞地抓着筐沿。她不是为坐
在箩筐里害羞，是为不能自己走那么远
感到害羞。见到老四，鸟老太如梦方醒
似的说，像，像，太像了，像关配。老
三把手机里的照片调出来，鸟老太问这
是哪个。老三说这是我娘，这是她八十
岁后的照片，年轻时的没在手机上。鸟
老太撇撇嘴，我不认识这个人，她不是

关配。老三不想就此纠缠，上了年纪的人有权前后矛盾。他只希望在她衰退的记忆中灵光一闪，供出更多的秘密。

"你说我兄弟像我娘，他们哪里像？"

"我不晓得，我只晓得越看越像。"

他让她看装虎爪的皮盒子，问她是否见过。她说，这是烟盒。"谁的烟盒？""我不晓得呀。"她突然笑了笑，说那个叫烟盒的人死了好多年，现在他儿子都六十出头。在二台子，烟盒用来笑骂长相好看但没用的人。老三把虎爪抽出来。鸟老太说这是大猫爪子，但同样不知道它的来路。一条菜花蛇从绿篱下经过，被"毒气弹"一把提起，足有一米长，在空中绝望地弹跳，很快精疲力尽，垂成一条直线。"哈哈，你们运气太好了，龙凤鸡呀。我总觉得差了点什么，原来是你老先生。感谢你自动送上门。"二妹和大姐耳语，进家的蛇不能打，有可能是去世的长辈回家探亲。没看到手帕上那个"關"字还好，要杀要剐不关她们的事。"關"字让她们震惊，母亲从来没离她们这么近过，她们把老三拉到一边，叫他给主人家求个情，请他放掉菜花蛇。老三没说这是先人，他告诉"毒气弹"，大姐和二妹不吃蛇，放进去连汤都不敢喝。"毒气弹"连连摇头，没口福，你们没口福。对捡回一条命的菜花蛇说，长先生，算你运气好。二妹和大姐松了口气，这个多花又多刺、被绿色植物彻底覆盖的小山村让她们感到惊奇，同时还有小小的恐怖。两山之间只有这一户人家，让她们有种非人间的惶恐。所有人都闭上嘴巴，以金龟子为首的昆虫怪诞的叫声就会海浪般传来，对生人进行驱赶，它们不喜欢陌生气息。

当鸟老太自顾自没完没了地说起与母亲无关的事情时，老三有种想叫她闭嘴甚至一巴掌打过去的冲动，虽然他知道，鸟老太那个孝顺儿子要揍他比揍一只猫还轻松。更糟糕的是一旦叫她闭嘴，他期望的东西也将从她脑子里烟消云散。为了启发鸟老太，她讲什么他都做出感兴趣的表情，并且打破砂锅问到底。要从陈古八十年的记忆里找出自己想要的东西，没有耐性不行。

"我爹买了一匹马，我两个哥哥都骑它，我也要骑，他们把我扶上去，我还没抓稳它就一阵乱跳，哈哈，它像颠勺一样两头翘，把我摔出去好远，还啃我后脑勺。我爹打了我一顿才给我包伤口。伤疤现在都还在，没长过头发。"

"你爹不准女孩骑马？"

"不是哟，我爹买的马，不是买来骑，是买来驮东西，他冒火是马那么累，我还要骑它。他驮完东西后再累都不骑马，和马一起走路。"

"你哥哥也骑了呀。"

"是呀，我运气不好，他们骑的时候他没看见，我一上马就被他看见了。"

"你恨他吗？"

"恨哪样恨，他都去世五十年了。我爹脾气不好，他死了我才知道，不是一直都不好，是太穷了。穷得揭不开锅的人家，哪有什么好脾气哟。他十三岁就当家，没过过一天好日子。"

鸟老太眼里噙满泪水，自己似乎并不知道。遥远地笑着，笑容里没有丝毫难过。

"毒气弹"把桌子上的东西收开，摆上碗筷。炖鸡端上来后一人盛了碗汤。汤的鲜味让人叹为观止。鸟老太没动，说，我张起嘴巴吃白食，不好意思哟。"毒气弹"生气似的大声说，你老哪能这么说，平时请都请不来，快喝吧，趁热。鸟老太还是不动，等"毒气弹"的女人来了再喝。"毒气弹"告诉她，她在屋里喝过了，鸟老太才端起啜了一小口。放下碗后东张西望，就像会有人责怪她似的。

从鸡汤好喝到为什么不多养点土鸡来卖，再到属鸡好还是属狗好。鸟老太说，属什么都有一缺呢，鼠无牙，牛无齿，虎无颈，兔无唇，龙无耳，蛇无足，马无胆，羊无瞳，猴无腮，鸡无肾，狗无味，猪无寿。

二妹惊喜地说，她听母亲说过，忘得精光，老太太一说，比听母亲说起更精彩。这几天，她比离开家时心情好，儿子已经看出父亲对她的冷淡，有天晚上在街边宵夜，母子俩第一次像朋友一样敞开心扉。他劝她放手，"不幸福的原因很多，最糟糕的是即便找到了原因也没用。就像这盘菜，盐太咸，我们有办法让它变淡，但是味道，肯定不如另外炒一盘好吃"。"这不丢人，处理不好自己的感情生活才丢人。""我认为他是个好父亲，但不一定是个好丈夫。"她则鼓励他看上喜欢的女孩放胆去追，他笑着说："妈，这方面年轻一代比老一代强多了，你不用给我上辅导课。"

除了炖土鸡，"毒气弹"的女人还凉拌了一盘笋子，一盘炝炒柴胡，一盘干豆豉炒腊肉。最让"毒气弹"得意的是油炸水蜻蜓，冯老师说这是从水里捞出来的蜻蜓幼虫，高蛋白，要招待贵客才舍得拿出来。客人不敢吃，两位女客连看都不想看，"毒气弹"悻悻地叫老婆撤走，不悦地笑着说："这不吃那不吃，怕是要成仙，我看。"为了照顾只有两颗座牙的鸟老太，专门蒸了一钵芙蓉蛋，其他人也可以吃，分量足够多。大姐尝了一口，和她吃过的芙蓉蛋大不相同，另外几个尝了尝，也感觉不一样。有种奇特的香味。请教后得知，"毒气弹"的女人用猪油将陈放了两年的霉豆腐蒸化成羹，鸡蛋打散后舀两勺进去，蒸熟后再放半勺，然后撒上葱花和煳辣椒。主食有米饭和玉米饭，玉米是白玉米，比黄玉米松软，浇上一勺芙蓉蛋，让人欲罢不能。

鸟老太出人意料地能喝，饭菜吃得少，酒却喝了大半杯。当老三劝她少喝点时，她听明白后自信地说："我把握得住。"她说年轻时不喝，四十岁开始，每天都要喝一点。冯老师感慨，人一生吃多少喝多少有定数，看来是真的。她喝酒像喝水一样，三口就喝完，不要人敬，也不用下酒菜。脸色越来越红润，话越来越多，吐字也比喝酒前清晰。二妹和大姐偷笑，没想到酒能还魂。

"有个聪明人叫赵巧，他的师父是鲁班。鲁班用沉香木和犀牛角做了两个漂亮的灯台，叫赵巧给龙王送去。龙王嫁女，这是鲁班的礼物。鲁班叮嘱赵巧，沉香木灯台送龙王，犀牛角灯台要拿回来。赵巧拿着灯台来到水晶宫，看到房子、楼台全都在闪光，不是黄金就是白玉。走到里面，看见黄罗伞两侧站立紫袍玉带文臣，银盔铁甲武士。有人问赵巧水晶宫如何，好不好耍。赵巧说好耍，比人间好耍。问他愿不愿意留在这里。他说不行啊，还有高堂老母。玩耍了三天，看过仙女跳舞，好吃好喝，问他愿不愿留下来，他仍然说有高堂老母。送礼物时，他发现沉香木很香，香气入脾，犀牛角什么味道也没有。心想水晶宫这么多宝贝，龙王不会在乎到底要哪个。他不晓得，犀牛角能避水，拿着它，水朝两边分，可以从海底走出来。他拿的是沉香木，一出水晶宫就被淹死了。他老母很后悔，不应该给他取这个名字，赵巧不巧，反生烦恼。"

老三想把她的思路拉到现实中来，问她当地最好吃的有哪些。鸟老太随口就答：喻家桥喻家霉豆腐，风门垭但家松花蛋，李家湾李家桃片糕，逗留堡的梨膏糖。几兄妹已知道逗留堡和母亲的关系，听鸟老太这么说，很高兴很自豪。这是一南一北两个小村庄唯一的联系。他们顿时觉得鸟老太比刚才可爱、亲切。她叫老三把照片再给她看看，她看了又看，张着没牙的嘴哭起来。没有眼泪，她比有眼泪的人更悲伤。

"关配，你老得我都认不出来了哟。"

她回忆起和她一起偷青，"她呀，年纪比我大，胆子比我小。我晓得，人家是大户人家小姐，识文断字，不像我飞叉叉的一字不识。我三孃在关配家对面的山坡上，三孃家很穷，但我们都喜欢去她家拜年，因为她喜欢我们。我们要在她家耍到正月十六才回家。关配家的房子是石头，其他人家全是木头。第一次去她家，我害怕石头倒下来砸到我。石头房子没有窗子，进去像摸黑一样，看不见人，只感觉到前面一团热烘烘的东西。关配比我胖，比我白，比我好看，但我一点也不忌恨她，她叫我吃核桃，吃瓜子，吃芝麻饼。他们家连核桃都不一样，一个是一个，不像我们这些，圆的瘪的，黑黢疤孔，什么都有。他们家每个人都有一把牙刷，黄黄的，关配说是象牙，在这之前我没见过牙刷，也不知道人要刷牙。吃饭也讲究，我们只有用土巴碗，他们家全是细瓷碗"。

如果是别人家的故事，他们会感到不耐烦，说的是自己的母亲，他们听得津津有味。

"我碰巧在他们家看过唱花灯，幺妹和唐二好耍得很。我爹舍不得钱，从不接灯。我也知道他没钱，但心里总是难过，怪他抠门。我们过年没放过鞭炮，没烧过一张纸钱。正月初一到十五，吃的是萝卜炖猪脑壳。一头猪养两年都养不大，只喂猪草不喂粮食，连糠都没有，叫它怎么长嘛。关配家的猪又大又肥，他们家没人打猪草，喂菜脚叶和苞谷面。没有菜脚叶，喂苞谷面和米糠。对了，我想起来了，你们刚才叫我看的虎爪我看到过，是关配她爹的，后爹。怎么到这里来了呀。"

"毒气弹"说："是我爷爷的，我爷爷装在皮盒子里，整天背在身上，你应该看到过嘛。"

"我是看到过，可我一直以为他背的是烟盒，不晓得里面是虎爪。你爷爷日鼓鼓的一个人，哪个都不敢和他说话，我也不敢。屋上坎下几十年，没说过十句话。"鸟老太像从梦中惊醒一样，"我的老天爷，一定是关配送给他的，关配，你们的娘，和他爷爷开过亲。不知道什么原因没有成亲，也不知道关配去了哪里。"

四兄妹顿时明白，母亲为什么要把灵牌送回来。但他们既然没成亲，按理说没必要送回来。如果一开始就知道原委，说不定不会回来，没这个必要啊。"毒气弹"很高兴，是嘛，我总感觉我们有可能是亲戚，还真是差点成为亲戚。老四辩解，有你不会有我们，有我们不会有你。两个人的话都经不起推敲，但听见的人都明白他们的意思，一点也没错，确实是这样。

鸟老太说，你们好好摆龙门阵，我要回家啦，关配，真是想不到哦，你还能回来。这么多年，你去了哪里哟。鸟老太抹着眼泪。眼泪不多，抹在瘦小的巴掌上很快干掉。"你今晚上到我梦里来哈，来我们好好摆下龙门阵。"

打火碗

当年改造围墙运石头的牛车，每走一步都像要散架。逗留堡的粮仓围墙曾用余梁河粗大鹅卵石建造，每块石头都像不听招呼的脑袋，有机会就想挣脱墙体的束缚。搬来前垮了好几处，剩下的摇摇欲坠。练可白拆掉围墙，将石头运到地里垒堡坎，在梨树林里码路。拆围墙还有一个原因，自己现在是小户人家，用不着用石头将自己围起来。

车轮很笨重，由一棵大枫树截面修圆，外面钉了一层生牛皮。车轮每转一圈，都会咕嘎响一声，像在难过地呻吟。牛车上躺着一副杉木棺材，练可白为了减轻载重没敢坐车。给车打油时，从里面取出一只干枯的小老鼠。马路由关祖潜的祖父出资修造，三尺宽，只能容一架牛车慢行。狭窄的路面铺着就地开采的青石板，年深日久，有的石板不知去向，留下一个土坑。仍然紧扣在路面上的石板泛着幽光，走在路上的人可以看见自己模糊的面孔，尤其是铺薄霜的早晨。

石板路像一根肠子，外界信息被这根肠子消化后，变成二台子人听得懂的语言，帮助他们完成了对外界的构想，他们则通过石板路把微薄的土特产推销出去，顽强地活着。至于他们的所思所想，从来没传出去过。

练可白迈碎步走在牛车后面，眼睛只看牛背和牛车上的棺材，即使有人叫他也不答应。走碎步不是为了向韩先生学习，是因为牛走得太慢，人又不能暂停，暂停后难免东张西望。他没意识到碎步是韩先生专属，否则立马改过来。有人把他当成韩先生，问他最近哪天适宜砌灶。练可白谁也不理，他在想死后的事。他觉得死后一定比现在厉害，上天入地无所不能。韩先生曾经要为他好好选块地，让他埋定码石，被他拒绝，现在并不后悔。觉得这是二台子人活得太苦，寄希望于来世。他相信有来世，但提前谋划没用，要是有用，就不应该有人觉得日子难熬。有一个单身汉，十八岁时给自己埋了一块定码石，三十一岁时砍柴落进深不见底的天坑。几年后，耕地的人耕到他埋定码石的地方，无论怎么鞭打，牛就是不耕曾经过定码石的高粱地，一到附近就绕道走。人们坚信，这头牛一定是单身汉转世。练可白则进一步想，既然没有埋到他自己选定的地方都能转世，埋在哪里又有什么区别，尸骨在深不见底的天坑变成泥，并不能限制魂魄的自由行走。

现在，练可白决定死在肖长子家。除了棺材，他还带了一根绳子。

韩先生问他要白瓷碗，练可白惊出一身冷汗，搬家时觉得逗留堡的房子只能挡风，不能挡强盗，不如放在原处不动，反正又没人知道。他没敢告诉韩先生被他放在老屋，而是说改天给他送来。当天晚上，他潜回早已易主的老屋，掀开臭烘烘的棉被，打开暗柜，里面只有耗子屎和耗子从铺床的稻草里叼来的瘪谷，白瓷碗不翼而飞。明知不可能在别的地方，还是打翻天地不抱希望地寻找，他找到的只有古老尘埃的邪味和心有不甘的死老鼠。三次打开暗柜，不是不相信自己的眼睛，而是希望自己看错。精疲力竭之后他也没在床上睡觉，别人睡过的床他感觉不舒服。

这间屋子不但脏，还因从不打扫像坟墓，冷浸得仿佛能挤出水来。老屋卖给侯十一之初，练可白来给侯十一看屋，就在这间客房睡觉，后来不再看，是肖长子和他侄子两片两爹睡。两片两爹睡的次数最多。两片两爹想女人时，自己动手，将精虫喷射在被子上，这被子交给他们后没见过水和太阳，像长了癣斑的牛皮。练可白据此判断，两片两爹不会拿白瓷碗。第二天径直去找肖长子，肖长子被警察所开除后万念俱灰，没有一样看得惯，老母亲炒菜不放盐他都甩筷子砸碗。盐在二台子比肉还贵，家家缺盐，他不管，不高兴就掀桌子踢板凳。练可白找他要白瓷碗，如同癞子找到擦痒处，既舒服又兴奋，夺枪之恨，撤职之痛，全都涌上心头，并认为全都是练可白造成的，他咒骂、威胁、耍横、斗狠，像一个混球爆炸，弹片狂飞。

"问我要白瓷碗，我拿了又怎么样，难道你敢把我卵咬下来。"他越过练可白的头顶，用火枪瞄准一只松鼠。

夕阳西下，晒蔫的野花野草抬起头来，到处闪烁着嫩汪汪、蓬勃生长的绿叶。翠绿的藤蔓像蛇一样蜷曲、延伸，探索着露水和春光。哪怕被车辙碾碎的草，也能在很短的时间里举起被碾烂的叶片，不管不顾地竭尽全力生长，不愿错过春天的分分秒秒。

马路上的土坑让练可白吃尽了苦头，车轮一旦歪进去，他就用肩膀顶，牛拼命拽，人和牛都要费尽老力才能拉出来。后来干脆抱着一块石板走在前面，预先填在土坑里，牛拉着车过来，他小心翼翼地招呼："来哇，过来哇，慢慢过来哇。"牛车经过土坑，他又是歪抬肩膀，又是打手势，嘴不由自主地朝土坑的另一方歪斜。这么走了半天，全然忘记了生和死的问题，想的是什么时候二台子有楚米镇那种又宽又平的大马路就好了。抱石板抱累了，把它放在牛车上，看到土坑立即让牛停下来。石头放到牛车上时感到过意不去。牛是他昨天买的，专门买来拉棺材，或者说为了一死才买这头牛。如果用于耕地，完全可以借，二台子愿意借牛给他的人当然不少。和死放在一起不同，不能让人家觉得晦气。

走走停停，牛啃草也不追赶。天黑尽了，牛也累了，离肖长子家还有两里路。这是像蛇一样弯曲的小路，不但窄，有一段还像上楼一样陡。事先没想到这个难题，凭他一个人，不可能把棺材扛到肖长子家去。他把避免滑动垫棺材的干谷草拿出来，给牛当夜食。将死之人不便到人家去借宿，他也不打算去。他喝几口井水，钻进硬邦邦的棺材，准备好好睡一觉再说。刚躺下去，他想到应该把鞋子脱了，只有死人才穿着鞋子睡觉，"我还没死"。"死了就没这么多麻烦了。"他想。当他用关节突出、没有血色、骨头变轻变干的手撑住棺材躺下去时，又动了几下胳膊，他知道今天晚上肯定睡不着。

"睡不着就不睡。""嗨呀，我可没见过这么多星宿，它们这么亮。""应该好好看看，死了就看不见了。""站起和坐起看差不多，睡起看大不一样。""要是有根长竹竿，一扫落下来一大片。""又不是金子。""六十三年了，不晓得它们看过我没有，怕是一眼也没看过哦，你练可白算个什么人，人家看你做什么呀"

他觉得眼力不够好，看不到最远处的星星。如果真有一颗星星属于自己，他觉得一定是最遥远最不起眼的那个。他看见过星星从天上掉下来，但从不知道那个即将死去的人是谁。一种空虚的孤独感紧紧地包围着他，他把双手交叉放在胸脯上，闻到了杉木的香味，他喜欢这种香味。这种香味一直都有，但此时才注意到。自己那颗星星又远又小，落下来时一定悄无声息，他希望它落在自己面前，他想看看它的长相，他想看看自己前世今生的秘密。

看上去非常透明的夜空，实际弥漫着轻雾，它们像发奖一样给每片叶子发一粒露珠，同时把练可白的衣服濡湿，它们把他当成一片叶子。蛙声稀疏了，叫累了，蟋蟀不知道生命短暂似的，仍然吱吱吱地叫个不停。

他闭一会儿眼睛，然后睁开看着繁星似锦的夜空，看着头顶上飘浮着的投下透明阴影的白云。眼睛睁开时，像个小娃娃一样好奇。闭上眼睛，则像已经死去一样。这时他听到平时听不到的声音，闻到平时没闻过的气味。这不是死亡气息和声响，恰恰是人间的生机勃勃。

"到了那边，我也记得今天晚上的样子。"他喃喃自语。

昨天，他全副武装，在梨树林里待到天亮。虎爪、白扇子、白衣服白裤子白鞋子。在家里穿还是第一次，在家里只穿干活的粗布衣服。每次全副武装走在大路上，沿途的狗和猪都会停止哼叫，像穷人闻到富人的酒嗝一样手足无措。它们从没见过老虎，但闻到虎爪的气味后，古老的恐惧一下就被唤醒。也许不是什么气味，而是虎爪发出的看不见的光。

虎爪与成人手掌差不多大小，没有掌骨，只有虎皮和利爪。扇子也不常见，本地扇子是用嫩棕叶或黄篾片编就的。这是一把白绢团扇。团扇很轻，只有女人或戏台上的人才用。山区这边的人倒也不稀奇，他们对类似的象征向来不细究，除非女里女气得障眼。穷苦人家，男女衣服不时混穿，看着只会心生恻隐。

他在树林里坐到半夜，不时唉声叹气。这是一棵被风吹倒后横着生长的大树，练可白常将一条树枝作靠背，这是他的专座，坐在上面和白鹤说话。在别处不能说的话，在白鹤面前可以毫无保留。

"我明天去死，不死对不起韩先生。"他对离得最近的一只白鹤说，"我没有别的办法，有别的办法都不会这么做。"

"咯咯，咯咯。"白鹤无言以对。

"我不怕死，怕的是说话不算话。"

白鹤飞到近旁，好奇地打量虎爪和团扇。

"是呀，是呀，我也不知道这些东西应该托付给谁。"

练可白摩挲着虎爪上的硬毛，"爷爷说如果不是向成高反水，他不可能娶缪观音，不娶缪观音，就没有我父亲，没有我父亲，就不会有我。计长远督率一万多人向偏刀水扑来，说是像蚂蚁一样，一个含一口，都可以把偏刀水含走。缪观音和向成高守偏刀水，只有四千人。但是有田应武、何继述在外围，他们和缪观音一起内外夹击，眼看就要把计长远的人马一锅端，哪晓得计长远买通了向成高。向成高打开城门反水时，缪观音还在指挥部下向清江营李璠开炮。只要把李璠的清军营干掉，计长远必定惨败。缪观音叫人把将军炮架在银杏树上，一炮能把核桃大的石子轰出去半箩筐。向成高一反水，缪观音的大炮就没用了，装填火药都来不及，既要对付前面的李璠，又要对付背后的向成高。那个惨哪，城墙上血肉横飞，大刀和梭标杀出的伤口像成片开放的马缨花，有大的有小的，砍断血管飙起的鲜血唑唑响。缪观音亲自上阵，手臂上被砍了一刀。爷爷不管三七二十一，扛起缪观音就跑，跑到氽水洞才放下来。田应武、何继述死在偏刀水。爷爷和缪观音的残部退到脑壳山，后又退到葫芦溪。缪观音三十七岁，比爷爷大二十岁，他们在葫芦溪成了亲。爷爷又想又不好意思，缪观音说，都什么时候了，还扭扭捏捏的。头领李顺奎、李顺启也来到葫芦溪。他们过了一年多清静日子，他们抓紧时间，让跟随的女人都怀上身孕。当时已经不能分清谁是谁的女人，一个月没怀上，就得让别的人来。他们知道号军气数已尽，必须留下骨血。他们的预计没有错，提督蒋玉龙已经增加了川、楚、湘人马，他们要将葫芦溪彻底消灭。号军把银子、粮食、武器分三个地方藏好，把怀了身孕的女人送出去。我爹才两个月，爷爷抱着他躲到大河边石灰窑。爷爷说他愿意和缪观音死在一起，被缪观音揍了一顿。爷爷抱着我爹，哭哭啼啼地离开了。半个月后，葫芦溪成了杀人场，死了一万多人，号军从此彻底失败。据说逃脱了一些，他们有的去了四川、湖北，隐姓埋名后，有的参加了红灯教，有的成了同志军。团扇是缪观音的，虎爪是头领李顺奎的。爷爷说，他参加号军不是为了和谁作对，而是为了尊严。他曾在老虎沟挖朱砂，矿主为了谨防矿工偷砂，收工后把矿主提供的衣服脱光，同时还要检查口腔和肛门，太侮辱人了。缪观音和李顺奎把团扇和虎爪交给爷爷，是因为爷爷是他们的亲人，他离开前，李顺奎收他为义子"。

"咯咯，咯咯。"白鹤早就听过，耳朵小没起老茧。

"这两件东西代表了两样东西，它们代表白号军的武器和银子，它们藏在不同的地方。武器估计没用了，那时的大炮，那时的刀枪，过了这么多年，估计早就生锈了。只有银子还有用，银子不会生锈，只会在表面长一层霜，把霜擦掉，还会像当年一样发光。我想说的是，只要有人来接头，只要说对了暗号，我就会马上交给他。银子还在，虎爪还在，敌人不在，世事难料啊。"

一只站在高处的白鹤落下来，站在他面前，重复练可白的话："咯、咯。……敌人没有了，敌人没有了……"

二台子没人知道练可白的秘密。爷爷带着父亲东躲西藏，听说皇帝被掀下龙椅，既吃惊又激动，哈哈大笑着倒地而亡。父母对外面的世界既害怕又厌恶，哪里也不想去，宁愿继续当野人。置办山货的关爷把练可白带到二台子，教他做买卖，成人后充当管家。爷爷送给关爷一枚印章：一诺堂。梨木雕刻，笔画粗大、拙笨。爷爷说这是号军掌控的店铺。关爷在货物外包上盖"一诺堂"三个字。从贩卖山货到成为二台子财东，这三个字功不可没。印章送给关爷之前，爷爷用它在练可白的额头上印下这三个字，父母看见后嘻嘻笑，他却哭了一场，认为爷爷拿他耍笑。现在，他才知道这是多么严肃的事情，一诺千金。

练可白赶着牛车离开逗留堡，白鹤不时飞到马路上去看他。他一夜白头后散发出来的气息让它们深感不安。他对此感到宽慰，它们是他的孩子，把这看成是对他的支持。士可杀不可辱，这是他唯一记得的爷爷说过的原话。即将天亮时，他觉得还有一件事没有交代。搬到逗留堡后，他和女人各睡一屋，他仍然把她当女主人，当关祖潜的女人，她对此不无怨言，可他无法打破心头苦涩，总觉得对不起关祖潜。决定到肖长子家一死，他让她带着女儿去娘家，多住几天。娘家不但远，还要经过野兽出没的大山，他雇了两架滑竿。女儿很高兴，带着收集好的羽毛，要在外婆指导下为爹做棉衣。想到女儿，他的眼泪滚了下来。自己亲生的，孝心亦不过如此。鸡叫第二遍，他牵着牛去托人，请他把牛送回逗留堡，还要写封信，叫女人把牛卖了，加上他藏在夹墙里的钱，给女儿作嫁妆。如果棉衣做好，让他穿着上路。最重要的，是要告诉韩先生，他食言了，对不起他。

草上挂满露水，牛见到就啃，只要是草，不管好孬，它都想吃。牛啃青草的声音很有力,很清脆,绿色的汁液不停地从它的嘴角流出来。"在孟婆那里,你硬是选得好哦。"他羡慕地说。孟婆是专管转世的,她那里有各种各样的脸壳,要戴什么样的脸壳自己选,选好戴到头上就再也取不下来了。喝完孟婆的忘魂汤,前世所做的一切就再也记不得了,就只能按照自己选的脸壳转世当人当马当禽当兽。平常日子,是人都会告诫自己不要选错,一定要选人脸。心死如灰,宁愿选人之外的任何脸壳,当畜生比当人好。

为了让牛好好吃一顿,他还钻进树林摘旱地芦苇。牛把带锯齿的旱芦苇卷进嘴巴,嚼得嚓嚓响,在他看来,这等于人在吃大鱼大肉。

"吃饱没有哇,应该吃饱了哈。"

他替牛回答,牵着牛去找熟人。绕过长满荆棘和柏树的石灰岩山,熟人家的狗老远就如此这般叫起来。

其他狗听见,也在这时一个不落地叫起来,人们知道练可白寻死的消息后互相高声大气打听,略带恐慌的声音让狗误以为有看不见的东西入侵,它们带着疑惑与恐慌向看不见的东西喊叫,惊惶的眼睛越是什么也看不见越是惊惶。

肖长子在狗的叫唤中知道练可白要死在他家,他说:"吓我的哟?来就来嘛,死了我两锄头挖个坑埋了就是。"继而觉得不可能这么简单,他真要死在自己家,会给全家带来麻烦,死人可以埋,晦气看不见摸不着。出于习惯,他和人说话时背着火枪,深信火枪避邪。当他得知练可白带着棺材,更是觉得寻死不过是借口,目的是故意把晦气带到他家来。

"这个老狗日的，心肠这么歹毒。"

当他走到大路上，看见棺材正对着他家，顿时暴跳如雷。他身体里本来就有只老虎，平时拦住不让它出来，现在不但不拦，还要在它屁股上抽打一鞭。老虎咆哮着，抱来一堆柴草塞在棺材下面，点燃后把周边能找到的枯枝败叶搜来加到火中。棺材燃起来后，他朝棺材开了一枪，将棺材枪毙。这才骑上自己双腿，去山上打猎。自知理亏逃离现场。

烟火引来察看究竟的人。"老天爷，怎么在这里烧木头呀？是哪个的呀？好像还是新的呀。"

他们避讳直呼棺材，叫它木头。把真正的木头叫原木、棒棒、枋子、板子、柱头、桷子。

他们原本打算救火，看见棺材烧裂，火苗从裂口一绺绺像漂亮的绸缎一样飘出来，只好作罢。棺材既被他们呼着木头，也被尊称为老房子，无论是下过葬的，还是新的，都从没烧过，只能在土里慢慢烂掉。这让他们感到莫名的恐惧，一阵刺心的忧郁涌上心头。

练可白办好交接，像一只白鹤一样飞到天上，从天上看着自己。他惊奇地发现有两个练可白，身体的重量被抛诸脑后，一个踽踽而行，一个心静如水，没有憎恶，没有害怕，没有担忧。转过石灰岩山来到大路上，远远看见白烟和模糊的人影，他已明白一半。爬到石灰岩山上，他完全明白了。他决定避开他们，以免和他们见面后束手无策。为此，他多走了好几里路，庆幸没被一个人看见。

当一只白鹤从头顶飞过，他一下觉得自己不是为了死给谁看，不是为了给韩先生一个交代，更不是为了把肖长子拿走的白瓷碗逼出来。这些事和所有的事加起来微不足道。什么才是最重要的，他不知道，只感到一种难以言喻的喜悦，他不知道喜悦来自何处，只知道前所未有。脑子里什么也没有，不需要有，只要好好享受奇异的喜悦就行。如果有人看见他笑意盈盈的表情，一定会大吃一惊。这不是去死，而是进入天堂。

走到肖长子家，生与死的交集同时降临，一下变得迟钝起来，走进院子，就像这院子不是农家小院，而是一个无遮无拦的地方。正午的太阳把他的影子缩成一团，并且就踩在他的脚下。他突然感觉这是他的灵魂。一会儿我吊上去，它就可以离我而去。他想。它再也不会吃苦了，也没人能够侮辱它。他想。阳光下的黑瓦房很安静，瓦片被太阳晒烫后膨胀，互相碰撞发出的轻微的咔咔声都能听到。"至少应该有人出来招呼一声。"他想。但肖家院子里和屋子里一个人也没有。他抬头看看堂屋大门枋。一路走来，他都在想，要吊就吊在他家堂屋大门上。到了院子里才觉得不妥。这是人家祭祖供神的地方。要不得。又看了看二门，挑梁太高了上不去。牛绳已经被他捏出汗来。这条棕绳，是他亲自割棕纺织、扒丝、捻棕线、合股，是一条漂亮的棕绳。看到院子边上有一棵橙子树，橙子树横出一股树枝，碗口粗，是这棵树最大的一股树枝，仿佛是专门为他来上吊准备的。他松口气，甚至有几分高兴。青绿的橙子已经有拳头般大小了。"今年你们吃不成这些橙子了。"

他想。"对不住了。"他想。

首先得把棕绳搭在横生出的树枝上。天气这么热，死了尸体会很快变臭。他遗憾地想。棕绳的一头有瓶盖大的绳扣，他想利用多出的这么点重量把绳头甩过树枝，然后再拉下来，但几次都被茂密的枝叶弹了回来。每抛一下都不得法，不爽不快的。他本不想用肖家任何东西。没经过主人的允许，动别人家一下扫帚都是不行的。这是他的信条。又试了几下绳头都不肯就范。汗水密密麻麻地布满了额头，浸进眼睛，辣乎乎的。"我就不信。"他喃喃道。再上不去，人家怕说我是故意的呢。他想。他休息了一会儿，仍然安静，甚至比刚才更安静。"我本来不想这样的，可他拿走韩先生的白瓷碗不说，还烧了我的木头，我哪还有脸活在世上。"他的眼泪滚了出来，胸腔剧烈起伏。"用一下他家板凳吧，这也不算丢脸哪。"屋檐下有一条长板凳。先用它挂绳子，吊上去后再把板凳踢倒。刚才搬了块石头，计划吊上去后脚不站在石头上。在明亮的阳光中，他深呼吸了两口气，然后把屋檐下的凳子搬了过来。影子歪在他脚下，搬着板凳从院子里走过去时，像个小土堆一样跟着它。板凳放好，他没站上去，而是在绳头上拴了块石头，这比站在板凳上更容易搭好绳子。终于准备好，他把脖子挂在绳子上后看了一眼黑瓦房，踢板凳时不是很顺利，但最后还是踢倒了。再也看不见黑瓦房了，只能看见蓝色的天空，一丝云也没有。

刹那间，他明白喜悦的来处：生即是死，死即是生，生死无别。

脖子很疼，下身发麻，气管被勒住的瞬间，脑子里一片混乱。原以为很从容很简单，最让他难堪的是一难受就怕起来，对死亡前所未有地害怕起来。他想极力制止住害怕。但身心不再受他控制。在所有的感受中，最大的感受是解脱。

肖长子的母亲在菜园子割猪草，听到板凳倒地的声音，钻出来一看，立即吓得叫唤起来。为了贴补粮食不足，菜园不但种了豇豆，还种苞谷，豇豆藤缠在苞谷秆上，被饱含汁液的叶片包围，青绿色的味道浓重，站在里面会让人发昏。老太婆将变老的豇豆叶摘来喂猪，每动一下都会把苞谷叶碰得哗啦响，以至练可白走进院子都没听到。

她连忙扶起板凳，站上去把绳子割断。她个子矮，慌乱中从板凳上摔下来。这时一声枪响，练可白像粮袋一样落到地上。

开枪的是侯十一。他把练可白平放在地上，脱下衣服垫住后脑勺。另一只手揉着被绳子勒红的脖子，练可白连连咳嗽。

老太婆呼天抢地的喊声，把在家的老人和小孩都招来。这些老人又把在远处干农活的人招来。没人谴责练可白，也没人谴责肖长子，他们被半死不活的人吓得说不出话来。生死有别，一口气上不来就再也回不到人间。流泪、叹息、咒骂、埋怨通通没用。

肖长子的父母先是浑身发软，看到练可白没有死，又生起气来，责怪练可白没道理，天下那么宽，哪里死不得，非要跑到他家来死。他们的话被其他人冷漠的表情推开，才知道此时此刻，说这样的话要得。练可白不能说话，他的脖子还没恢复。不用他开口，有人说出了他在这里上吊的缘由。肖长子的父母不知道什么白瓷碗，把碗橱里的碗都抱出来，天真地问是这个吗，那个吗。侯十一把这些碗抛到天上，一枪一个打碎。围观者眯眼弹琴心里打鼓，不敢出声阻止。肖长子的父亲伤心地笑着说，打得好，打火碗打火碗。

韩先生赶来，责骂侯十一"烧包"："你吓唬两个老人干什么呀，走路都一跛一跛走不稳的人，又是乡里乡亲的，哪里用得着动刀动枪。"转身向其他人拱手："诸位老人家，我师父当年把这个碗给我，是为了让我记住做人要有分寸，要留有余地。我发誓要一辈子用它，不用别的碗，活着的时候用它，死了用它打火碗，到阴间也用它。不是什么金碗银碗。师父的话我早记住了，现在即使到了阴间，也用不着这个碗来提醒，肖长子喜欢这个碗，就让他留着吧，如果他知道这个碗的用意是做事有分寸，他天天抱着它也没冤枉他对它的喜欢。"再转向侯十一："你呀，在楚米你是区长，在二台子，大家只晓得你叫侯十一，今后回二台子，把这腔壳收起来吧，有话好好说，用不着叫它替你长威风。"

侯十一有点沮丧有点尴尬还有点不服气，师父一句话打消了他所有的不良情绪，韩先生悄悄告诉他，阳是实，阴是虚，实是拿得起，虚是放得下，只有放得下的人才能走阴，不能生气，也不对看到的东西在意。从现在起，你要把你看到的当成做梦，梦中出现的人或许还没出生，或者已经死去，出现在梦里不过是因为他们和你有缘，把走阴时看到的当真，他们显现的才是真。

第十三章

跌跌撞撞

　　还在世的人哪里知道背后的事情，还是我来说吧，一吐为快是我多年的心愿。那年腊月初九，他们家来第三回人情，请我父母拿话，确定好办酒日期。爹说，不必那么繁琐，拿话、递红单、开庚、送期单可简便完成。他十六岁，我十八岁，爹说一出正月就可办婚事。每天都在发生大事，爹忧心忡忡又不敢说破。有的前天还好好的，住在自己的房间里，一夜之间，房子成了别人的房子。这还不是最惨的，最惨的是平时有头有脸的人，哪里也不准去，如果被请去吃花生米，家里人不准哭也不准做法事，只能用席子卷回来悄悄埋掉。

即使是被咒骂该死的人,死去时也让人害怕甚至同情。大鼻子老烟,提起他名字没有不害怕的,他呀天大的过恶事都敢做,既不相信报应,也无所谓残忍。他们在王胡子洞捉住大鼻子老烟,像捆糯子一样抬回来,把他捆在田坝里的棕树上,让不会打枪刚入伍的人朝他打枪。听说打了几十枪,只打中了三枪,没有一枪致命,有人说大鼻子老烟是被气死的,也有说他是笑死的、吓死的。尸体没人认领,臭得不行,只好在棕树下架柴,连同棕树一起烧掉。

这年偷青最热闹,我妈大概感觉我就要离开她了,不再以"姑娘家家的"限制我。那晚上的月亮是我三生三世见过的最亮最圆的月亮,挖一勺下来就可把二台子洗得干干净净。偷菜煮菜唱歌,不管干什么我都喜欢,同时也有点难过,一旦成了别人家的人,就再也不可能有这样的快乐。最让我难忘的是一个比我小两岁的女子,个子比我小得多,像闹山麻雀一样机灵,一样话多。她动作奇快,偷菜时我们还没想好,她已经把菜偷回来。煮在锅里的菜吃完后,她又去偷了一些,这次没有煮,拔起来丢在地里,说这是为了逗菜园的主人来骂,可以替被骂的人消灾。我们第一次听说偷菜还有这作用,也学她,她很高兴,说骂得越狠,消的灾越多。要是不骂呢,不骂当然就不起作用了呀。从单薄衣衫可以看出,她来自小户人家。我不喜欢她做什么都要比,并且一定要赢。一旦没赢,就会补上一句,哼,等我出客到二台子,我们再好好比一盘。别的女子哪好意思说出客这样的字眼,她却像说走亲戚,像下地干活一样轻松。打乌鸡棒时,她对我说,关配,我们两个一边。我不喜欢这个游戏，也不喜欢她事事争先。我不好直说，便问她怎么知道我名字。她说，嘿，你才奇怪，他们不是这样叫你的吗？难道我听错了？为了掩饰尴尬，我说，我不会打乌鸡棒。她说，看出来了，所以才叫你和我一边。先在地上挖一个坑，放上一根七寸长的短棍，用另一根长棍子将短棍打跳起来，跳到比肩稍高，再一挥长棍，将短棍打飞出去，谁远谁赢。她力气不大，但击打准确，男孩力气大，打不到要点，反而没她打得远。几盘下来都是我们赢，她高兴地把长棍给我，"一会儿带回去，带柴（财）归家"。她留下从男孩手里赢来的另一根长棍。我并不因此感激她，她不喜欢什么就说什么不好，她不喜欢唱歌，就说女子唱歌是为了逗引男子钻林林。我会唱的也不多，并且从没大声唱过，为了抵制这个山麻雀，我大胆唱了好几首。她像男孩一样抽烟，她不会抽，女子当众抽烟不雅观，越是这样，越是有种放纵的乐趣。她事事叫我要像她一样，我有时顺从，有时决定不给她面子。从她不要脸的宣扬里，得知她将来会嫁到二台子，与我即将去的那家不远，两家只隔着一片竹林。想着将要和这只山麻雀做邻居，我感到很不适应。不过总的来说，这是一个快乐的夜晚，越是快乐越是莫名其妙地感到难过，我为什么就十八岁了，如果只有十二岁多好。

　　轻松心情只维持了几天。三月十七，七个当兵的住到我家。我爹我妈比任何一次都紧张。当兵的什么时候跑出去什么时候回来没有规律，我妈得随时准备好饭菜。他们确实辛苦，饿得也快，有时天亮才回来，有时刚睡下就被喊走。天这么冷，只穿一件单衣，领头的穿布鞋，其他人穿草鞋。爹负责给他们打草鞋。他们跑得太快太勤太远，穿林越泽，一双新草鞋只能穿三天。形成鲜明对比的是他们的枪，又重又长，正是这样，更显示出枪的威力和阴森，掌握它们的人反倒显得力不从心，特别是草鞋坏掉后，不得不用绑腿包着脚回来时。这些人年纪都不大，领头的不过二十来岁，对我们不冷不热，对他们自己的事很有主见，对如何与我们相处却手足无措。其实我爹我妈比他们更紧张，却又比任何人都讨厌谈论正在发生的事情，他们的话比说梦话的人说的话还要少。

有一个比我小三岁的独眼兵，身体没有步枪高。他们留他帮我妈做家务，舂米、挑水、劈柴。我妈不敢支使他。他想做什么随便。他的同伴说，再过两年，等他可以上阵打仗，就不再有人看出他是独眼。不过，和举枪瞄准比起来，他更喜欢挑水劈柴，腼腆又勤快。会唱《祝英调》的人来我家，独眼兵不高兴，走路、拿东西比平时响动大，就像这人有恶德。他和他父母借送菜之名来探望，想知道住在我家的人对我们有没有危险。他爷爷埋到山上才二十天，他们还在戴孝，要戴四十九天，去到任何人家，都要在进院子前先摘下，离开时再戴上。当兵的从没用枪对着过我们，似乎没什么危险，爹在屋后用稻草和竹麻打草鞋，能不和他们见面尽量不见面，吃饭趁他们不在时匆匆吃完。对帮他干活的独眼兵，视而不见，他不是不喜欢他，而是不想和他们有任何瓜葛。半夜或凌晨，我多次听到枪声，有时在对面山坡上，有时就在河边，有时很近，有时很远。不管从哪里传来我都害怕，想象那个被枪打中的人，我既同情又恐惧，震耳欲聋的枪声将是他听到的最后的声音，他再也见不到明天的太阳，我真替他难过。天气越冷，枪声越刺耳。每次枪声响起，白鹤都会嘎嘎飞起，再不安地落下。我觉得它们应该离开，虽然我不知道它们能够去哪里，暂时离开总比惊魂不定好。可惜我没有翅膀，否则我愿意把它们带去安宁的地方。

独眼士兵喜欢垒桥。用巴掌大小的石片垒拱桥。他去过的地方只要有石片，都会留下一座漂亮得让人不忍心推倒的小石拱桥。我悄悄垒过一次，没成功，手一松就垮掉。独眼兵的小拱桥不时出现在我梦里，通过这些拱桥，我看到花团锦簇的山谷，被白毫光笼罩的大地。后来，每当我在集市上挑选小猪，既不看它是否壮实腿长腿短，也不管价钱是否公道，只要有一双羞怯的小眼睛，我就不顾反对将它买回家。它们的眼睛并非一成不变，蹄子一旦变得像石头一样硬，眼神就不羞怯，这时我就不再关心它们的眼神，而只在乎它们能长多大。

独眼他们在我家驻扎到第七天，这天凌晨，屋子外面响起喊话声。告诉我们，我们被包围了。还说，练管家，不关你的事，你不要怕，只要你不帮他们，我们决不朝你开枪。他们朝天开枪，子弹在空中穿行的声音与打在物体上的声音完全不同，前者尖厉，后者沉闷。有一枪打中屋脊上脊刹，瓦片清脆的哗啦声像暴雨。随后响起咒骂声和笑声。我妈以从未有过的声音安慰我，其实我并不怎么害怕。他们只不过比捉迷藏的孩子稍微用了点力而已。我们都还没有起床。妈责怪我爹，不应该同意他们住我们家。

爹像平时一样没有辩解，这不是他同不同意的问题。我妈也明白，因此没再埋怨，她不过是为了发出声音，以便缓解紧张。我在想他们到底藏在哪里，离房子到底有多远。梨树林里似乎也有人，我担心白鹤，它们千万不要拉屎在这些拿枪的人头上。他们既然会朝人开枪，自然也会朝往头上拉屎的鸟开枪。爹会和杀鸟的人拼命，没脾气的人发起脾气来地动山摇，死不足惜。打碎脊刹后枪声停了，过了一会儿，有个像鹅一样声音传得很远的人吼道：屋子里拿枪的听着，我们不想杀你们，只要你们放下枪，乖乖出来，离开二台子，保证不伤你们一根毫毛。这话他说了三次，每次都有所不同。他们包围了我们，他们占上风，可仔细听，其实他的声音在发抖，要不就是躲在竹林后头，他没发抖，是竹叶在发抖。因为只要有一点点风，竹叶就会发抖。如果竹叶没有发抖，那就是我多管闲事，替他着急导致耳朵出了毛病。拿枪的只有独眼兵一个人，其他人前天出去就没回来。

独眼兵住在靠灶房那一头的楼上，楼下有两间小屋子，一间是烤火房，一间是歇房，当兵的只能住楼上，因为他们人多。不过，我猜我妈的真正想法是嫌他们脏。楼上是否称得上房间？墙壁是篾片刮石灰，比大多数人家用牛粪刮的好看一点，但远不如牛粪夹壁保暖。楼板上堆青杠炭和杂物。老鼠常在楼板上奔跑和打架，不是非不得已，我决不从烤火房的楼梯爬上去。爹在楼口安了一架弓式捕鼠器，四颗苞谷穿在棉线上，老鼠只要一扯苞谷，机关就会滑开，弓弦将老鼠紧紧勒在弓臂上。我见过一只还没死的老鼠，眼珠子鼓得像要跳出来，天啦，要是崩到我脸上，我不敢看第二眼，从楼梯上滚下来，滚到地上后一点不知道痛，只知道害怕。

他们不会为了捉他一个人搞这么大阵仗，但我想到了被勒在弓臂上的老鼠，少有能逃脱的。我为他感到难过，我这个"姑娘家家的"帮不了他，我只能期盼他的同伴早点回来。鹅和公鸡都没放出去，它们在圈舍里已经不耐烦，这些家禽即使蒙上眼睛也知道何时到点，打起鸣来绝不含糊，即使主人决定用它早饭时待客，它还是该叫多少声叫多少声。我数着公鸡的叫声，不无埋怨地想着独眼兵的同伴，你们怎么还不回来。

这时我听见开门声，脚步声，继而响起搬东西的声音。爹从后门出去。我对他像平时一样打草鞋感到失望。我确信他们不会朝他开枪，但也没必要现在去打草鞋呀。爹从屋后转到前面院子，咳了几声。

"你们回去吧，改天再来。"爹对什么人说，"他们没在，前天就出去了。"

"练管家，你不老实，昨天傍晚，我们看见有个货给你挑水。"

回答他们的是"砰"的一声枪响。接着响起嘈杂的人声和枪声。"那边那边，楼上。""冲过去，近点打。""打呀。""打他狗日的。""打。"子弹呼啸穿梭，同时响起的还有瓦片和板壁的破碎声，以及淹没在其中的哭声。我蒙在被子里，暖和的被子盖不住任何声音。这些声音像绳子一样将房子和我紧紧捆绑，连呼吸都被捆住。我妈没有对象的干号也恐怖，她想发疯，但她知道自己并没发疯。我不知道枪声何时转化成脚步声和说话声，我只知道掀开被子后闻到一股火药味，和埋死人时打枪放鞭炮的气味一样。我妈已经起床，爹叫她去洗什么东西。她一边抱怨一边穿衣服。我从没见她开心过，现在更不可能。爹不像其他男人那样霸道，我不知道他为什么那么怕她又疼她。

独眼兵被他们打死了，他只有一颗子弹，而他们朝他射出几十颗，有两颗击中了他，胸部和大腿。他们叫爹走前面，到楼上把他抬下来。当时还没死，睡在院子里，直到太阳将露水晒干才断气。他们拿走了他的枪，却将他的遗体留下。

我想我还是躺在床上好些，我妈却叫我赶快起来，她站在床前催促。她要我去他家，也就是韩先生家，请他们来帮忙。爹去找独眼兵的同伴，妈在擦洗楼板上的血。血腥味不光让她打干呕，也让她害怕，她急于想要别人来帮她，再也不敢顾忌"姑娘家家的"不能随便出门，连去他家这种从未有过的事也不顾忌。这是一根罪恶的毒刺，我们被锥得人不人鬼不鬼，连喊痛都不敢出声。我不敢去看可怜的独眼，穿上衣服从院子边上绕过去，双腿发软，跌跌撞撞一路飞奔。路过余梁河，看到河滩上漂亮的小石拱桥，我"哇"的一声哭出来。它们越漂亮我越难过。

我的哭声引起路边人家的注意，问我们家谁死了。得知我们家没死人，那些开枪的人已经撤离，他们叫我不要害怕，他们马上去逗留堡襄助。他们还叫我看到人就说话，不要只顾哭。我对他感激不尽，但我还是得去他家，"姑娘家家的"太老实，不晓得既然有人来帮忙，不去请他家的人也可以的道理。看着几个人向逗留堡奔跑，我磨磨蹭蹭走走停停，期望他们像平时一样不请自到。以前也有过类似的情况呀。走到烂眼塘，脑子里冒出一个主意。

这个主意太好了，我要去找山麻雀替我传信。她家在青枫林，与韩先生家方向相反，并且很远，我也没去过青枫林，那是一个野猪和豹子出没的地方，这些都算不了什么，唯一让我不安的是我不应该看不起她，嫌她话多。她比我能干，胆子又比我大。我暗想，只要她这次帮了我，我会一辈子对她好。偷青那天晚上，她说，将来我们两个要联合起来对付那些敢欺负我们的人。我当时不以为然，现在才知道，她比我有远见。

走　阴

秋雨绵绵，梨树林仿佛是悬挂在空中的水洼，白鹤飞进去，树叶摇晃，树林里下起一阵小雨。它们还没打算南飞，稻田和余梁河，正是一年中食物最丰盛的时候。

侯十一在逗留堡摆了两桌谢师宴。逗留堡的女主人做菜仔细、干净、讲究，与天天干笨重农活的妇人不同，注重香味和色彩。农妇炒菜煮饭是副业，能以最快速度弄熟，不耽搁下地干活即可，"讲究"二字于她们是掘地寻天。参加谢师宴的除了韩先生和练可白，还有韩先生的其他徒弟，甲长孔令安。韩先生很认真，按照跟他当学徒的时间为序，长幼有别，侯十一记不住，一律恭敬地称他们师兄。谢师宴上，侯十一什么也没吃，他需要断食一天，饿了只能喝净水。他第一次走阴，并且是为自己走阴，这和师父师兄为他人走阴不同，他拒绝没被邀请的人观看，让区公所两个保警持枪把守，外人不准进来。肖长子来还韩先生的白瓷碗，强调要当面交给韩先生。去家里没见到，追到了逗留堡，被保警拦住。侯十一说交给他也一样，他替师父保管。肖长子非要见韩先生不可。韩先生走到保警身后，说我已经说过了不要，既然你送来，那就给我吧。肖长子说，我来是要当面问你，既然这个碗不值钱，是你给自己准备的火碗，以前为什么装逼煞壳，走到哪里都带着，还专门为它做个口袋，像金包卵一样。如果一开始就说清楚，这是你师父传给你的，是为了死后打火碗，别人还会费那么多心思去想它吗？你这叫什么事？侯十一正想发火，韩先生接过碗后鞠了一躬："你说得对，确实怪我，我这叫此地无银扰乱世人。对不起对不起，给你添了这么大麻烦。"

侯十一转身离开，肖长子叫住他，问："你听说了吗？县长跑尿了，老婆娃儿都不要，带着大印躲到乌江，看爻况怎么变，爻况不好不准备出来。"

侯十一不知道这事，但并不吃惊，时局不利明摆着，垮台是早晚的事，他不是第一个逃跑的县长，也不是最后一个。他从肖长子迷茫的表情感到无可奈何，当恐慌超过恐怖，在所有的滋味中反而有一种解脱。

"你怎么办，不打算逃吗？"

没看出半点讽刺，但仍然不舒服，他这是多管闲事。侯十一说："不打算。"

"他们说，最适合逃跑的是你。"

"为什么是我？"

"你没拖累嘛，一个人吃饱全家不饿，远走高飞，想去哪里就去哪里。"

侯十一笑了一下："如果想去哪里就能去哪里，还需要逃吗？"

天黑后，众师兄帮侯十一布置"坛城"，他需入得这城，才能抵达阴界。啄过他的鹅关在笼子里，听到侯十一的声音就叫唤，不依不饶，韩先生在笼子外面给它念经，告诉它冤家宜解不宜结，听完后终于安静下来。孔令安问，它听懂了吗？韩先生说，人都听不懂它哪里听得懂。

白色灰线代表城墙，黑色灰线代表护城河，黄色灰线代表宫殿，红色灰线是城门。白色是白垩土，黑色是黑土，黄色是黄土粉，红色是赭土粉。这些土是师兄们带来的，曾多次使用，难免混杂，但能看出基本色调。城门上画有垛堞，辨识度极高，不像其他符号，需要想象和解释。师兄们画得极其认真，像面粉一样细的土灰装在戳了三个孔的海螺里，不用尺子圆规，随手画过去，要一心不乱才能画好。直线像琴弦一样直，仿佛能拨出声响，曲线像波纹一样幽雅、深远，仿佛溪流和白云在黑夜唱出的歌谣。韩先生说，走阴就像摸黑走路，黑就在眼前，但任谁也摸不着，走阴也一样，名为走阴，其实不是走，是游。

坛城画好，恰好到亥时。时间的计算像他们所画的线条一样准。韩先生率领众徒弟在坛城外面缓慢绕行，开始还像刚离开家乡的人一样互相打趣，开开玩笑，然后一会儿急走，步履踉跄，一会儿踽踽而行，踯躅彷徨。经过艰难跋涉，翻越崇山峻岭，有人却想回头，需经劝解才能继续。阴阳之间的距离，并非生与死那么近，而是天涯望断，并且充满偶然，踏遍千山万水，历经种种险境方能前往。陆地走完，他们将渡过波涛汹涌的海洋。坛城在沸腾的海水中时隐时现，近在咫尺却又远在天涯。

终于走到城门口，韩先生及众徒弟与侯十一告别。细细的叮咛与嘱咐揪人心肠，朱惜粮当年送别的情境涌上心头，他好不容易才忍住没有哭出声来。他的心像蝉翼一样脆薄，放声痛哭会要他的命。师父师兄们完全明白他所思所想，依依惜别后转过身，眼泪止不住滚下来。侯十一推开城门，毅然只身进城，身影刹那间小了许多。

韩先生和徒弟分坐坛城两侧，上首挂着经幡和法器。练可白和孔令安坐下首。炒得一手好菜的女主人和女儿倚在大门口。

侯十一嗫嗫嚅嚅絮絮叨叨喃喃自语，年纪三十出头，但他所看见的景象让他失去了年龄，或者说他既像孩子也像老人，唯独不像青年人。在所有不可思议的表情中，最清晰的表情是他到了另外一个世界。拜韩先生所授，他不时报出韩先生教给他的地名和景象：师父，我到望乡台了；师父，我马上就过忘川河；师父，这就是三生石呀。韩先生时不时引导，提醒他不要被路上所见迷惑，要记住走阴的目的。据他描述，他所到的地方有很多层，他能同时看到上层和下层，上层有人飞过，有人嬉笑，有人弹琴，有人吹箫。下层有人奔跑，被看不见的东西追赶，或呵斥或申辩或百般抵赖，有的已被分成两半，两半各自奔走，有的拎着自己的头却以为拎着别人的头，还有的把脚扛在肩上，用脑袋或者双手行走。还有一层，所有人都在做梦，他们不知道自己在做梦，自以为是地主张这样主张那样，但明眼人一看就知道他们是在做梦，他们的梦丰富又精彩，以至明知那是梦你也不忍把他们唤醒。不过总的来说，没有哪一层是具体的是一成不变的，各层之间的"人"起起伏伏，来来往往，或上或下。连景物也时近时远时大时小时而一览无余空空荡荡时而沉重如铁坚不可摧。"人"也如此，看起来像人，其实不一定是人，只能姑且把两脚行走的都叫人，有的多出一条尾巴，有的多出犄角，有的耷拉着翅膀，有的浑身披毛，有的露出鳞片。有的像影子可以随时起飞，有的像铅一样重，只有挪动脚步的愿望没有挪出距离。和阳间比起来，阴间"人"的数量和种类多出上万倍，如果阳间是一个村，那么阴间有千万个村；阳间人只能用脑袋思考，阴间用脑袋思考的只有少部分人，有的用脚有的用手有的用肚子有的用头发。一眼能望见上三层下三层中三层，并不感到眼花缭乱目不暇接。鼻子眼睛嘴巴耳朵的功能可以互换，鼻子可以听嘴巴可以看耳朵可以说话眼睛可以闻，这反倒让他们默不作声，不需要说话，用鼻子看一眼就知道对方想法。眼睛眨一眨，就能听到遥远的人的口信。两只耳朵可同时和两个人说话，两个鼻孔可同时或吃或喝。

　　侯十一认出的第一个人是何安秀何老爷，他似乎在寻找什么同时东躲西藏，因为他的大老婆在骂骂咧咧地追赶。侯十一对他顿时充满同情，产生帮帮他的冲动。韩先生及时提醒，各人自扫门前雪，莫管他人瓦上霜。继而碰到关祖潜。他热情地上前打招呼，关祖潜说，你杀了我的孔雀。侯十一说，对不起对不起，我纯粹是出于好奇，想尝尝孔雀肉的味道，早知道那么难吃，还不如把它放到山上去，让它老人家飞回云南。关祖潜说，它老人家飞不回去了，你不杀它，它也只能再活三个月。侯十一说，怪我怪我，怪我这张嘴好吃。关祖潜说，不怪你的嘴，怪你的眼睛，看见它就想吃它，那天我本想啄破你的眼珠子，被练可白挡住了。侯十一吃惊，那只鹅是你变的，你变成了一只鹅？关祖潜说，我没有变成鹅，是鹅变成了我，我变成鹅，它不会啄你，鹅变成了我，忍不住要狠狠啄你。侯十一问，我们两清了吗？关祖潜说，我们两清了，但你和孔雀还没完，你欠它一条命，它会找你还它。侯十一问什么时候，关祖潜说，这我就不知道了，这是你们之间的事情。你呀，正该做的不做，既然那房子现在是你的，神龛上牌位应该换过来。侯十一说好的好的，我一定换。

练可白和倚在门口的女人特别紧张，想叫侯十一替他们问问，一时又不知道问什么好，既说不出口，也搞不清这是不是最重要的问题。韩先生叮嘱过，不要家长里短鸡毛蒜皮，要问当紧的，不要消耗走阴人的阳气。什么事最当紧？似乎都不当紧。侯十一进城之前，觉得那个当紧的问题很明白，听到关祖潜的声音，觉得当紧的问题都不是问题。

练可白也讨厌那只孔雀，多次起过杀它的念头。他想和关祖潜解释，又觉得无法解释，提刀的是侯十一，但自己有无可推卸的责任。人在一生中杀这样那样，杀死多少自己也算不清，那么，它们又是谁？曾有多少世为人？想到这里土崩瓦解，他仿佛看见地狱之门徐徐打开。倚在门上的母女听到关祖潜的声音，忍不住往里走了几步，看见以关祖潜声音说话的侯十一与关祖潜大不相同，顿时像穿上勉强晒干的衣服，难过、委屈和不爽从头麻到脚。倚在门上也看得清清楚楚，趋步向前是因为声音，不是太像，而是确定非亡者本人莫属。正在走阴的侯十一换回他自己的声音，她们既失望又如释重负。

侯十一报告，他已走到转生殿，这里比别处的人更多，有很多是他没见过的形象，既像人又像其他。韩先生说，他们都是你的有缘人。侯十一不解：师父不是说过，只要是一个人，无论他已经死去几百年，或者还未出生，都是自己的有缘人呀，这世不见，不代表世世不见。韩先生说，我是这样说过，你在转生殿看到的人，有几百年前去世的，也有几千年前去世的，有些做了几世畜类另类，现在要转世为人，有的才离开人世来到这里，还要继续当人。

大徒弟小声对二徒弟说：师父的意思是要善待每一个有性命的活物，不管是人类还是他类。韩先生说，那些活物指不定是你前世的父母儿女啊。三徒弟问，师父，所有的活物都会转世为人吗？韩先生说，所有活物都会转世为人，不过，有的非要做到骨头堆成一座山那么高时才能转世为人，有的一世两世就转世为人。

"那山叫什么山？"韩先生轻声问。

"叫妙高山。"众徒弟低吟。

侯十一莫名其妙地感到害怕，他看到一群年轻人，和相貌各各不同的其他物类相反，他们不但长相一样，连穿着和表情也一样，他们一样大叫，一样欢笑，一样痛哭流涕，一样杀气腾腾。千万张脸就是千万个太阳，千万个太阳就是千万股摧毁世界的力量。他们天不怕地不怕的表情他很熟悉也很欣赏，这是他曾经像面具一样戴着不肯脱下的表情。千万个太阳被一根无形的线牵引着，不像在河里，而是他们本身就是一条河，一头扑过去或者一头扑过来，排山倒海浊浪滔天。异口同声地说着什么，手里挥着鲜红的小砍刀。侯十一认真看了半天才认出来，那不是什么刀，是一本书。当他们像暴风雨一样扑来，其实离他还很远，但让他感到喘不过气，感觉马上就要被淹死。汹涌的力量不仅摧枯拉朽，而且无惧无悔，将所有拦阻者视为障碍碾成齑粉，哪怕那是一块本不想招惹他们的石头，也被踢进深渊。他们像亡命徒一样单纯，青春和热情足可点燃钢铁，力量之大令人感到恐怖，甚至超越恐怖。你以为他们会一起向前，却又互相残杀互不相让，行动起来不把别人当人，也不把自己当人，不分性别和年龄。这是肉体和精神都无法承受的恐怖，一切骤然开始，骤然结束。侯十一想找他们中一位谈谈，他们这是在做什么呀，是谁叫他们这么做，有什么必要这么做，为什么要这么做。没人理他，嫌他耽搁工夫。他暗自庆幸，自己如果和他们同时来到转生殿，也会和他们一样，像猪一样低头朝前拱。那种没有喝酒，却感到酩酊大醉的感觉非常难受，每一根毛发都在呜呜叫，所有的指头都不听使唤，看不到光明与黑暗之间的差别。

"师父，我想离他们远点，有生之年最好不要遇到他们。"

这时他看见一片油光水滑的东西，黑得发亮，像又软又厚的毯子。而转生殿那些年轻生命，正源源不断地从这毯子化生出来：毯子被顶出一个包，继而裂开，有个东西子弹一样"哧"的一下跳到空中。这东西落到地上后快速长大，初始外形如兽如畜如禽如妖如怪，最终全部变成人形，又健壮又俊美。侯十一揭开毯子看了看，发现这所谓的毯子是他叫人从烂眼塘挖出来铺在大地上的淤泥，这让他大吃一惊：他把烂眼塘兜底朝天没找到朱惜粮任何痕迹，却无意中撬开了寒铁荒诞锁，打翻了亡命灾星祸斗。难怪师父说他和他们是有缘人，缘分原来在这里。一时任性换来无尽灾难，他的恐惧之所以无边无际，是因为灾难无边无际，后悔无边无际。没有一个熟悉的面孔，但并不觉得陌生。

"师父，你当时为什么不阻止我呀？"他知道这样说有点无理取闹，是为了推卸责任，但他还是忍不住这样说。

韩先生没理会侯十一的话，他大声提醒：第三炷香。

进入坛城后，走阴者只有三炷香时间，三炷香燃完，须立即提醒其出城，以免他躯壳留在阳间，魂魄留在坛城。大师兄已将第三炷香点燃。

韩先生的声音，像隔着湿漉漉的棉布，侯十一陡然清醒，自己不是来坛城瞎逛看稀奇，走阴只为寻找一个人。韩先生没有应许他一定能找到，因为魂魄和魂魄像今天和昨天的云一样，有无数种可能，有可能相遇，有可能合而为一，有可能一个降到地上，一个被风吹跑。侯十一觉得自己不是一朵云，而是一只猫，即使逮不住她形象，也要让她知道他在这里。

他不知道这是什么地方，杂草丛生，落叶遍地，乱石嶙峋，树木阴森。再走，隐约可见参天巨树，树干高耸入云，树干犹如涂血，流淌着红色汁液。韩先生说，这是小阴村。侯十一说，即便死人，也不应该生活在这种地方，太阴森了。这时一只蓝色蝴蝶在他面前翻飞，似要阻止他向前，蝶翅弹出的鳞粉像雪花一样纷飞。侯十一捂住鼻子嘴巴，以免将鳞粉吸进去。这鳞粉一旦进入鼻腔口腔，会像虫子一样吃光体内带咸味的东西、鼻涕和即将变成鼻涕的物质。最后人变成茧壳，遇火即着刹那成灰。

蝴蝶越来越多，光粉挡住视线。朦胧中，感觉前面立着一个女人。侯十一浑身发热、发麻，像走失多年的孩子回到母亲身旁。在梦中，也曾梦见过类似的情境，她已经失却人形，似是而非变动不居，偶尔还会变成另外一个人，有时是小孩，有时是小狗，有时从小狗变成小孩，最神奇的一次是一摊流质，他拼命往撮箕里捧，怎么也捧不进去，正着急，看见她变成一个老人。不管怎么变，他都知道是她，凭什么知道说不出来，反正就是知道。他唯一没料到的是自己会如此客气，像第一次见到时一样，楚米当年的空气和阳光扑面而来。

"请问，是你吗？"

"你不该来这种地方。"

"真的是你？你知道我在找你吗？"

"知道。"

"你怎么不现身啊，哪怕在梦里出现，让我看你一眼也好。"

他感到委屈，也有点生气：你难道不知道我一直在找你？你在阴界，什么都知道，连我做的梦都看得清清楚楚，对我这么冷淡，太过分了。

"我怕你。"

"什么？"

侯十一大吃一惊。为什么，怎么会？他对她的爱惜远远超过自己，他对她的思念已成罗网。怕我死在战场上？怕我一去不回？怕我像对待其他人一样对待你？怕我不顾家？怕我喜欢别人？这些都不存在呀。

朱惜粮仍然穿着补疤衣服，但这疤补得特别好看，像蓝天补一块白云，像湖面上补一只小船。蝴蝶，正源源不断地从衣服的补疤里飞出来。这疤不是补在衣服上，而是补在她身体上。侯十一不关心蝴蝶，也不想知道她为什么在这里，他只想知道她为什么怕他。这时他发现和自己说话的不是朱惜粮，她已经被蛀空，和他说话的是那个空壳里看不见的机关。

这时大师兄的声音传来：还剩半炷香。从现在起，每少一寸，大师兄都要报告一次。他和其他师兄已经准备好扫帚。燃到最后一寸他还不出来，他们将用扫帚破城。坛城并非坚不可摧，但他们不攻进去把他救出来，他会失去知觉。

侯十一委屈到极点，心想管他剩多少时间，一定要再和朱惜粮说句话：他想她，非常非常想，想和她来世再做夫妻。他愿意像二台子的男人一样，种地、砍柴、挑水，做一个普普通通的男人。他刚才无意看见自己这一世结局，他跪在一片稻田里，身后是肖长子，他朝他背心连开两枪。下辈子，再遇到黄少爷和他的棺材，他一块钱也不会要，当然也用不着去流浪，不去何安秀家吹唢呐，更不必把烂眼塘的稀泥掏空，不会把里面的乌棒鱼捉去卖掉。他只做她男人，其他什么也不做。

他的想法像一条鞭子，把蝴蝶抽得七零八落，残翅纷飞。她仍然说她怕。

"你怕我干什么呀！"

他忍不住吼叫。他可从没有对她吼叫过。吼声弹回来，震得耳朵嗡嗡响。他更加难过，像碰醒一个不算美好但一直延续的梦，碰醒后即便诉求鬼神呵护也不可能重续，被碰醒的梦将永远消失。梦没有轮回，无有因果。这时一只巨大的蝶翅打着旋飘下来，他以为是他吼落的，来到头顶，翅膀上的假眼越来越大，像一个深不见底的黑洞。他下意识地看了一眼，看到一栋老房子。房子门窗用木板钉死，院子也用结实的木料作栅栏。他不喜欢这房子，和他现在那栋老房子无法相提并论。他怕他离开后有人骚扰她，怕她被别的人拐走，怕她离开他。他用整整一天时间，将门和窗钉死，还用劈柴做栅栏。他希望看见封条和栅栏的人明白他的用意，拒绝靠近，不可侵犯。除此之外没别的意思。其实他当时更想挖个地窖，把她藏在地窖里面。或者像秦始皇一样用砖石打个长城那样的隔断，不准任何人窥视他的王国。确实有点过分，但他不想请求她宽恕。就像他放不下她非凡的美貌和诡异的不幸，再来一遍，也许不会这么做，但止不住想要这么做，因为习气难断。

"最后半寸香。"大师兄提醒。

他绝望地环顾左右，日夜思念的人突然如此遥不可及，锥心的煎熬瞬间无可着落。原本习惯了在人世的孤独，此时这孤独更加冷漠、无边。左手食指越来越痛，钉木板时锤子没敲在钉帽上，歪下来给了他一家伙。当时觉得并不难受，一切都是为了她呀。现在，这痛穿过岁月还了回来，痛得钻心。这痛不是为她，是为你自己。手指被痛困住，什么也做不了，连摸一下自己的鼻子都做不到。

韩先生看出他步履踉跄，像坐在院子里拉家常一样说："你们要晓得，走阴时看见的一切都是假象，新手需要假象应境，这和人生在世需要应时、应季、应人是一个道理，不可不当真，但也不可执着。高手不需要假象应境，一眼就能看见他想看见的东西。"

侯十一听见师父慈悲的声音，顿时觉得自己像玉米地里一棵并不特殊的玉米，感激之情油然而生。你落生在二台子，经历着悲惨的童年和荒诞的青年，人到中年皈依到先生门下，得以脱下厚重的铠甲，轻松踏上人途，你还需要什么呢？这样的安排还不够好吗？

他站起来，小阴村一下变小，小得像脚下的一丛杂草，大树远远落在身后，不再有鳞粉，不再有残翅，也不再有数不清的蝴蝶。他看见一道亮光即将进入一座宫殿，一座温柔华丽的子宫，他不知道这是人的子宫还是动物的子宫，无所谓，只要她投胎转世离开阴间就行。该来的已经来过，该去的就让它去吧。

"你不必怕我，我再也不会来找你，再会、再会，你去吧，好好的，你去。"

泪流成河。

从河里漂回来，他若有所悟。

魂魄是一道光，是关不住的。意识到这一点，他自己也变成一道光，在线香还剩碎米那么长时，从坛城退了出来。

第十四章

离开

　　家狗有三种叫声，一种是被主人打后委屈的杠嚷杠嚷，一种是看家护院时的汪汪汪，另外一种是呜、呜、呜。不是短促的呜、呜，是一呜到底，再起第二声。他们把独眼兵安葬在斜对面的山坡上，接连几天，每天晚上村子里狗的叫声都像狼一样：呜——呜——呜——呜。听到它们的叫声，我伸出双手保护漂亮的小石拱桥，最终发现我顶起的是被子，要不是这样顶住，我非被厚重的老棉被捂死不可。

　　独眼兵死后，来了很多的扛枪的。除了正规部队还有民兵、孩子兵，他们把守路口，盘查过往行人。村里人知道与自己无关，但一样害怕，挑水、砍柴、挖土，都怕人家把手里的东西当成枪。聪明人一出门就大声说话，不管有没有其他人，都像有人一样大声打招呼。那些不爱说话不合群的人，脾气比平时更大，动不动就发火。妈说他们在追捕侯区广和他的手下。他的手下除了区公所的一些人，还有打散的残兵。二台子的口音很古老，区长叫区广，法院叫法万，法律叫法陆。有一天民兵连长带了两个人来我们家，用枪指着爹说，练老头，你给我听着，有猴子的消息赶紧报告，不要让我以通匪敲你砂罐。这人有一股浓烈的腥臭味，隔两丈远都能闻到。他射杀过白鹤，偷过爹的碗，爹骂过他，还去他家上吊。我知道爹的感受，我不知道怎么办，只有同情地转身离开。我不怕他的枪，我怕他的臭味。吃晚饭时，爹的脸仍然铁青。我和妈不敢说话，也不敢给他夹菜。

侯区广去年来过我家，和他师父带领的一帮人在堂屋"走阴"。从那以后再也没来过。我对他的印象是梦中人，走路像在做梦，说话像在做梦，吃饭像在做梦，看不到身边活着的人，你不用担心把他惊醒，凡间找不到可以惊醒他的声音和事情。"走阴"让他的脸脱形，他在阴间看到的东西让他眼睛发红。我觉得追捕他的人不一定是为了杀死他，杀死一个阴间人有什么意义呢？

当铜锣声太大，空气太紧传不开时，声音只能往地下钻，我才知道我有多天真。那是一面筛子般大小的铜锣，已有上百年，当年由大户人家买来，通知火灾、盗匪。两个人抬着，一个人用包了生牛皮的棒槌甩开膀子敲。敲一下喊一声：去烂眼塘看枪毙啰，枪毙侯区广和他的喽啰。他要不喊这句话，一直敲，难保余梁河的水不会翻腾。爹压低嗓门说，不准去。我并不想去，想去的比例只占两成，我妈只占一成。但这由不得我们。民兵连长的手下走村串寨，进寨之前先放枪，然后发布命令，烂眼塘开公审大会，所有人必须去，不管大人小孩。

烂眼塘位置低，周边田坎上可以站很多人。连同侯区广，被捉的有十余人。距离太远，看不见他的表情，冷森森的空气让人不寒而栗。烂眼塘被掏空后涨过几次大水，大水带来的泥沙斜斜地铺在塘底，地势越低沙子越细。公审大会很快结束，不像后来，什么会都要开上老半天。穿军装的人讲完话，由穿便服的民兵执行。先枪毙侯区广的手下，然后把侯区广留给民兵连长一个人。他解开他的绳索，就像要放他走。当然不会放他走，他也不打算走。他用枪捅他，叫他跑，他不跑，他咒骂着给了他一枪，子弹打断侯区广的腿，他跪了下去，民兵连长朝他背心连开两枪。

深更半夜，我听到爹唉声叹气，我没睡着，他们也没睡着。他们低声交流，像老鼠一样窸窸窣窣，一句也听不清。我想叫他们大声点，让我听见，却像被什么卡住一样，怎么也喊不出来。等到终于听清楚，却怀疑自己是否听错。

爹："梨花桃花都开了，李花还没开。"

妈："我明天把起薹的白菜拔了，一半育茄子辣椒秧，一半撒绿豆。"

我以为他们会为侯区广难过，没料到说这些。我既失望又轻松，瞬间沉入梦乡。妈没像平时那样叫我起床，我醒来时早饭已熟，爹在用白菜喂鹅。我惊慌失措，拿起大扫丫扫院坝。妈说，扫什么扫，吃饭。吃饭时妈把门关上，这在以前从未有过。屋子里光线比平时暗，我起床时间太短没胃口，爹正要说什么，大白鹅叫起来，一听就知道有人走进院子。爹放下碗，妈说，我去。我竖起耳朵，听见妈和一个女人说话。我还没搞清楚怎么回事，爹已经重重地把碗放桌子上，瓷碗破成两半。不一会儿妈进屋，她脸色也像刚走完阴回来。听见咚咚脚步声远去，我拉开门，看见一个中年大妈的背影。阶沿上放着一个背篓。我只想看清楚，没想过要动它，妈在身后炸雷似的吼一声：不要摸。见我全身定住，才放低声音说，去收碗，摸不得。很快我就知道，这是民兵连长，也就是拿枪顶着爹、用箭射杀白鹤、朝侯区广开枪那个人，请了个媒婆来提亲。没有商量的余地，答应也得答应，不答应也得答应。他现在非往日可比。他的媒婆说，她没办法，不敢不来。爹咬牙说了两个字：休想。

我不害怕，不光是有爹这两个字，是他的名字，他的年纪，他的穷和富，我都不想知道。我有十足把握不让自己闻那身臭味。我把碗筷洗好放好，搞笑的一幕发生了。妈扫猪圈时忘了关圈门，架子猪黑影一样跑出来，它平时喜欢拱土，妈有时会让它出来拱一拱，说这对它有好处。这天它对土不感兴趣，径直跑到阶沿上，将媒婆放那里的背篓拱翻。它欢快地寻找好吃的，一块花布被它拱得缠到头上。妈看见后不知所措，爹看见后也愣了一下，两人都决定不管，它想吃尽管吃。但猪头上那块花布把两人都逗笑了。他们一笑，我更是笑得眼泪都滚出来，笑得肚子痛。爹清理打草鞋的工具，他不穿草鞋，这些工具是借来的，准备还给人家。他只要想起戴花布的猪，就会忍不住笑。妈把猪食倒进食槽，啰啰唤两声，黑猪屁颠屁颠跑回去，缠在头上的花布没掉下来。

白天过去后，我们重新感到紧张和难堪。围着火盆，妈问要不要去问问韩家怎么办。爹说他们现在自身难保。听说要没收土地，他们家的土地不算多，也不算少。天黑尽后，爹把他的旧衣服拿来，还有一顶帽子，他叫妈把我装扮成一个男子，要带我去见一个人。天太黑，勉强能看见脚下的路，爹说不能打亮。我们走了至少两个时辰，来到一户人家，门前是一条大河。爹敲开门后带我进去，他拿出虎爪和团扇给这人看，然后单膝跪下：

"义兄，请把我女儿带走，离开这个地方，越远越好。"

这人沉吟了一会儿，说："你们三天后再来，不要带这两件东西，现在带着反而危险。"

爹再把另一条腿跪下："义兄，多谢。"

这人把爹扶起来："一家人，不说两家话。"

去路上我就双脚磨破，不敢吭声。爹叮嘱我，出去后不要给家里写信，也不要向任何人打听他和我妈的消息。离二台子还有八里路，我们不敢原路返回，爬到一座山上，从砍柴小路回去。好在天色微明，眼睛已经适应微光，比黑地猫天好多了。离逗留堡还有一里路，天已大亮，爹不安地说，天啦，你这样子外人认不出来，二台子的人一眼就能认出来，穿这一身被认出来反而糟。我藏在树林里等他。豹子叼走过放牛的孩子，他把火镰和火绒给我，叫我不管听到什么响动，马上把他留下的衣服点燃。他回家拿来我的衣服，等我换上后，叫我一个人先走，他要砍一捆柴再回去。钻出树林，我不顾脚底流血一路狂奔。爹叫我不慌不忙地走，若有人问，就说要去姨嬢家，东西拿落了，回家重新拿。可我做不到，双脚不听招呼，我叫它慢点没用，它像放牛娃的脚一样跑得飞快。爹的棉衣没做好，不是我懒，是羽毛不够，现在不管够不够，只能将就做。这三天我哪里也不去，晚上只睡一小会儿，直到把爹的白鹤羽绒衣做好。爹也没出门，替我准备远行的东西，最让他头疼的是藏钱。我一个"姑娘家家的"，还能藏在哪里呀，他叫妈缝了一条带口袋的内裤。钱很多，但不值钱。他难过地说："只能装这么多，多了会惹祸。"妈以借东西或还东西之名探听风声，当越来越多的人向她打听，那个媒婆是怎么回事，韩家退婚了吗难道，她再也不敢到别人家去。她和爹这才知道，那个媒婆在回去的路上边走边埋怨自己命苦，向所有人散布她担任的这件苦差，"不是我要做违背良心的事情，我也是被逼的呀"。

妈说，我真想撕她的嘴。爹说，我们不要谈论这个事情。

最后一天晚上，他来了。他不再像平时那么胆小，那么害羞，他径直走进院子，毫不避讳地对我妈和爹说："亲爷、亲妈，我来找关配。"亲爷亲妈相当于别处的岳父岳母，这是挑衅，要拜神龛过话才能改口，没办过这事不能这么叫。爹妈不管他是否怒气冲冲，和平时一样热情，叫他快进屋。"我能不能对她说句话？只说一句就走。""忙什么呀，她马上就来。"我来到厨房，爹叫我们去梨树林，"女，不用隐瞒，和他好好说，我们亥时起身"。爹给了我两支香，一支点燃，一支我一会儿自己点，两支香燃完后就是亥时。据说亥时出生的人命不好，不害自己就害别人。我却要在亥时求得新生。

虽然他比我小两岁，身高已经超过我。我既难过又不舍，还有即将上路不知路在哪里的恐慌，我将离别所有亲人，去全是陌生面孔的地方，我将像二台子水井里的一条小虾被投进无边的大海。走在我身后的人却由于嫉妒喘着粗气。

"前天有媒婆来你家，是不是真的？"

"是真的。"

"你们答应了？"

"没有，爹没答应，妈没答应。我，如果他们问我，我也不答应。媒人背来的东西被猪吃了。"

我告诉他这几天发生的一切，他听完后说，我杀了他，你不用走。这头脑简单的提议显然不可行，却让我深受感动。他听完我的分析后不得不承认，这个办法不如我们两个一起上吊或者跳河。我们不再谈论用什么方法解决这个问题，我们倾诉衷肠，发誓不忘对方。当我点燃第二支香时，他提议，我们现在就结拜成夫妻，我欣然应允。我把香插在树桩上，我们拜天地，拜父母（朝他们所在的地方拜），互拜。我们比那些在堂屋拜堂的人更认真，更虔诚。三只白鹤落到地上，像跳舞一样拍打翅膀。然后来了十几只，几十只。回家后，我问爹能不能把虎爪给我，当他明白我将转送给他，爹答应了。即刻起程，他一起去送我。走到对面大路上，母亲响亮的哭声划破夜空，像刀子一样飞来，将我的肠肝肚肺割断。爹埋怨道，说好的不哭，这不是给恶人报信吗？要不是爹这句话，我也准备放声大哭。为了逃避尖厉刺耳的哭声，我撒腿就跑，直到累得上气不接下气才停下来。不知何时泪流满面，但哭声被我吞石头一样吞了下去。

爹的义兄将我带出黔北后转交给另一个义兄，我在几十个义兄的传递中，到过云南昭通，到过四川泸州和雅安，在陕西滞留了半年，穿过黄河到达山西，一路上很多地名都没记住，只知道两年后来到河北，半年后定居河北曲阳县北台乡。

烂眼塘

某个今冬明春，烂眼塘变成一块大田，楚米镇单位面积最大的一块稻田。当地人利用农闲，从附近山坡取来泥土将烂眼塘填平。塘底坟头没迁走，它们是无主坟。稻子长得不算好，但也没发生某些人担心的大米吃了肚子会疼。又过了若干年，大田塌陷，春天积水，冬天露出稀泥，反复折腾，除了杂草，有用的东西没法生长。

第十五章

拂晓前的葬礼

天亮时洒了一片小雨，以山势格局划界，不出二十平方公里，前后持续了十几分钟。雨点打在不同的叶子上，响声如复调进行曲，清澈而又迷离，激越却也干脆。小路上的泥土都没浇湿，只有光滑的石头上蒙了一层水皮。他们在一棵柏树下避雨。冯老师说，吉兆、吉兆。一只乌鸦飞过，没料到树下那么多人，吓了一跳，衔着的草棍掉了下来。老三心想，乌鸦没见过母亲，母亲也没见过这只乌鸦。物是人非，还能算故乡吗？他为母亲也为自己为所有人感到难过，没有人能够回到从前，永远回不去的才是故乡。不可能有一个地方在那里等着，一味向前，喜欢不喜欢只能向前。突然感到恐怖，仿佛前面有万丈深渊。二妹抖了抖肩膀，想抖掉粘在肩上的枯枝。鳞片状枯枝有倒刺，越抖粘得越紧，大姐伸手摘掉，而她头上一爪细小的，大姐没看见，她自己也没感觉到，如同暗藏的烦恼。"毒气弹"说走吧，不会再下雨了。老三收回心思，叫二妹问几个年轻人好久到。

昨天晚上，"毒气弹"用杉木做了一个匣子，把虎爪、绣有"關"字的手帕、牛皮盒、灵牌放进去。灵牌和那支没熄的香连夜送到杨家湾。现在，"毒气弹"和老四用一根桑木杆抬着匣子。匣子不重，但要抬出有重量的感觉。其他人拿锄头、撮箕等工具。大姐和二妹各抱一蓬野花。她们沿路采摘，最显眼的是彼岸花，没有叶片，只有丝线一样红的反卷裂瓣。鞭炮和香烛从镇上带来，约定在烂眼塘会合。既要让匣子有分量，又不能让里面的东西晃动，"毒气弹"在匣子上面放了一块石头。

明媚而多云的天气，他们不紧不慢地走着。不时有人加入，全都是老人。他们低声细语，外乡人一句也听不懂。在微风吹拂的惝恍中，老三大为惊讶。跟在身后的老人实在太多。不便仔细打量，生怕看出有的是已故的老人，有的是健在的乡亲。他希望所有的老人，活着的和死去的，都来参加母亲灵牌的安葬。心存感激踽踽而行，故乡回不去，但乡情永不消失。此岸无论如何皱皱巴巴，彼岸却充满各种被忽视的宝藏。它们将逗留在他心灵边缘的东西推开，他听到老人中有母亲喋喋不休的声音，像雨声里时远时近的鸟鸣。故乡不是回到过去，是此时此刻美妙景情的恩慈。他那个已经写下几万字的笔记本从没记录过类似感受，因为从没遇到过，记下的不过是服从普遍规律人所共知的老生常谈，忽略了陌生性神秘性和无形的美，生活在抽象观念和书本中。不知道当命运的不可预测降临时，每个人都可以期待点什么。一个人死去，表面上是离开了人世，同时也许会提供彼岸世界隐秘的联系。通过这种联系重返过去，去领略命运精心的安排，千姿百态令人陶醉。不再纠结经受与经历，沮丧自然烟消云散。他笑了一下，看到老四像小时候抬书包一样抬着木匣子，塞在心上的一块冰顿时融化。小时候，他和老四用木棍挑过书包，抬过书包，不是因为书包有多重，而是为了好玩。虽然在别人眼里未必好玩，现在却能一下想起，并会心一笑。正是当时的纯洁无瑕，才能在刹那间回首曾经的幸福，如此丰饶，且美不胜收。

从一户人家院子下面经过时，一个至少两天没洗脸的男孩好奇地看着他们。大姐急切地想要给他点什么，一个苹果或者一块梨膏糖，都可以，摸了半天，唯一可以给他的是一张钞票。小男孩把双手藏在身后。大姐强行拉过他的左手，将钱塞给他。他机械地拿着钱，像拿着一张树叶，纳闷这群陌生人到底在干什么。大姐激动得热泪盈眶，不是为自己的慷慨，而是为突然涌上心头的慈悲。她怀着感恩之情想着自己的孩子，别人的孩子，自己当孩子时那个孩子。她没有去想他们具体的形象，只想他们都是母亲的孩子。不知为什么，她想大哭一场，像孩子一样不管不顾哭个畅快。

从楚米镇赶到烂眼塘的亲人表情肃穆，当他们看到老三老四轻松的表情时，因为不明就里而感到不自在。怎么会这样？二妹的解药像重读一本书一样犹豫，才分开一天，这几个大人似乎变得有点陌生。他担心某天开始，自己的生活也会这样，突然不那么熟悉。看到大姨激动不已的表情，他才有所放心。他拿着的鞭炮，车轮那么大一盘，楚米镇所能买到的最大的鞭炮，他一会儿顶在头上，一会儿抱在怀里，但一次也没放在地上，放地上总觉得对外婆不敬。虽然是和大舅大姑爹等长辈在一起，但在离家两千公里以外的地方，他俨然是他们的主心骨，三舅的电话也总是打给他。在车上他就叮嘱两个妹妹不要玩手机，"今天是庄重的一天"。出发时天还没亮，他坐一号位，以便给司机点烟。车灯在黑暗里挖掘，瞬间挖出一个洞，立即抛弃再挖。黑夜的陌生，车灯魔性的陌生，把他从未见过的一角被掀了起来，仿佛看到了不同寻常的未来。下车后，身后的烂眼塘像幽灵一样安静，他没看它，晨光中的房舍让他着迷，感觉每栋房子外婆都有可能住过。

空气里弥漫着稻花的香味，这香味曾代表富庶，现在只能代表黔北高原的季节。田坝里有一座小石拱桥，他们老远看见桥上有人，走近了才发现是三个还没下田的稻草人。每块稻田都有稻草人，它们的衣服是主人一家穿过的，有男有女有老有少，仿佛全家来到田里，不是为了劳动，而是为了相聚。二妹觉得它们比真正的人更可爱，内心一致，任由风吹雨打都不会做出出格的事情。老三则从它们各自的衣服看出主人的教养和贫富差距，但他不想去分析，他更喜欢把它们当成母亲曾经的乡亲。为什么要立这么多稻草人，"毒气弹"说不是为了赶鸟雀，现在不缺这点粮食，是为了热闹，因为二台子人太少。他一边解释一边戏谑地喊着某个名字，稻草人主人的名字，但这些人既不在田里也不在家里。他们有的带着名字进入泥土，有的带着青春去了异乡。魂魄不仅是一种存在方式，还可以互换，生者死者之间，稻草人和各种菩萨之间都可以换。因为互换有了来世现世和过去无数世。如何换怎么换是命运，命运是这个世界的一部分，所谓命运不公，是对魂魄本身的轻视。这恰恰是另一种不公。

"娘，过桥啰。"

老二的女人突然喊了一声。她把早已忘掉的仪式拎出来。不是有意的，像另外一个灵魂突然跑到她心头，让她喊了一声后离开，让她自己也觉得莫名其妙。其他人没有跟着喊，感觉母亲的魂已经回到故乡，说起来，祂比我们更明白这里的一切，不是我们喊祂走，是祂来指导我们往哪里走。

持香的依然是老二，昨晚他就来到杨家湾。他不相信菩萨，也不相信鬼神，但他相信母亲的阴神就在这粒小小的火头上。下雨时，他立即掏出捆过手指的塑料袋，撑开罩住香火头。既不能罩得深又不能让雨浇着。对此他很有把握，一如对待地里的庄稼，不需要任何人指点都能照管好。有什么事需要暂停时，以他站立的地方为中心停下把事情处理好，行进时他走在最前面。一生中，他从没这么自豪过。他觉得他不光是捧着母亲的魂，还捧着自己的魂。他仔细端详，发现祂比香火头还小，像青烟一样神秘。

离开烂眼塘爬上山坡，蜿蜒蛇行的队伍像一个长长的句子。这个句子描述的是从死亡中重返过去，它否认从出生那一刻起就奔向死亡的说法。就一个人而言，死去确实就是死去，对一群人，对整个人类，死亡并不存在，否则世上早就没有了人。只要世上还有人，无论活着还是死去都不必害怕，因为人的精神在那儿，像自然山川一样无生无死。没有什么能够妨碍它的存在，也没有什么能让它有所增加或有所减少。尽管有时它会蒙上污垢，但本身从未受到染污。这正是活着的希望，不是什么出生就奔向死亡。只要有人活在世上，它就像空气一样无处不在无时不有，触手可及，不像魂魄要在迷茫冥界才能游离出来。

"韩成铨，请你小声点。"

冯老师觉得他的声音与此时此刻不宜。韩成铨是"毒气弹"本名。从昨天晚上开始，冯老师不再叫他绰号。他今天的话特别多，人越多他越是抑制不住兴奋，捡起什么说什么，一个人哈哈大笑。冯老师忍无可忍，不得不以老师的身份提醒他保持肃穆。

其实没人觉得悲伤，这毕竟不是真正的葬礼。很多人曾在这里死去，在这里出生，但今天只有守信如约的灵牌入土仪式。在烂眼塘会合后，老四叫妻子带着两个女孩录像作纪念，老三的闺女制作了第一段视频，从流行歌曲《某人》中截了一段作背景音乐，没有觉得搭配不当，高兴的是能从中找到自己，就像看到自己可以在另外一个时空里活着，而那个时空里的人并不知道这边的人在做什么。

大姐看着自己放声大笑，笑到有点丑的程度。仿佛那不是她，是另外一个惟妙惟肖地模仿她的老大姐。比如她捋头发时，将上去后要顺便在头顶挠几下，那是她根本不曾注意过的下意识动作。

　　只有二妹一个人笑得不自然，或者说视频内外都在苦笑。知道母亲的故事后，二妹感到自惭形秽。自己即将五十，似乎从没经历过爱情，剩下的日子似乎做什么都来不及，这太恐怖了。不过，现在最重要的不是爱情，而是好好活着，活出自己想要的样子。晚上这么想着，白天却觉得一切都没意义。人生充满了变数，看不出还有哪些变数在等着自己。韩成铨做匣子时，她和大姐为了避免刺眼的灯光，把小板凳挪到院子边。她向大姐坦白了她和丈夫的关系。最重要的事情她一带而过，鸡毛蒜皮的事说了一大堆，同时又宣称这不是让她感到难受的事情。最难受的是冷漠，"回到家就感到冷"。大姐给她的建议很简单："实在过不下去不过呗。"她们没上床睡觉，虽然韩成铨的女人专门为她们铺了床。她们既担心黑乎乎的木瓦房里的卫生，也想在这难得的夜晚好好聊天，还有为灵牌守夜的意思。快天亮时，她坐在板凳上睡着了，只睡着了一小会儿，但做了一个长长的梦。她看到母亲走向她，将她搂在怀里，在梦里也知道母亲已经死去，但她没点穿，而是像母亲真的会搂着她一样尽量把头往她怀里靠。并且不是在黔北山区某个院子，是她小时候住过的土坯房的院子。然后是校园，在一间类似办公室的屋子里，有人大叫着单位领导提醒收纸条，她也跟着一起喊叫，说这是一份很重要的文件。她和另外一个人上楼，穿过走廊，看见高中同学和他女人的房间。房间有如在山坡上，地上长满了青草，家具是他们结婚时购买的广式家具。陈设非常简陋，但和山区相融，一点也不难看。他们在煮玉米，很香。和她一起来的人从锅里捞了一个，太烫，说要放在冷水里凉一下。屋子里有一个巨型木盆，盛满了清澈的泉水。她觉得不应该用这个凉玉米，毕竟是洗澡盆，水再干净也不能用来洗吃的东西。醒来时，头疼欲裂。

从醒来直到现在，她都在想那个男同学是谁。儿子扛着那饼大鞭炮，坚决不让别人替代。她看出来了，他想以此表达他对外婆的怀念。看出这一点时，二妹眼里盈满了泪水。从山脚开始，她紧紧跟在二哥身后，似为了更接近香火头也似为了逃离。其他人越走越慢，他们从没走过这么陡的山坡。

爬到山顶，蜿蜒的长句子越缩越短，最后短成一个句号：所有人围着韩成铨爷爷的坟。四兄弟走到韩成铨爷爷坟前，老二将另外两支香接上火，三支香并排插到地上，像三支可以通天的桅杆。大姐摆上梨膏糖、水果等祭品。老三烧纸，二妹的儿子撕开鞭炮并点燃。鞭炮声被山坡吸收变安静后，韩成铨在爷爷的坟旁象征性地挖了个浅坑，把小匣子放进去。匣子散发着杉木的香味。老三说："娘，你回到了故乡，愿你安息。"然后悄声说："娘，我们是来找魂的，我们找到了，你放心。"二妹跪下去心里喊道："娘啊，我的娘，请你保佑我。"粘在头发上头饰似的枯枝被抖搂下来，不过她并不知道。

冯老师开始读祭文："岁次己亥，朔八日平旦，宜祭之良辰……"

对　联

　　写这本书的人每次回老家上坟，都会顺便拐上山给韩先生烧炷香，化几张纸钱。他不相信韩先生能得到他敬献的香和纸，但他非常喜欢他墓碑上的对联：

　　老境逼人，尘世光阴留几许；

　　浮生若梦，夜台鼾睡醒何时。

图书在版编目（CIP）数据

白毫光／冉正万著 . -- 北京：作家出版社，2023.8
ISBN 978 - 7 - 5212 - 2352 - 1

Ⅰ. ①白… Ⅱ. ①冉… Ⅲ. ①长篇小说 - 中国 - 当代
Ⅳ. ①I247.5

中国国家版本馆 CIP 数据核字（2023）第 108659 号

白毫光

作　　者：冉正万
责任编辑：姬小琴
装帧设计：棱角视觉
出版发行：作家出版社有限公司
社　　址：北京农展馆南里 10 号　　邮　　编：100125
电话传真：86 - 10 - 65067186（发行中心及邮购部）
　　　　　86 - 10 - 65004079（总编室）
E - mail: zuojia@zuojia. net. cn
http: // www. zuojiachubanshe. com
印　　刷：北京盛通印刷股份有限公司
成品尺寸：146 × 210
字　　数：202 千
印　　张：10
版　　次：2023 年 8 月第 1 版
印　　次：2023 年 8 月第 1 次印刷
ISBN 978 - 7 - 5212 - 2352 - 1
定　　价：49.00 元